Sobrias intenciones

Sobrias intenciones

Antonio Preciado

ISBN: 978-607-29-5850-0

Primera edición: agosto, 2024

PRÓLOGO

La luz del amanecer entrando por la ventana del avión me despertó. Con los ojos medio abiertos vi el mar Mediterráneo muchos pies por debajo cuando el piloto avisó a la tripulación que iniciábamos el descenso. La hora y media dormido no fue descanso suficiente después de pasar casi toda la noche en vela solo y sobre una banca del Aeropuerto de Londres esperando abordar. El agitado aterrizaje me sacudió la cabeza trayéndome de vuelta a la realidad, había regresado a la ciudad de Barcelona sin mi acompañante... Joseph. Lo vi por última vez alejándose de mí bajo la lluvia en la inmensidad de Hyde Park, entre cientos de árboles y largos jardines. Las últimas palabras de Joseph antes de marcharse fueron claras y contundentes: "¡NO ME BUSQUES!".

Bienvenidos al aeropuerto de Barcelona El Prat. La puerta delantera del avión se abrió y los pasajeros en las primeras filas comenzamos a salir. En la sala de recogida de equipaje vi pasar, una tras otra, decenas de maletas sobre la banda número 4. Esperé un par de minutos hasta que por fin encontré y agarré la mía, una mediana maleta de mano color celeste. La de Joseph fue la última que vi pasar por la banda. Dudé entre agarrar esa valija enorme y llevarla conmigo u olvidarme por fin de ella. Joseph la abandonó en Londres igual que a mí, aunque esa maleta tuvo más suerte porque al menos la dejó en el cuarto de hotel, ¡a mí me dejó empapado bajo nubes grises y en medio de un parque!... Aun así decidí llevármela.

Arrastré ambos bultos por la Terminal 1 del aeropuerto hasta salir a la calle y pedir un taxi que me llevara por fin a casa. Desde el asiento trasero del vehículo miré los complejos industriales, los edificios con apartamentos y las casas entre los barrios que conforman Barcelona. El auto se adentraba cada vez más en la ciudad y en veinte minutos de viaje llegamos al barrio de Sant Gervasi. Bajé a un lado de la estación Plaza Molina y de ahí arrastré las maletas colina arriba por la Calle de Atenas hasta llegar al elegante edificio donde, en un segundo piso, se encontraba mi apartamento. Me sentí aliviado al entrar y dejar las maletas junto a la mesita blanca de madera en medio de la sala. Corrí las cortinas sobre las ventanas de cocina y sala para que el gran espacio compartido se iluminara. Sacudí un poco el polvo de los cojines sobre el sofá, su suave textura me incitó a tomar una siesta. Me recosté en el sofá mirando al techo. Mi cuerpo y alma se enfocaron en descansar… Pero no pude.

Apenas pestañeé y el celular guardado en el bolsillo de mi pantalón comenzó a vibrar junto al tono de llamada entrante. Me senté en el sofá con la espalda recargada. En la pantalla del aparato vi un número desconocido que iniciaba con lada +44. No contesté, dejé que el aparato se callara por su cuenta. Las puntas de mis dedos copiaron y pegaron el número desconocido en el buscador de Google del móvil, ahí supe que la llamada provenía de Reino Unido, específicamente del *London Ambassador Hotel*, el lugar donde Joseph y yo nos hospedamos hace apenas dos días. Mientras leía la información del hotel volvió a entrar la llamada del mismo número. Respondí a sabiendas que era el hotel, luego escuché una voz que me resultó familiar.

—*Mister* Alonso —dijo un joven con acento británico—, ¿es usted? —preguntó en inglés.

—*It is me* —afirmé que era yo—, ¿quién habla?

—*Hi, mister* Alonso. Soy Nathan de la recepción del *London Ambassador Hotel*, realicé su *check-out* el día de ayer por la noche. Disculpe la intromisión pero…, hay unas personas aquí en el hotel que quieren hablar con usted. Necesito que tome esta llamada si no es mucha molestia.

—¡Nathan! —dije al reconocer su voz—. Claro, claro…,

pero… ¿Quiénes son?

De principio imaginé que era Joseph quien solicitaba hablar conmigo, pero Nathan habló en plural: "unas personas". Nathan no respondió a mi pregunta. Escuché el pase del teléfono de un individuo a otro hasta que por fin alguien habló.

—Alonso Rodríguez —dijo una profunda voz masculina—. ¿Dónde se encuentra ahora mismo?

Miré la pantalla del teléfono. Por un instante creí que era una broma por parte de mis amigos en México o en España, pero el número sí era del hotel donde nos hospedamos Joseph y yo; y Nathan, el recepcionista que conocí la noche anterior, sí estaba al otro lado de la línea.

—¿Quién habla? —pregunté.

—*Mister* Alonso, somos la *City of London Police*, queremos hablar con usted. Necesitamos hacerle unas preguntas.

—¿Preguntas? —creí que era un malentendido o quizá dejé un saldo pendiente por pagar en el hotel—. ¿Sobre qué quieren hablar? Yo… Yo ya no estoy en Inglaterra, de hecho estoy en mi apartamento en Barcelona—. Escuché murmullos al otro lado. Incluso volví a considerar que todo era una broma.

—Alonso Rodríguez —habló de nuevo el hombre, está vez con una voz mucho más profunda y seria—. Necesitamos que declare ante nosotros acerca de todo lo que sepa y esté relacionado con el intento de homicidio hacia su acompañante. Encontrado inconsciente la madrugada de hoy en el balcón de la habitación 414 en el *London Ambassador Hotel.*

El corazón se me detuvo en el presente. Mi mente regresó al pasado. La ansiedad nubló mi futuro. Y me di cuenta que para vivir en paz no basta con tener sobrias intenciones.

1
HYDE PARK

Cuando besé la piedra en la que se convirtieron sus labios supe que algo iba mal. Aparté mi contraída boca de la suya. Dirigí la mirada hacia la calle a mi izquierda, la ciudad de Londres pasaba frente a mí como una película en opacos tonos grises. Ante mis pupilas apareció una escena que conectó mis jóvenes recuerdos con el maduro presente.

—¡Mira, mira! —palpé el hombro de Joseph más de una vez—. ¿Ya viste ese hostal? El del letrero que dice *The Green Man*. Yo me quedé allí toda una semana en mis tiempos de mochilero, hace muchíííísimos ayeres —dije poniendo la punta de mi dedo sobre el frío cristal mientras nos alejábamos del recuerdo.

Joseph ni siquiera giró los ojos hacia la ventana. Tenía puesta su atención en la voz de la guía británica que salía de nuestros audífonos desechables. El *tourbus* siguió su camino por Edgware Road hasta llegar a un costado del extenso Hyde Park. Puse mi mano muy cerca de su muñeca izquierda, donde llevaba ajustado su Rolex. Las yemas de mis dedos rozaron sus helados nudillos antes de que él los escondiera dentro su gabardina café, que lo cubría del cuello hasta las rodillas. Escuché el rechinar de las llantas del vehículo cuando frenó sobre el mojado pavimento estacionándose en la siguiente parada turística del recorrido. Joseph se levantó del asiento acomodándose la bufanda negra sobre su cuello, salió casi empujando a los turistas que se formaban afuera de la puerta del autobús esperando su turno para ingresar. Yo iba tras él cargando mi ligera mochila de viaje junto con su pesada irreverencia.

La actitud de Joseph quemaba el ambiente, a tal grado que hasta las gotas de lluvia parecían evaporarse al tocar su cabeza. Me exigió sacar su sombrilla de mi mochila. Obedecí. Al tenerla en sus manos la abrió para protegerse. Yo acerqué mi cuerpo al suyo recargando la cabeza en su hombro.

—Joseph… ¿Estás bien?

—Shhh… Quiero disfrutar el paseo en silencio. ¿Puedo?

Callados ingresamos al parque. Escuchábamos el ligero golpeteo de las gotas cayendo sobre la tela del paraguas y el continuo transitar de los autos a nuestras espaldas. Estábamos juntos bajo aquella sombrilla por la necesidad de permanecer secos, a diferencia del día anterior, cuando los casi cuatro meses de relación nos mantenían abrazados y sonriendo frente a la cámara del celular con el Tower Bridge a nuestras espaldas.

Caminamos por más de media hora. Sin hablar. La lluvia cesó junto al suspiro de inconformidad que Joseph liberó del pecho. Cerró la sombrilla, me la entregó casi dejándola caer entre mis dedos y avanzó en línea recta. Tres pasos de diferencia separaban nuestro andar.

—Al menos habla conmigo si voy a cargar todas tus cosas, *darling* —alcé la voz tratando de imitar su nativo acento británico.

Se giró hacia mí, sus manos se ocultaban en los bolsillos laterales de su gabardina. Con su mirada fija a la mía habló en su perfecto español casi neutro.

—No deberíamos estar haciendo esto.

—¿Caminar por el parque sin dirección? Estoy de acuerdo. ¿Por qué no buscamos un bar aquí cerca? O mejor dicho: un PUB. ¿Cuál es la diferencia?

—¡No estoy de broma! —alzó la voz—. Sabes a qué me refiero, Alonso —y lo sabía, mas no quería ser yo quien continuara con la inesperada e incómoda conversación del día anterior—. No deberíamos actuar como si lo que sé ahora fuera poca cosa o no existiera. ¡Porque sí existe!

¿Cuánto tiempo más querías esperar antes de contármelo? ¡DIME!

—¿En verdad te molesta tanto?

—Me molesta que no me lo contaras cuando nos conocimos o incluso un poco después. ¿Por qué tengo que enterarme de todo al ingresar tu nombre en Google y buscar entre los resultados? ¿Eh? ¿Te parece normal? ¿Cómo te sentirías si yo te hubiera ocultando un secreto de tal magnitud por más de un mes?

—¿Eso hubiera cambiado algo? Si te lo hubiera dicho antes, ¿me hubieras vuelto a contactar después de nuestra primera cita? Tengo treinta años, Joseph. ¡Claro que tuve una vida antes de conocerte! Por eso tus reclamos están de más. Me parecen hasta absurdos.

No contestó. Sus labios se sellaron como un sobre y siguió caminando por delante de mí. Pasamos al lado de fuentes sin vida apagadas por la temporada de otoño; decenas de personas caminaban en distintas direcciones; vimos bancas de madera vacías de gente pero llenas de lluvia; algunas gotas aún caían desde el cielo, las mismas que humedecían nuestros rostros. Me puse a un lado de Joseph. El silencioso andar continuó otro kilómetro.

—No estoy cómodo con la noticia —dijo Joseph sin detener el paso—. Me molesta que no me lo contaras. Una relación se basa en la confianza y te puedo asegurar que tú no la tienes conmigo. Así que esto entre nosotros —nos señaló con su dedo— no va a funcionar. ¡Me has hecho perder mi tiempo! ¡Mi valioso tiempo! Se cayó la última pieza del ajedrez.

—Me encanta el ajedrez aunque pierda siempre —dije como si fuera la única parte de la conversación a la que presté atención.

Joseph detuvo su andar ante mi comentario. Lo vi girar su cabeza mirando hacia varias direcciones, cómo buscando la salida más cercana desde donde nos encontrábamos. El corto cabello rubio de Joseph bailaba con la húmeda brisa.

—Voy a regresar al hotel —dijo dándome la espalda para evitar verme y sin inmutarse continuó—. Te pido que no me sigas, no quiero ser grosero ni comenzar una discusión aquí enfrente de todo el mundo. Sacaré mis cosas de la habitación y trataré de irme hoy mismo a Edimburgo. Seré de los primeros en llegar al congreso que organiza mi empresa. Pero me iré solo..., o sea..., sin ti.

Me arrebató la sombrilla de las manos y se alejó, no sin antes lanzarme la última pedrada.

—Ve y encuentra algo que puedas hacer por tu cuenta. Y por favor... —ahora sí se giró para gritarme a la cara su última petición—. ¡NO ME BUSQUES!

Su silueta se volvió un diminuto y borroso punto a la distancia, perdiéndose entre los cientos de árboles plantados en aquella verde y extensa explanada. "Corre", me dije. "¡Corre! Ve tras él, ¡solo corre!", me repetía una y otra vez. En cambio me quedé clavado en el piso mirándolo escaparse de mí.

Mis ganas de llorar en medio de aquel parque donde mi única compañía era la soledad fueron inmensas. Di un respiro hondo y me pregunté: "¿Qué acaba de pasar?". Caminé en dirección contraria a Joseph sin ideas ni rumbo. Las piedritas mojadas del camino bajo mis pies acompañaron mis perdidos pasos hacia una transitada y ruidosa calle a las afueras Hyde Park. Caminando por la acera vi a choferes conducir los famosos autobuses rojos que tanto caracterizan a la ciudad. Todavía me sorprendía ver a la gente manejar del lado opuesto. A pesar del ajetreo a mi alrededor me sentía solo, como si el mundo entero hubiera decidido ignorarme. Parado en la esquina de un cruce, esperaba paciente la luz verde del semáforo peatonal para atravesar la calle hacia lo desconocido. Repetía en mi cabeza la escena entre ambos, tratando de descifrar qué había hecho mal yo para que me dejaran abandonado en medio de un parque. Abandonado en otro país.

—¡A LA CHINGADA! —grité mirando al cielo sin

contenerme. Tardé segundos en notar a una pareja de adultos mayores a mi lado, me miraban con cara de interrogación. Me dirigí a ellos hablando inglés en mi reconocible acento mexicano—. Es… Es una expresión… ¡Una expresión en México! Quiere decir: lloverá pronto —dije señalando al cielo. El señor me miró sonriendo.

—*¡La shingara!* —y gritó al cielo apuntando a las nubes.

La mujer que lo acompañaba se unió también:

—*¡La shingara! ¡Shingara!*

—¡Eso, eso! —les dije antes de cruzar la calle y volví a gritar—. ¡A LA CHINGADA!

Seguí. Seguí andando sin detenerme. Sin pensar a dónde me llevaría aquella larga caminata mojada de ansiedad. Dándome cuenta durante el andar que el paso de los años no te aleja del pasado y ni viajar miles de kilómetros pueden separarte de ti mismo. Serás tu acompañante siempre; la maleta de recuerdos con sus dolores y angustias se cargará y se empacará sola al continuo paso de la vida.

El cielo rugió. Vi las gotas de lluvia rociar todo…, incluyéndome. Sin prisa, caminé en línea recta hasta topar de nuevo con Edgware Road, la calle por donde pasó el autobús turístico en donde Joseph y yo paseamos. Recordé la ruta que hicimos hace menos de una hora, cuando le dije que mirara el hostal donde me había quedado la primera vez que visité Londres. Y la idea me llegó como un golpe. Me dediqué a buscar aquel lugar que hace nueve años jamás hubiera imaginado se convertiría en mi refugio para encontrar consuelo.

Consuelo por las nuevas consecuencias de mis pasadas ebrias decisiones.

2
UN PUB EN LONDRES

Ahí estaba yo. Mojado frente a la entrada del pub *The Green Man.* El lugar estaba casi igual a cómo lo recordaba de años atrás, las columnas rústicas en la entrada se alzaban hacia el letrero con el nombre del establecimiento pintado en letras doradas; a través del cristal se notaba el ambiente internacional de estudiantes visitando la ciudad, casi todos con pintas de cerveza en mano. Miré el pizarrón que colgaba en la puerta exterior invitando a aprovechar el 3x2 en cervezas y la *happy hour* de bebidas desde las cinco hasta las siete de la tarde. La felicidad regresó a mí en un instante por haber llegado una hora antes de que terminaran las promociones. Antes de entrar sequé mi negro cabello sacudiéndolo con la punta de mis dedos; pasé mis manos sobre las mangas de la chamarra rompevientos negra retirando las gotas de lluvia restantes; mis jeans y tenis deportivos cafés parecían una sopa de lo mojados que estaban.

Lo primero que percibí al entrar fue el olor a cerveza impregnado en el piso del lugar y sobre las mesas de madera, seguido por el ruido de la música pop en las bocinas colgadas cerca del techo. Me abrí paso entre los grupos de jóvenes hasta llegar a la barra. El *bartender* me lanzó una sonrisa.

—*What can I get you?* —me preguntó señalando el pizarrón con opciones de bebidas y comidas a su espalda.

—Creo que comenzaré con…, con una copa de vino tinto (¡qué sorpresa!) —dije apuntando a las botellas en los refrigeradores bajo su espalda.

—Es *happy hour* —me recordó—, por ocho libras puedes

pedir la botella para ti y tus amigos.

—¡Va! Me parece perfecto porque hoy soy mi único amigo.

El *bartender* tomó una botella de vino tinto, la abrió frente a mí y me sirvió una copa casi hasta el tope. Colocó un balde de acero sobre la barra y acomodó la botella dentro para después arroparla con hielo. Agarré la copa y di un sorbo que me trajo satisfacción luego del fatídico día al lado de Joseph, con quien no pude culminar nuestro viaje inicial: de Barcelona a Londres, Londres a Edimburgo y Edimburgo regreso a Barcelona. ¿Qué tan rápido se desvanecieron los meses que pasamos juntos? ¿Fueron minutos o segundos? Me pregunté si Joseph ya tenía contemplada a su pareja ideal con sus aciertos y defectos, seguro que mi historia de vida no entraba en el guion de la suya. O al menos así lo percibí cuando Joseph decidió escarbar años atrás en mi pasado.

Con la copa en mi mano saqué mi celular del bolsillo y me puse a ver fotografías del día anterior. En la pantalla aparecimos él y yo, mire en las imágenes nuestro intenso contraste entre su rubio cabello y mi negro natural; su piel blanca y mejillas rosadas contra mi tez morena. Según mis amigos, yo era el único que encontraba atractivo su largo y medio arrugado rostro, poca barba bajo el mentón y esas bolsitas debajo de sus intensos ojos azules. Eso sí, su cuerpo era como el de los jugadores de rugby…, mucha pierna que ver.

Reprimí mis ganas de llorar por ver los recuerdos en el teléfono. Guardé la compostura y mi celular.

—¿Tú de dónde eres? —me preguntó el *bartender*—. ¿Pakistán?

—No, no —contesté sonriendo—. Soy del continente americano.

—¡Ah! Entonces… ¡Entonces eres peruano! Yo tenía un compañero de cuarto que era de Lima. Se parece a ti. ¿Eres de Perú?

—No, tampoco. Pero ya estás más cerca —sonreí—. Soy

de México.

—¡México! *¡Mi amigo!* ¿No quieres que te sirva un tequila? ¡Yo te lo invito!

En otro tiempo de mi vida tal vez hubiera accedido, pero aún tenía la botella de vino frente a mí y no pensaba irme de ahí hasta terminarla.

—No, gracias. Me quedo con el vino. Pero…, ¿tienes algo de comer?

Devoré mis problemas junto a la hamburguesa con queso que me trajeron y seguí bebiendo el vino seco de la casa. En pequeñas conversaciones con mí único acompañante le compartí parte de mi vida en el último año: me encontraba residiendo en Barcelona, trabajando de tiempo completo para una agencia de publicidad que realiza activaciones digitales y producción de eventos. Omití la parte menos divertida, que era ser encargado de la redacción y edición de los textos de las campañas, me involucraba muy poco en la parte creativa; además de organizar la logística de los eventos para presentación de productos o lanzamiento de nuevos servicios. Básicamente mi trabajo era contactar a proveedores, rentar recintos para eventos, nivelar presupuestos, montar y desmontar el mobiliario. ¡Ah! Y mi jefa, Isa, se lleva todo el crédito tras el éxito del evento. No por nada la agencia se llama: Isa Creativa.

A pesar de que le guardaba rencor a Joseph por abandonarme en medio de la ciudad, le estaba muy agradecido por el sorpresivo viaje a Reino Unido. Su invitación me regaló un enorme respiro de dos semanas antes de volver al mando de Isa y su cantaleta: "Alonso, ¡lo necesito para hoy!". Mis antiguos jefes jamás fueron tan odiosos como aquella mujer.

Serví mi tercer trago de vino hasta el tope, la botella aún tenía líquido para un par de copas más. Vi la lluvia afuera del pub mojando las calles londinenses. Distintas voces e idiomas entraban y salían del establecimiento y se incrementaban con el paso de las horas. Miré el celular. No había ninguna novedad que me robara el interés en cada uno de los *feeds* de redes sociales, hasta que me topé con una fotografía de mi hermano Alberto. Se encontraba sentado en la terraza de un restaurante en San Miguel de Allende, en México. Reconocí su ubicación por la parroquia al fondo de la imagen. Miré el reloj en el celular e hice cuentas de la distinción horaria, ya pasaban de la una de la tarde en México.

—Disculpa —llame al *bartender*—. ¿Hay aquí un lugar con menos ruido? Necesito hacer una llamada y afuera está lloviendo.

—*Yes!* Subiendo las escaleras hay un área de descanso para los que se hospedan en el hostal. Solo necesitas el código de cuatro dígitos, te lo doy ahora mismo.

Sabía de la existencia de aquella área, yo mismo estuve ahí años atrás con mis amigos del intercambio con los que visité la ciudad. El *bartender* me dio un papel con la clave y me levanté de la barra sin dejar atrás mi copa ni la botella. Subí las escaleras a la segunda planta, me topé con la misma puerta que crucé cuando tenía apenas veintiún años y menos remordimientos de por vida. Sobre el teclado de la cerradura pulsé los números: 3-3-4-5, la puerta se abrió. Ahí estaban algunos jóvenes viajeros sentados en silencio sobre sofás y sillas. Unos mirando sus celulares, otro leyendo un libro. Me senté en un sofá frente a una mesita de madera donde dejé la botella de vino. Me sentí viejo al ver mi alrededor, estaba seguro que rompía el promedio de edad de los que se alojaban en el lugar que a mi parecer no pasaban de los veintitrés años. Tomé el celular entre mis dedos y busqué el contacto de Alberto. Su sonrisa apareció frente a mí luego del primer tono que inició la videollamada.

—¡Qué pedo! ¿Qué dice Londres?

—¡Mejor dime tú! ¿Qué haces en San Miguel de Allende?

—Pues ya sabes, aprovechando las vacaciones del trabajo. Nataly separó un Airbnb súper bonito donde nos estamos quedando. ¿Y tú? ¿Qué tal?

—Todo bien aquí en Londres. Ahora mismo estoy en el hostal dónde me quedé la primera vez que visité la ciudad.

—¿Qué haces en un hostal? Creí que tus tiempos de mochilero ya se habían quedado atrás. ¿O Joseph y tú no quieren pagar un hotel? —no pude contener mi expresivo rostro cuando escuché el nombre de Joseph. Alberto supo de inmediato que yo no estaba bien—. Alonso… ¿Qué pasó? Estás con Joseph, ¿verdad?

—No. No estoy con él porque ya se enteró. ¡Lo sabe! Sabe lo que pasó. Y no, no lo tomó de la mejor manera, como ya me lo esperaba —me recargué en el sofá—. Hoy por la tarde, cuando estábamos turisteando por el centro me dijo que "esto" entre nosotros no iba a funcionar. Luego dijo que se iría a Edimburgo, como era el plan inicial, pero que yo no estaba invitado. Y se alejó sin decirme nada más. No sé por qué sigo creyendo que puedo darme el lujo de tener una vida normal cuando lo que viví no es normal.

—Lo que vivimos, Alonso. Lo que ambos vivimos. Y claro que puedes tener una vida normal, pero tienes que dejar eso atrás. ¡Deja el pasado atrás! Han pasado más de tres años desde el altercado en nuestra casa, es tiempo de que pases página, ¡pasemos página! La casa en Sierra Alta se vendió el año pasado; tú y yo a distancia estamos a cargo del negocio familiar. Tienes un trabajo estable en Barcelona. ¿Necesitas más razones para evitar voltear al pasado?

—Es que… Es difícil no voltear al pasado porque justo eso es lo que me impide avanzar a un mejor futuro. Y por mejor futuro me refiero a conocer a alguien. ¿Sabes cómo se enteró Joseph de la noticia? Buscó mi nombre completo en Google y escarbó en la sección de noticias hasta llegar a la nota que ya conocemos, esa con el ofensivo titular amarillista: *Y EL VINO SE CONVIRTIÓ EN SANGRE.* Joseph leyó la noticia completa e investigó más a fondo. Reprodujo los videos de los reportajes que salieron a nivel nacional. ¡Miró todo! El proceso del robo y clonación de autos, la información de la banda que se dedicaba al negocio ilegal, hasta llegar al punto en donde sale nuestra vieja casa con mi auto destruido y el cuerpo del joven encontrado en la cocina. Y, obviamente, me tupió de preguntas sobre quién era la persona que murió dentro, cómo llegaron los delincuentes hasta nuestra casa. ¡Hasta me preguntó si yo estaba involucrado en el negocio! No le respondí al instante, esperé a que procesara la información que acababa de leer. Le dije que le contaría todo en su momento, cuando estuviéramos calmados, pero él no quiso que me quedara callado, quería respuestas *right away*. Y fue cuando comencé a darle lo que quería. Contarle mi historia de inicio a fin.

—Esa no es tú historia, Alonso, fue una vivencia que ya quedó en el pasado. Y si tú no lo puedes ver de esa manera, ¿cómo esperas que otros lo vean así? Pregúntale a quien tú quieras y conozcas sobre sus decisiones tomadas durante sus veintes. Más de uno se avergonzará de haber sido tan estúpido. Yo tengo muy claras las cosas por las cuales me arrepiento. Como ese día de la tragedia, ¿no crees que me sentí mal por no quedarme contigo durante la noche de Año Nuevo? Probablemente la historia habría tenido otro rumbo. Y si juntáramos muchas más de nuestras anécdotas seguro nos sobrarían historias para una serie. Pero hay que pasar página, ¡los dos! Estoy seguro que Joseph te volverá a buscar cuando esté más tranquilo. Dale tiempo. Y sobre todo, ¡perdónate a ti mismo! No puedes ir por ahí dándote golpes de pecho y culpándote todo el tiempo, no eras el único involucrado en la situación. Ya sufriste las consecuencias de tus errores, aprendiste, ahora no los vuelvas a cometer.

Dejé salir un par de lágrimas frente a la pantalla y recargué mi nuca en el respaldo del sofá. Me quedé mirando la blanca luz del foco en el techo por un par de segundos y regresé mi vista a la pantalla. Alberto me miraba en silencio mientras yo secaba mis lágrimas sobre mis mejillas. Vi que Alberto daba un sorbo a un tarro con cerveza.

—¿Tú también ya estás tomando? —pregunté riendo—. ¿Qué hora es ahí?

—En mi defensa, ya son las dos de la tarde.

—Pues en ese caso —me acerqué a la mesa frente a mí, tomé la botella de vino y la puse frente al celular—, ¡salud! —dije y di un sorbo. Por la bocina del celular escuché las carcajadas de Larissa, la amiga de Alberto, y la vi acercándose a la pantalla.

—¡Hola bebé! —dijo ella—. ¡Te extrañamos! ¡Ya regresa! —abrazó a Alberto por la espalda.

—¡Yo también los extraño! Espero pisar México el próximo verano.

—¡Eso espero! Bueno te dejamos porque vamos a salir a comer y luego a pasear por el centro —dijo Larissa—. ¡Te mando un beso, bebé!

—Un beso y saludo a ambos —dije moviendo mi mano frente a la cámara. Miré a Larissa alejarse hacia el final de un pasillo a espaldas de Alberto, antes de despedirnos continué—. Oye… Gracias por estar siempre presente. Eres mi ejemplo a seguir.

—¡Qué te pasa! ¡Si tú eres el mío!

—¿En serio?

—¡Pero claro! Si quiero que las cosas me salgan bien solo tengo que ver lo que tú haces y hacer totalmente lo opuesto —se reía Alberto mientras hablaba—. De los errores ajenos, ¡también se aprende! O sea, eres mi NO ejemplo.

—*OK*, lo tomaré como un cumplido.

—Justo así deberías tomarlo. Y regresando a Joseph, ¡no te preocupes! Seguro te busca cuando esté de vuelta en Barcelona. Mientras tanto sal de ahí, visita la ciudad, y deja de beber vino directo de la botella, aunque lo quisieras ya no eres universitario —se burló—. Y sabes que estoy a una llamada de distancia. No dudes en marcarme si me necesitas.

—Muchas gracias… Te quiero.

—Y yo a ti —dijo Alberto antes de colgar.

De regreso en el pub, mientras se aceptaba el pago de mi tarjeta, miré hacia el oscuro y seco exterior a través del cristal, la lluvia cesó en las calles y mi recibo por £16 fue entregado. Al salir el fresco aire me pegó en la cara. Me dispuse a regresar al hotel que Joseph y yo separamos para las siguientes noches en Londres. Saqué el celular para buscar la ubicación del *London Ambassador Hotel,* un recinto de cuatro sobrevaloradas estrellas con WiFi deficiente y desayuno no incluido. Para mi buena suerte el hotel se encontraba sobre la misma calle, a treinta minutos caminando desde mi ubicación.

Me dirigí al hotel con la esperanza de encontrarme con Joseph. Ahí sería el momento de encararlo. Decirle que si quería un futuro conmigo debería aceptar y dejar mi pasado donde estaba: años atrás, mucho antes de conocernos. Que esa historia en mi vida ya se contó. Y que yo no era la misma persona.

Sí, eso le diría al verlo.

Nunca imaginé que él en verdad no quería ser encontrado.

3
HABITACIÓN 414

Según el mapa en el celular me encontraba a dos calles del hotel, mientras caminaba caía en cuenta que sin Joseph el viaje había perdido todo propósito y sentido. Londres era nuestra primera parada antes acompañarlo a Edimburgo al encuentro internacional que organizaba Patskin, la empresa donde Joseph trabajaba. Una cadena internacional de centros clínicos enfocados en tratamientos de medicina y cirugía estética facial y corporal, como depilación láser, tratamientos para várices, *lifting* facial, rinoplastia, venta de productos para el cuidado de la piel y muchos otros servicios. Patskin organizaría un evento que reuniría a cientos de emprendedores y dueños de centros clínicos estéticos en Reino Unido y Europa. Un fin de semana para profesionales del sector. Patskin era la empresa líder del mercado con presencia por casi todo Reino Unido y su expansión por Europa estaba creciendo, iniciando con sucursales en España y Portugal.

Mi plan de visitar Edimburgo se había pospuesto hasta nuevo aviso, sin la certeza de que se fuera a concretar. Una parte de mí agradecía que el viaje se cancelara. Joseph y yo estábamos por cumplir cuatro meses saliendo desde que nos conocimos por primera vez en las calles del barrio de Gracia en Barcelona. Aún así, no me sentía cómodo con la idea de ser presentado ante sus compañeros de trabajo como su pareja "formal". Sentía que eso me comprometía a clavarme de lleno en su estilo de vida. Su mundo continuaba siendo diferente al mío, cuatro meses es poco tiempo para conocer a alguien. Además, había detalles que no me agradaban de su personalidad; aspectos en su actitud hacia mí, hacia mis amigos, hacia mis gustos personales, que consideraba estaban fuera de lugar. Como esa vez en el cumpleaños de Tim (mi amigo alemán), cuando Joseph cortó la música de golpe porque el sonido era demasiado alto y alegó que los vecinos llamarían a la policía quejándose, luego de eso se terminó la fiesta. ¡EN FIN! Defectos tenemos todos. Y gracias a sesiones de terapia y a mis experiencias en fracasadas relaciones aprendí a no juzgar, pero sí a estar alerta. Estaba en un punto de mi vida que el presente estaba claro: jamás cometería los mismos errores ni tomaría las mismas decisiones. Mis intenciones las dirigía al firme destino sobre el flojo e incierto camino que es la vida. Tan incierto que no contaba con que el pasado se abriría como una brecha en el piso de mi relación con Joseph.

Parado frente a la entrada del hotel me preguntaba: "¿Será así siempre? ¿Podrá alguien conocer mi historia —pasado, presente y futuro—, abrazarla y estar bien con eso?". Entré al hotel por las puertas giratorias y pasé por enfrente de la mesa de recepción en donde un joven rubio de lentes me saludó en mi camino al ascensor. Al llegar al cuarto piso me dirigí a la habitación donde nos estábamos hospedando: 414. De mi cartera saqué la tarjeta de acceso que coloqué frente al lector para abrir la puerta, el foco rojo en la parte superior de la cerradura se encendió indicando la denegación del acceso. Miré el número en la puerta y verifiqué que estuviera en el piso correcto... Lo estaba. Intenté de nuevo sin obtener un resultado diferente. Regresé al ascensor y bajé hasta la recepción, el mismo joven que me saludo al ingresar estaba trabajando frente a su computadora.

—*Hi!* —dije—. Disculpa, creo que mi llave de acceso se desprogramó. ¿Podrías ayudarme?

—*Sure!* —contestó sonriente—. ¿A qué nombre está la reserva y qué número de habitación es la que tiene?

—Alonso Rodríguez, habitación: cuatro, uno, cuatro —

contesté.

Lo vi teclear mi nombre y observar muy concentrado la pantalla. Curveó la boca un poco antes de dirigirse hacia mí.

—*Mister* Alonso, según la información que me aparece en el sistema, usted y su acompañante hicieron *check-out* el día de hoy hace apenas unas horas. Mi compañera del turno pasado es quien hizo el movimiento. ¿Es correcto?

—*What?!* —pregunté alzando un poco la voz—. Eso es imposible. Yo no… No tengo pensado retirarme hasta dentro de dos días. O es que acaso… —pensé de inmediato en Joseph, ¿habría hecho *check-out* sin consultarme primero o mínimo avisarme? ¡Era una estupidez!—. Disculpa, no sé por qué mi acompañante hizo *check-out*. Él me dijo que se marcharía, pero yo me quedaría hospedado más tiempo. ¡Incluso mira! Te acabo de entregar mi llave de acceso —apunté a la tarjeta sobre la mesa.

—Ahora que lo menciona —el joven volvió a poner la vista en la pantalla—, veo que hay un cargo por una llave extraviada que se pagó en efectivo antes de realizar el *check-out*. Seguramente su acompañante hizo el pago por esta tarjeta…, "extraviada".

—¡¿Qué?! —alcé más la voz—. ¿Qué me dices de mis pertenencias? Yo tenía mi maleta dentro de la habitación. ¡Y! Dejé cosas de valor en la caja fuerte que está dentro del guardarropa.

—*Really?* No tenía idea —dijo el joven rascándose la nuca—. Voy a revisar en nuestro almacén para ver si han dejado algo —el joven se retiró hacia una habitación detrás de la mesa de recepción.

En ese momento saqué mi celular e intenté contactar con Joseph. Y, ¡oh, sorpresa! No entraban llamadas a su línea. Seguí intentando una y otra vez hasta que el joven recepcionista regresó con una maleta grande y otra de mano color celeste, las reconocí de inmediato.

—¿Estas son sus maletas? —me preguntó—. Tienen la etiqueta con su nombre.

—Sí… Bueno… —la pequeña maleta de mano era la mía, pero la otra grande le pertenecía a Joseph. Me preguntaba: ¿por qué no se la había llevado junto con su arrogancia? Según él iba a regresar al hotel, sacaría sus cosas y se iría directo a Edimburgo—. Sí, son nuestras maletas —respondí estirándolas hacia mí.

Mandé infinidad de mensajes de texto a Joseph, que nunca contestó. Me acerqué a las maletas, comencé a inspeccionar el interior de la mía. Había ropa revuelta y sin acomodar, cómo si hubieran metido todo con prisa. Vi algunas camisas de Joseph dentro. Luego abrí su maleta, su neceser estaba escurriendo líquido que caía en algunas de sus prendas. Joseph no se tomó la molestia de acomodar nada. Cerré su maleta sin ganas de rebuscar entre la ropa. Regresé la vista al interior de mi maleta, allí estaban todas mis prendas y accesorios, pero faltaban mis pertenencias más importantes.

—Disculpa —miré la etiqueta con el nombre del joven recepcionista sobre su pecho—, Nathan, ¿podrías concederme acceso a la habitación de nuevo? Necesito sacar las cosas que tengo en la caja fuerte.

—*No problem!* —contestó—. Con gusto le doy acceso para que suba y agarre sus pertenencias. ¿Tendrás una identificación solo para confirmar los datos?

De mi cartera saqué mi tarjeta de residencia de España. Cuando Nathan comprobó los datos de la reservación me la devolvió junto con la llave de acceso.

—Aquí tiene, *mister* Alonso.

Regresé al ascensor y al cuatro piso. Caminando por el pasillo sentí unas ansias enormes por estar frente a la puerta y entrar de golpe en la habitación. Quería inspeccionar cada rincón y comprobar que Joseph no olvidó sacar nada. Coloqué la tarjeta frente al lector en la puerta y el foco verde de acceso se encendió.

Sentí el frío clima golpear mi rostro al ingresar. Encendí la luz de la habitación. La ventana hacia el balcón estaba abierta y la cortina blanca que la cubría se balanceaba con el viento hacia el interior. La cama seguía cómo la dejamos esa misma mañana: sucia y sin hacer. Me acerqué al guardarropa de la habitación. Ahí estaba la caja fuerte. Me puse en cuclillas frente a ella para abrirla presionando la clave que Joseph eligió: 1-2-1-2. La puertecilla se abrió sin darme mayores problemas. Allí estaban intactas y en buen estado todas mis pertenencias. Metí la mano y agarré mi pasaporte mexicano, una tarjeta de crédito GOLD Premium de emergencia y una tarjeta SIM con mi número internacional para hacer llamadas de larga distancia. Cerré la caja y me levanté para inspeccionar la habitación. En el baño ya no había ninguna de mis pocas pertenencias: cepillo, pasta de dientes, desodorante y crema para manos; recordé que todo estaba dentro del neceser inundado por el jabón corporal de Joseph. Registré el interior de la habitación una vez más sin encontrar nada que no estuviera ya en las maletas que me esperaban en la recepción. Antes de salir y regresar al lobby me acerqué a la ventana de la habitación que daba hacia el balcón. Con la cortina cubriéndome la cara extendí mi brazo y cerré la ventana corrediza para evitar que el frío siguiera contaminando la habitación. Con mis pertenencias ya en mano apagué las luces de la habitación y di otro portazo al pasado.

De vuelta en el lobby vi a Nathan atendiendo a un matrimonio que realizaba su *check-in*, esperé sentado en un sillón a que se desocupara. A mi celular llegó una notificación por parte del hotel avisando que se realizaría un reembolso por las dos noches que no utilicé. Me puse a analizar mis opciones. Uno, acercarme a Nathan y pedir que me hospedara en la misma habitación por dos semanas más aprovechando mis vacaciones, para después volar de regreso a Barcelona, mis vuelos por Reino Unido ya los consideraba perdidos; dos, adelantar mi fecha de regreso a Barcelona pagando un nuevo boleto de avión desde Londres. Confirmé que no había razones para quedarme en Inglaterra. En la aplicación de la aerolínea miré itinerarios y logré acomodarme en un vuelo que saldría a las cinco de la mañana, en menos de ocho horas. Me levanté del sillón hacia la recepción y entregué a Nathan la tarjeta que utilicé para entrar en la habitación.

—Listo, ya tengo mis cosas y ahora me voy. ¡Gracias por todo, Nathan! —agarré mi maleta celeste y caminé hacia la salida.

—¡*Mister* Alonso, espere! —me detuve en seco al escuchar a Nathan—. Se va, pero… —Nathan apuntó hacia la maleta de Joseph—. No creo que deba dejar la maleta de su acompañante aquí. Si para mañana no viene nadie a recogerla no quedará otra opción mas que botarla —miré la valija grande y pesada, en ese momento me arrepentí por no enseñarle a Joseph a viajar ligero. No sentí que tuviera opción.

—No te preocupes, Nathan. Yo me la llevo.

—¡Perfecto! ¿Hay algo más que pueda hacer por usted, *mister* Alonso?

Nathan me pidió un taxi para llevarme al Aeropuerto de la Ciudad de Londres. Dentro del auto intenté comunicarme con Joseph por última vez. La llamada seguía sin entrar a su celular y no tenía otro modo de localizarlo, ni siquiera por mensaje en redes sociales porque Joseph no tenía ninguna, prácticamente estaba fuera del mundo virtual. Lo que sabía y conocía de él era lo que me contaba de su propia boca; y a veces de las fotos que me mostraba en su celular, en donde me enseñaba un poco de sus viajes y paisajes que llamaron su atención.

Llegué al aeropuerto arrastrando las maletas por las rampas hacia el interior. Miré por última vez la ciudad de Londres anochecida antes de entrar a la terminal.

Pasé la noche en vela en las salas del aeropuerto, volé de madrugada hacia Barcelona, llegué en taxi a mi apartamento, me acosté en el sofá de la sala. Todo perfecto. Hasta que recibí la llamada de Nathan, comunicándome con la *City of London Police* para declarar todo lo que sabía acerca del intento de homicidio hacia mi acompañante, encontrado inconsciente en el balcón de la habitación.

La tragedia de la habitación 414 en el *London Ambassador Hotel*.

4
VALERIA

El celular se deslizó entre mis dedos al escuchar la noticia sobre el presunto intento de homicidio que sufrió Joseph. El agente de policía al teléfono mencionó que mi acompañante fue encontrado inconsciente en el balcón de habitación 414, la misma que yo había abandonado hace al menos doce horas. Recordaba la habitación helada y vacía cuando entré la noche anterior. Y sí…, la ventana hacia el balcón estaba abierta provocando que las blancas cortinas ondearan con el viento. Yo mismo cerré la ventana corrediza antes de salir pero no vi a nadie afuera. Aunque recordándolo bien, la cortina blanca me cubrió la cara todo el tiempo, nunca vi al exterior de la habitación. Nada estaba claro en mi cabeza, ningún recuerdo lo era. No sabía si lo que me dijo el agente al otro lado de la línea era verdad. ¿Qué debía hacer? ¿Cómo debía actuar? Y entonces recordé la pregunta más importante que debía plantearme en estos casos: ¿Quién es el Alonso que tomará las decisiones?

El celular continuó cayendo hacia el piso mientras yo realizaba una visita al pasado, a una de mis sesiones con mi psicóloga... Valeria.

Sesión #2 con Valeria

Era una tarde de martes. La segunda sesión inició como la anterior, yo en la sala de mi apartamento sentado frente a mi escritorio de trabajo con una caja de pañuelos a un lado, la computadora portátil encendida y la cara de Valeria en la pantalla, una joven mujer en sus cuarentas. Ella se conectaba desde su consultorio: un espacio con perfecta iluminación por la ventana a su lado; detrás de ella blancas paredes decoradas con lo que parecían reconocimientos y certificaciones por su labor como psicóloga; a su lado tenía una maceta con un hermosa Palma Areca que me presumió en nuestra primera sesión, no sabía si la planta era real o no.

Fue durante nuestra primera sesión virtual cuando le confesé a Valeria lo ocurrido la noche de Año Nuevo con Ricardo en Monterrey, mientras me encontraba ebrio e inconsciente, cuando tenía 26 años. Peeeeeero, omití un pequeño GRAN detalle… No le conté nada sobre el hombre muerto en el piso de la cocina. No creí que importara…, ¿o sí?

Luego de saludarnos y dar la bienvenida a la segunda sesión, Valeria se mostró seria frente a la pantalla acomodando los rizos negros de su cabello detrás de las orejas y colocando sus manos juntas sobre su mesa, un gesto que durante la sesión anterior entendí significaba que era mí momento de hablar.

—El sábado pasado bebí de más —dije—. Desperté el siguiente domingo en mi cama con un dolor de cabeza insoportable. Sin recuerdos de cómo llegué a mi apartamento la noche anterior —apreté un pañuelo de tela que tenía entre mis dedos—. Me…, me asusté. Sentí como si me diera un ataque de pánico. Ansiedad. Sentía que me moría. Las traumáticas vivencias del pasado regresaron. La última vez que borré todo recuerdo por el exceso de alcohol se desató el caos en mi casa. Si no fuera por las cámaras de seguridad que grabaron todo, esa noche ya habría quedado olvidada para siempre.

—La noche que Ricardo llegó a tu habitación —dijo Valeria.

—Exacto. Pero…, fíjate que no me sentí mal por Ricardo ni por su recuerdo. ¡Me sentí mal por mí! Me odié porque volví a perder el conocimiento. Juré que no me pasaría de nuevo. Y volvió a pasar.

—¿Te sientes muy culpable cuando te equivocas? —

preguntó Valeria mientras yo secaba una pequeña lágrima sobre mi mejilla con el pañuelo. La miré sin saber cómo responder.

—Pues… Sí y no… Digo…, de los errores se aprende, ¿o no? Duele aprender y duele más saber que no he aprendido.

—Alonso, ¿notas que divagas al responder? Te pregunté si te sientes culpable cuando te equivocas y no me diste una respuesta concreta. No respondiste: sí o no. Incluso en una pregunta tan simple dudaste, pareciera que efectivamente te da miedo equivocarte porque no quieres sentir el peso de la culpa.

—Bueno, es…, es por mi pasado. Vengo arrastrando muchas cosas y… Creo que eso me provoca pensar en todo más de una vez. Doy vueltas a lo mismo preguntándome cómo puedo hacer las cosas bien a la primera. Cuestiono mucho en quién sí puedo y en quién no puedo confiar para no salir lastimado, ni lastimar a los demás. En resumen: pienso, desconfío y luego sigo pensando.

—Excepto cuando bebes.

—Eeeeh… —me quedé mudo.

—Cuéntame, Alonso. ¿A dónde fuiste el sábado en la noche? Antes de que perdieras la memoria por excederte con la bebida y despertaras en tu apartamento con resaca. Y… ¿qué recuerdas de la noche?

—Pues… Mi amigo Willem hizo una reunión en su apartamento. Estábamos con nuestros compañeros de la maestría que conocimos aquí en Barcelona. Mi actual pareja, Joseph, no quiso acompañarme. Dijo que se quedaría en casa trabajando, ¿quién trabaja a las once de la noche en un sábado? ¡Cómo sea! Yo tenía mi copa de vino en la mano, Willem se encargaba de llenarla cuando se quedaba vacía. Más tarde, como a las doce de la noche, llegaron sus amigos, todos ellos holandeses. Trajeron cerveza, vino, ¡hasta una botella de tequila! Yo estaba seguro que no quería mezclar bebidas. Ya he tenido muy malas experiencias con eso. ¡Sobre todo con el tequila! ¿No te conté la vez que arruiné una fiesta de compromiso en una terraza?

—¿Una fiesta de compromiso?

—Bueno *equis*… Ya es historia. ¿En qué estaba?

—Hablabas de unos holandeses y tequila.

—¡Ah, sí! La verdad no sé en qué momento terminé mal. Seguí bebiendo y de la nada todo se puso negro. Se borraron mis recuerdos. Bueno… antes de eso hablé por teléfono con Joseph para decirle que me iba a quedar más tiempo en la reunión. Lo llamé porque teníamos programado un desayuno al día siguiente por la mañana con un inversionista o un nuevo socio para su negocio. No le entendí muy bien. Era alguien que estaba interesado en trabajar con Patskin, la empresa donde labora Joseph. En la llamada le pregunté si podíamos moverlo de horario, vernos un poco más tarde.

—Y…, ¿qué te dijo?

—¡Se enojó! Me gritó y reclamó que no me tomaba el trabajo en serio. Que no era posible mi falta de compromiso. En eso sí lo comprendo. Yo hice mal.

—¿Qué hiciste mal, Alonso?

—Pues, me estaba poniendo a mí antes que a él, antes que nuestra relación. Al principio sí me molesté, consideré que no estaba haciendo nada malo. ¡Ni siquiera trabajo con Joseph! Él quería proponerme una idea de negocio mientras yo estaba de fiesta con mis amigos. Me dijo al teléfono que yo nunca pensaba en él ni en mi futuro, que al día siguiente yo estaría con resaca y que no le gustaba que yo fuera ese tipo de hombre.

—¿Qué tipo de hombre?

—Hmmm. Yo creo qué el tipo de hombre que se la pasa de fiesta sin importarle nada ni nadie, ese que vive en la eterna soltería. O sea, como mi yo del pasado. Pero Joseph no conoce nada de mi historia. Yo no quiero volver a ser la persona que fui años atrás. No quiero. Simplemente no.

—¿Qué hiciste después de que terminaste de hablar con Joseph por teléfono?

—Colgamos y yo… —no sé porque no lo recordé desde

antes—. Me… Me tomé un *shot* de tequila.

A través de la pantalla noté que Valeria tenía su mirada fija en mí, yo en silencio la observaba también. Ella volvió acomodar con sus rizados cabellos negros detrás de sus orejas dejando su rostro descubierto. Su adulta experiencia se notaba en su piel radiante. Me confirmé que Valeria no debía pasar de los cincuenta años.

—¿Te sentiste atacado por Joseph? —me preguntó muy seria mientras se inclinaba hacia enfrente acercándose a la cámara.

—Hmmm… Creo… Creo que sí… O bueno, me sentí mal conmigo. Según yo no estaba haciendo nada malo. Estaba divirtiéndome. Pasándola bien. Nunca consideré que esa decisión afectaría a otras personas y creo… Creo que por eso me bebí el tequila de golpe, porque no importaba si de ahí en adelante intentara hacer las cosas bien o quisiera enmendar mi error, siempre habrá alguien que no estará de acuerdo ni feliz con mis decisiones. Es horrible saber que nunca podré ser yo sin dañar a nadie.

—¿Por qué piensas eso?

—Pues porque es la verdad, Valeria. Desde siempre he mostrado algunas partes de mí. La parte trabajadora, creativa, alegre y amable, pero cuando me salgo de la línea es cuando todo se sale de control. No basta con querer ser bueno, dentro de mí siempre existirá la parte oscura que buscará el momento perfecto para salir. Esa parte que necesito ocultar.

—Ocultar… ¿A quién?, ¿a quién necesitas ocultarla?

—A… A la gente, a la sociedad, al mundo…

—…Y a tus padres.

El simple hecho de visualizarlos en mi mente hizo que me rompiera en llanto. Ocultar. Ocultar era lo que siempre había hecho con ellos desde que tengo memoria. Ser perfecto. Ser el hombre que ellos quisieran que yo fuera. No ser lo que soy hoy. Acerqué el pañuelo de tela hacia mi cara para continuar secando mis lágrimas que no paraban de brotar. Me disculpé con Valeria una y otra vez, ella se quedó callada durante mi ruptura emocional.

—Ellos no… No saben mucho de mi vida por este lado del charco y… Me da rabia y miedo estar volviendo a la dinámica que teníamos antes. Que no sepan nada de mí, ¡de mi vida! Que no conozcan mis temores, mis gustos, mis sueños, mis experiencias, ¡mis vivencias! Debería ser normal poder hablar con ellos de todo eso, incluyendo las citas que he tenido con otros hombres. Hablar de las cosas que hace todo el mundo.

—Una pregunta, Alonso. ¿Cómo te ves cuando hablas con ellos? Con tus papás.

—¿Cómo me veo?

—Sí, supongamos que los tienes de frente. ¿Cómo te ves frente a ellos? ¿Los ves más arriba, más abajo, a la misma altura?

—Hmmm, pues… no sé qué contestarte. ¡Me agarraste en curva! ¿Te refieres a si soy más alto que ellos? ¿O cómo?

—Mira, ¿podemos hacer un ejercicio? —yo asentí—. Bien —Valeria se levantó colocándose cerca de la pared a sus espaldas—, te vas a levantar y vas a mirar hacia algún muro o ventana que tengas al frente, luego vas a cerrar los ojos y seguirás mis indicaciones, ¿te parece bien?

—*OK* —dije levantándome de la silla.

Miré hacia mi librero para quedar de perfil frente a la cámara y que Valeria pudiera verme. Luego cerré los ojos. Escuché su voz a través de la bocina de mi laptop.

—Alonso. Vas a dejar que tu cuerpo hable por ti. Vas a imaginar que tienes frente a ti a diferentes personas. Quiero que me digas a qué altura los ves y, sobre todo, que tu cuerpo te diga cómo te sientes ante ellos. Puedes agacharte, levantarte, e incluso hincarte. ¿Entendido?

—Sí —contesté sin mirar.

—Bien. Comencemos —escuché la voz de Valeria más fuerte y clara, como si hubiera acercado sus labios al micrófono de su portátil—. Frente a ti está uno de tus mejores amigos. Me hablaste en sesiones anteriores de Daniel, Karen, Willem. Imagina que estás hablando con ellos, te están contando de su vida y tú les compartes la tuya. ¿Cómo te sientes?

Me imaginé a Daniel platicándome sobre cómo los ovnis podrían dominar el mundo en menos de un día, luego preguntándome sobre mi nueva conquista de la semana. Mis hombros liberaron la poca tensión que tenían, sentí un peso muy ligero en los brazos.

—¿Dónde ves a ese amigo o amiga? —preguntó Valeria.

—Está…, frente a mí. Lo veo de frente, a la altura de mis ojos —dije sin moverme.

—Bien. Lo ves a la misma altura. Son iguales y, ¿notas que estás relajado? —asentí—. Ahora, quiero que veas a tu jefe o jefa en el trabajo. Te está pidiendo algo importante que debe ser resuelto y entregado el mismo día.

Miré a una persona con el rostro indefinido, era una combinación entre el señor Carlos, mi jefe de la antigua agencia Almendra Publicidad; e Isa, mi jefa de la agencia en Barcelona. Mi cabeza se inclinó hacia arriba un poco. Mi pecho se infló y coloqué mis hombros hacia atrás.

—¿Dónde ves a ese jefe o jefa?

—Está a una cabeza arriba de mí, como si llevara puesto unos tacones no tan altos.

—¿Sientes tu postura? Estás erguido. Lo miras un poco desde abajo porque es tu jefe y tienes que cumplir con tus labores, pero no te intimida, puedes verlo casi como un igual. Estás firme y seguro.

—Sí —afirmé—. Así me siento.

—Ahora… Quiero que mires a tus papás, por separado o juntos, dependiendo de cómo los visualices en tu mente. ¿Cómo los ves? ¿A qué altura están?

Mi pecho se desinfló y mis hombros se tensaron. Sentí las rodillas temblar un poco como si suplicantes me pidieran las doblase, que mi cuerpo bajara, y eso pasó. Moví mi pie derecho hacia atrás permitiendo que mi rodilla derecha tocara el suelo. Alcé mi cabeza y los vi, vi a mis padres mirándome desde arriba con sus muecas de desaprobación hacia mí, hacia lo que soy. No pude sostenerme con tan solo una sola rodilla en el suelo, mi rodilla izquierda también tocó el piso. Yo seguía mirándolos. Hincado ante ellos.

—Alonso… ¿Puedes sentir tu postura? Los estás mirando hacia arriba, e incluso estás hincado. Desde fuera pareciera como si les estuvieras pidiendo perdón. ¿Por qué les pides perdón?

Las lágrimas regresaron.

—Por ser yo. Por no querer ni poder ser alguien diferente. Por… Por… —mi llanto habló—. Por buscar mi felicidad lejos de ellos —un completo silencio se apoderó de la sala. Mis lágrimas brotaban mientras los seguía mirando frente a mí. Con los ojos cerrados sentí como si la mano de Valeria se colocara en mi espalda, aunque ella no estuviera ahí presente.

—Ahora, Alonso. Quiero que hables con ellos. Diles todo lo que les tengas que decir. Y mientras lo haces, deja que tu cuerpo hable por ti. Suelta todo eso que has ocultado por tanto tiempo.

Con ellos "frente a mí" y mirándolos desde abajo, tomé una bocanada de aire y hablé.

—Los amo como no tienen idea y quisiera que así me amaran también —coloqué un pie sobre el suelo dejando solo una rodilla sobre el piso—. Quiero que conozcan más de mi vida, ¡quiero que sean parte de ella! —mis piernas me impulsaron hacia arriba, poco a poco, muy despacio—. No quiero que me juzguen por lo que soy. Y si me equivoco me gustaría sentir que tengo su apoyo, que no piensen que una fuerza divina me está castigando por alejarme de ustedes —ahora estaba erguido, con el pecho al aire y mirándolos de frente a la altura de mis ojos—. Mamá… Papá… Soy yo.

Abrí mis humedecidos ojos. Sonreí. Miré a Valeria sonriendo también.

—Bien, Alonso… Antes de terminar con la sesión

hagamos uno más. Cierra los ojos de nuevo y dime… ¿Dónde ves a Joseph?... Tu actual pareja.

Cerré los ojos y me adentré en la dinámica. Quise visualizar a Joseph pero fue muy confuso. Primero estábamos a la misma altura y en menos de un segundo él estaba cuatro cabezas arriba de mí, pero luego yo lo veía desde lo alto. Mi cabeza se movía despacio de arriba hacia abajo.

—¡Guau! —abrí los ojos—. Qué extraño. Lo veo por todos lados —dije casi riendo.

—Entiendo. Con eso basta —dijo Valeria—. Sentémonos por un momento —ambos regresamos a nuestros lugares frente a las pantallas—. Muy bien, Alonso. Lo que pasa contigo es que tu actitud y percepción de las cosas cambia de acuerdo a la situación y personas con las que te encuentras. Cuando estás con amigos te sientes libre y sin necesidad de ocultar sentimientos ni conversaciones, muy al contrario con la relación que tienes en casa con tus padres. Esto no quiere decir que quieras a unas personas más que a otras, pero por la manera en cómo creciste y fuiste desarrollando tu personalidad sí afectó la dinámica en cómo desarrollas tus relaciones. Un ejemplo es tu trabajo, al convivir con personas ajenas a tu círculo puedes tener una actitud un poco más madura, o sea, no te doblegas tan fácil ni tampoco abusas de la autoridad que puedes tener, te mantienes en un nivel medio. Pero, ¿notas lo que pasa cuando tienes un lazo más familiar o sentimental con otra persona? En este caso con Joseph. No sabes si debes actuar como si fuera un amigo, alguien del trabajo o como parte de tu familia, y cuando lo relacionas con algo sentimental, como la relación que tienes con tus padres, te haces muy chico y sientes culpa cuando algo no le parece bien o subes a tope cuando te molestas. Y cuando subes, según lo que me has contado en el pasado, es cuando recurres a la bebida, para demostrar que eres dueño de tu vida y nadie más, dejando espacio para que la culpa llegue más tarde y regresemos al inicio del problema.

—…

Me quede en Silencio.

—Valeria… Te confieso que estoy en *shock* —la piel se me erizó, recordé mi pasado. Mis ebrias decisiones. Eso era lo que me había ocurrido durante la peor época de mi vida, antes de viajar a Barcelona a intentar empezar desde cero—. Nunca lo había pensado o visto de esa manera. Entonces, ¿qué debo hacer?, ¿hablar con mis papás sobre lo que dije aquí?, ¿pedirle perdón a Joseph?, ¿hacer terapia de por vida?

—Todo a su tiempo, Alonso. Necesitas darte espacio para sanar y, sobre todo, comprender que sentir culpa es algo que llevas cargando desde mucho tiempo, desde tu infancia y adolescencia. Y ahora, a tus treinta años, lo estás viendo reflejado en tu vida adulta. Lo que sí puedes hacer es un ejercicio.

—¡Va! Lo que sea que me ayude estoy dispuesto a hacerlo.

—Es muy sencillo. ¿Recuerdas lo que pasó hace un momento? Cuando "hablabas" con tus padres. Te levantaste del suelo al aceptar quien eres. Llegaste a ese punto medio en dónde ni siguiera ellos pudieron bajarte. ¡Eso es lo que debes hacer! Cuando tengas que convivir con alguien o decidir algo siempre pregúntate: ¿Quién es el Alonso que tomará las decisiones? Nunca dejes que el Alonso de "abajo" tome las decisiones, ese que hincado carga y siente culpa por todo, porque las decisiones que tome serán para complacer a los demás, no para ser feliz. ¡Pero! Tampoco dejes que las tome el Alonso de "arriba", ese que al beber de más no le importa un carajo lo que pase después; ese que está cansado de esconderse y no le importa lo que pase con él y ni se entera de lo que pasa a su alrededor. Necesitas al verdadero Alonso, el hombre moderado, el que puede decirle a Joseph: no estoy haciendo nada malo, estoy en una fiesta y regresaré tarde. Y así seguir en una relación sana y de confianza con él. Trabaja en eso y verás que la relación entre ambos mejorará. Confía en ti… Y confía en Joseph.

Sentí la sonrisa en el rostro. Terminé la sesión convencido que Alonso Rodríguez por fin sería el dueño de su vida.

Mi celular por fin tocó la alfombra en el suelo y yo regresé al presente, a mi apartamento donde recibí la llamada de la policía. Antes de levantar el aparato me pregunté: "¿Quién es el Alonso que tomará las decisiones?".

El Alonso real, el dueño de su vida.

Y las palabras fluyeron...

5
¿QUIÉN ES ÉL?

—Disculpe, oficial —dije al teléfono—, se me cayó este aparato de las manos. ¿Me puede repetir lo que dijo? ¿Encontraron inconsciente a mi acompañante en la habitación del hotel?

El hombre al teléfono tardó segundos en contestar.

—Una empleada de limpieza lo encontró en el balcón de la habitación. La misma habitación que usted, Alonso Rodríguez, abandonó el día de ayer por la noche.

—Así es, oficial. Abandoné la habitación porque mi acompañante realizó el *check-out*. Incluso él sacó mis pertenencias sin avisarme para luego dejarlas en el lobby del hotel. El joven en recepción, Nathan, se lo puede confirmar. Yo llegué al hotel por la noche, ahí me enteré que mi acompañante se había retirado. La única razón por la cual subí por última vez a la habitación fue para sacar mis documentos de la caja fuerte. No tardé ni cinco minutos y no vi a nadie dentro de la habitación —me quedé callado esperando replica al otro lado de la línea.

—*Mister* Alonso, me dice que no se encuentra en Londres, ¿cierto?

—Es correcto. Tomé un vuelo esta madrugada de regreso a Barcelona. La última vez que vi a mi acompañante fue el día de ayer alrededor de las cinco de la tarde en Hyde Park. Después de ahí me pasé la tarde en un pub de la ciudad, *The Green Man*, si llaman al lugar el *bartender* se los puede confirmar, tengo hasta el ticket de pago que realicé con mi tarjeta de crédito—silencio en la línea.

En ese punto me carcomía la incertidumbre, pero sobre

todo la necesidad de dar a entender que yo no tenía nada que ver con lo que sea que le haya ocurrido a Joseph dentro de esa habitación

—Oficial, ¿hay algo que pueda hacer para ayudar? —pregunté.

—Estamos revisando las cámaras de seguridad del hotel y consultamos con el recepcionista del hotel, tal parece que las imágenes y declaraciones concuerdan con lo que usted nos dice. Seguiremos en contacto con usted, Alonso.

El oficial terminó la llamada sin darme oportunidad de decir algo más. La paz se esfumó de mi vida. Me había quedado con más dudas y preocupaciones. ¿Qué le pasó a Joseph en esa habitación? ¿En verdad habían intentado asesinarlo? ¿Quién le haría algo así?

Consideré tomar un vuelo de regreso a Londres, ir hasta el hotel y enterarme por cuenta propia qué estaba pasando. Sentí un revoltijo en el estómago cuando dejé el celular en la mesita de la sala. Corrí hasta el baño con las nauseas queriendo salir. Me puse frente al inodoro y agaché la cabeza. Los nervios me hicieron sacar el café y el pan que desayuné esa madrugada en el aeropuerto. Ser el Alonso moderado y maduro todavía era un esfuerzo descomunal.

Salí del baño hacia la cocina. Del refrigerador saqué una botella de cristal con agua fría y me la bebí de jalón. La llené de nuevo con agua del grifo mientras miraba mi celular en la mesa de la sala. Moría de ganas por hablar con Joseph, pero si en verdad estaba inconsciente jamás atendería mi llamada. ¿A dónde se lo habían llevado? ¿Al hospital? No podía ni avisar a sus padres o familiares porque jamás me compartió sus nombres o números de contacto. Mi cabeza le daba vueltas al asunto hasta que miré las maletas en la sala, algo dentro de ellas podría darme respuestas… o llenarme de más dudas. Me hinqué en el piso. Abrí primero la maleta grande de Joseph, toda su ropa estaba hecha una masa. Estiré una por una las prendas extendiéndolas en el suelo de mi apartamento. Seguí con mi pequeña maleta de mano, había menos desastre en ella. Al sacar mis playeras y pantalones encontré lo que menos me esperaba.

El celular de Joseph cayó desde el bolsillo izquierdo de una de mis camisas de vestir. Rápido tomé el aparato entre mis dedos para verlo. Estaba apagado. Pasé mis manos entre las bolsas y compartimientos de las maletas buscando sus otras pertenencias: cartera, pasaporte, cargador… No había nada. Me levanté y caminé en círculos pisando nuestra ropa regada por toda la sala. Me recargué en la barra de la cocina. Respiré y escuché mi voz interna: "Cálmate…, tómate una copa y piensa qué es lo que vamos a hacer". Sin cuestionarme, abrí el refrigerador y saqué una botella de vino tinto. La destapé sobre la barra. Me serví muy poco como si estuviera en una degustación de vinos.

Era imposible. No había manera de comunicarme con Joseph cuando despertara porque yo tenía su celular. Tampoco sabía si despertar sería una opción para él. Le di un trago al vino antes de que la pantalla de mi propio celular se encendiera sobre la mesita de la sala.

Me acerqué al sofá con la copa de vino en la mano. En la pantalla de mi celular vi un correo del *London Ambassador Hotel,* pedían que evaluara mi estancia en sus instalaciones. "Irónico", pensé. Luego recordé a Nathan, el joven recepcionista que me conoció en persona y estaba presente en la escena del…, ¿crimen? Se me erizaron hasta las pestañas de pensarlo. Nathan era mi única opción en ese momento. No dude. Marqué al número de la recepción del hotel. Reconocí su voz en la bocina al contestar.

—¡Nathan! Soy Alonso Rodríguez. ¿Puedes hablar?

—*Hi*… Alonso. En… ¿En qué puedo ayudarlo?

—Nathan, necesito, ¡necesito en verdad de tu ayuda! No entiendo nada. La llamada con el agente de la policía fue inesperada. Me dejó inquieto y con dudas. Por favor, ayúdame a entender qué fue lo que pasó con mi acompañante, con Joseph. Joseph Vanderpump.

Nathan se quedó callado.

—¿Hola?... ¿Nathan?

—*Mister* Alonso. Estoy ocupado y…, no estoy autorizado para compartir nada. La policía fue la que registró la habitación del hotel y trasladó el cuerpo de su acompañante al hospital en una ambulancia. Lo único que sé es que seguía inconsciente. No puedo compartir más detalles sobre lo ocurrido porque no sé qué pasó en realidad.

—Nathan, te lo suplico, si hay algo que puedas compartirme te lo agradecería mucho. Estoy en Barcelona, si pudiera estaría con ustedes para descifrar qué fue lo que pasó con Joseph. ¿No tienes los videos de las cámara de seguridad o algo que me puedas mandar para yo verlos? Me intriga saber cuándo y cómo volvió a la habitación. Él había hecho *check-out* un turno antes de que tú llegaras, ¿recuerdas? Yo mismo me llevé las maletas que él bajó al vestíbulo y que ahora tengo conmigo —escuché a Nathan chascar su lengua pero no decía nada—. Por favor, Nathan… Ayúdame.

—Tengo… —escuché su respiración—. *Mister* Alonso, ¿puedo confiar que no dirá nada? No…, no puedo perder mi trabajo.

—¡Claro que puedes confiar en mí, Nathan! Solo necesito saber qué está pasando. Ayer estaba caminando con Joseph en las calles de Londres y hoy me entero que está inconsciente.

—Lo entiendo, Alonso —chascó su lengua una vez más—. Mire... La gerente del hotel, mi jefa, fue la segunda persona que ingresó a la habitación después de que el personal de limpieza encontrara al hombre inconsciente. En su labor de administradora, se aseguró de resguardar evidencia antes de que llegara la policía, así que tomó fotografías de la escena en donde sale su acompañante acostado en el piso del balcón de la habitación 414. Si usted me asegura que puedo confiar en usted —hizo una breve pausa—, puedo mandarle esas fotos. Tengo su correo registrado en nuestro sistema.

Quise gritar "¡gracias!" al teléfono. Me contuve.

—Nathan … puedes confiar en mí. Solo quiero

respuestas. Eso sería un inicio.

—Bien. Voy a colgar con usted y trataré de mandárselas en el transcurso del día.

—Te lo agradezco mucho, Nathan —dije y escuché cómo un cliente se aproximaba a hablarle del otro lado.

—Muchas gracias por llamar al *London Ambassador Hotel,* ¡que tenga un excelente día! —dijo Nathan antes de colgar.

Dejé mi celular sobre la mesa. Fui hacia la barra de la cocina y serví más vino tinto en mi copa, esta vez siendo más generoso con la cantidad. Después de una hora…, y casi media botella, la pantalla de mi celular volvió a encenderse. Vi un correo electrónico de una dirección desconocida. Me acerqué a mi mesa de trabajo en una esquina del apartamento, donde está mi MacBook y una libreta de apuntes que utilizo cuando trabajo desde casa. Abrí el portátil y entré de inmediato a mi correo personal. El correo electrónico que me hizo llegar los archivos era de: *Nathanstar_19_92* con dirección Hotmail. Leí el mensaje.

Mister Alonso, soy Nathan.

Esta es una dirección de correo personal que no uso desde hace muchos años. Escribo por aquí porque quiero asegurarme que esto quede entre nosotros. Le mando las fotografías que le comenté. Disculpe la tardanza, tenía que entrar a la oficina de administración y extraer la memoria de la cámara. Confío en usted.

Antes de abrir los archivos contesté el correo: Te lo agradezco mucho, Nathan. ¡Tienes mi palabra!

Bajé la mirada hasta los archivos adjuntos. Sentí mis dedos temblar sobre el *trackpad* del portátil antes de presionarlo. Las imágenes se extendieron en lo ancho y largo de la pantalla. Y fue cuando lo vi.

Vi a un completo extraño inconsciente sobre el piso del balcón. La persona en las fotografías no era él. No era Joseph Vanderpump.

Jamás había visto a ese hombre en mi vida.

6
WILLEM

Sí, su cabello era rubio y su piel blanca como la de Joseph (no tan blanca como las baldosas en el piso del balcón donde se encontraba expuesto), pero ese hombre no era Joseph. Incluso sus prendas, el *hoodie* gris holgado y los jeans azules ajustados, no eran propias de la vestimenta de Joseph. Las gabardinas de Joseph siempre combinaban con los tonos cafés de sus pantalones y hacían juego con los zapatos de vestir que llevara puestos. Hice un acercamiento a su rosto en una de las imágenes y pude verlo con claridad. No era él. No era Joseph. A quien yo veía era a un joven que a mi parecer estaba a mitad de sus treintas; lo deduje por la tupida barba rubia y los toscos rasgos de la cara, sobre todo en su nariz y frente. En las fotografías se apreciaba el borde de la ventana que yo mismo cerré la noche anterior. Me sorprendió no haberlo visto antes. Su cuerpo esperando ser encontrado.

Dejé las imágenes expuestas en la pantalla del portátil, me recargué en la silla frente al escritorio y las analicé por al menos cinco minutos más intentando recordar si había visto a aquella persona alguna vez en mi vida. Incluso llegué a pensar que nos habíamos conocido una vez en un sueño —gracias Disney por llenar mi cabeza de posibilidades—. Pero no, estaba seguro de no conocerlo, jamás me lo había topado en la vida ni en mis fantasías.

Si antes no sabía qué pasó con Joseph, después de ver las fotografías estaba a un universo alejado de la verdad. No podía comunicarme con él y mientras yo tuviera su celular en mis manos sería imposible locali…

—¡Su celular! —grité al recordar.

Encontré el aparato sobre unas camisas de vestir en el piso del apartamento. Me acerqué para tomarlo entre mis dedos y comprobé lo que ya me esperaba: el celular no tenía batería. Busqué entre los cajones de mi escritorio algún cable o cargador con entrada para ese iPhone de desconocido modelo para mí. No quería esperar más, necesitaba saber lo qué estaba pasando. Y si Joseph, Nathan, la policía de Londres o el chico desconocido de las fotografías no me daban respuestas yo mismo saldría a buscarlas.

Tomé mi celular y llamé a Willem, mi amigo holandés que seguro le sobraban cargadores de la marca Apple. Willem es de esas personas que siempre dice "hola" al nuevo modelo y "adiós" al viejo. Al segundo tono de llamada contestó:

—*Hi bitchacho!* —me saludó Willem juntando la palabra *bitch* que significa perra en inglés y la que yo le enseñé hace tiempo en español: muchacho—. ¿Cómo va tu viaje en Londres? ¿O ya estás en Edimburgo? ¿Cómo son los compañeros del trabajo de Joseph?

—*Hi baby…* —dije serio—. No, no conocí ni vi a nadie nuevo en estos días —"salvo al chavo inconsciente de las fotografías", pensé—. ¡Sorpresa! Estoy de regreso en Barcelona. Y todavía no lo tengo muy claro pero creo que estoy soltero también.

—*Oh! Honey.* ¿Está todo bien? ¿Qué pasó? ¿Quieres contarme?

—De hecho para eso te hablé. Estoy en medio de una situación, ¿cómo decirlo? ¿Extraordinaria? Bueno… muy complicada para contarla al teléfono. ¿Podrías ayudarme? No necesitas moverte, yo puedo ir directo a tu casa, solo dame tiempo para bañarme y cambiar mi ropa porque sigo con las mismas prendas desde el día de ayer.

—*Sure!* Ven cuando estés listo. Voy a preparar algo para que merendemos juntos y abriré una botella de vino que seguro te va a encantar, la compré en la visita al viñedo que organizó la compañía para el equipo de ventas. No soy fan del *rosé* pero este tiene algo especial que me atrapó al instante.

—¡Perfecto! Llego en menos de una hora. Puntual.

Me desnudé en medio de la sala después de terminar la llamada. Caminé al baño y entré directo en la regadera. Con el agua tibia sobre mi cuerpo analizaba si contar a Willem lo ocurrido con Joseph en Londres, decirle sobre las llamadas que recibí desde el hotel por parte de la policía y hablarle de las fotografías del extraño; o mejor quedarme callado y dejar que las cosas fluyeran como el agua hasta perderse por la coladera. Terminé la rápida ducha. Salí envuelto en una toalla hacia mi recámara para vestirme. Me puse una playera negra manga corta, jeans cómodos y unos botines cafés de gamuza. Me miré en el espejo al lado de mi cama sobre la mesita de noche. Pasé un cepillo por el mojado y corto cabello negro, mi barba no necesitaba retoque aún. Al salir de la recámara miré la ropa de Joseph y la mía regada por toda la sala junto a las maletas. Me hinqué para acomodar de nuevo toda su ropa y pertenencias dentro de su gran maleta. La cerré bien y la puse a un lado del sillón. Metí todas mis pertenencias en mi maleta de mano y la llevé hasta la habitación para acomodarla después en el closet. Me aseguré que el apartamento se viera limpio y en orden antes de salir. Cerré la puerta con llave y bajé por las escaleras rumbo a la entrada del edificio.

Esperaba el autobús sobre la calle Balmes para bajar hasta la Avenida Diagonal y de ahí continuar a pie hasta casa Willem. En los bolsillos del pantalón llevaba el ticket del transporte junto con los dos celulares, el mío con la carga al cien por ciento y el de Joseph sin batería. El clima fresco me rozaba los brazos descubiertos, el frío jamás me ha molestado. Lo que sí me inquietaba era ver lo que encontraría dentro del aparato una vez que lo encendiera: ¿Tendría contraseña o estaría desbloqueado? ¿Qué conversaciones tendría Joseph en su WhatsApp? Luego me llegaron las preguntas más serías y preocupantes: ¿Si la policía rastrea el celular podrían darse cuenta que lo tengo en mis manos? ¿Qué pasaría si descubro que Joseph fue quien atacó al joven en la habitación? ¿Por qué me preocupo por las cosas que todavía no pasan y no estoy ni siquiera seguro que vayan a pasar? Respiré y recordé otro ejercicio que Valeria me propuso en nuestra primera sesión virtual: debo de resolver lo que tengo delante de mí con los recursos que tengo a mi alcance, ir un paso a la vez, mirar cuál es la siguiente cosa que a mi juicio y parecer es lo correcto. Convertir mis intenciones en decisiones.

El autobús rojo llegó frente a mí, subí por la parte delantera y caminé por el pasillo hasta llegar al fondo. Me senté al lado de una joven que llevaba puestos unos enormes audífonos que le cubrían por completo ambas orejas. El transporte avanzó mientras yo dirigía la mirada hacia el exterior. Una de las cosas que más disfrutaba de vivir en Barcelona es que, contrario a Monterrey, era más sencillo moverme a cualquier punto de la ciudad sin necesitar de tener auto. Aunque luego del incidente con el Mini Convertible años atrás no me quedaron ganas de conducir por mucho tiempo. En ciertas ocasiones extrañaba esa sensación de estar en control detrás de un volante sobre cualquier carretera, con los vidrios abajo sintiendo el aire golpear mi cara, cambiando la música de mi lista de reproducción favorita a todo volumen; contrario a estar en la misma ruta definida, con las ventanas cerradas y sin poder escuchar música si no se llevan audífonos como los de mi compañera al lado.

Llegamos a la Avenida Diagonal, bajé del transporte y continué caminando calle abajo hasta el Paseo Sant Joan. El apartamento de Willem se encontraba sobre esa misma calle en el tercer piso de un edificio. Al llamar a la puerta escuché su voz por el intercomunicador diciendo de nuevo: *Hi, bitchacho!* Después se desactivo el seguro de la entrada principal. Subí los escalones hasta llegar a la puerta donde él me esperaba con su copa de *rosé* en la mano. Al tenerlo de frente tuve que ponerme de puntas para alcanzarlo y darle un abrazo. Su estatura, sin llevar calzado, llega al metro noventa y tres, una cualidad que lo destaca entre nuestro grupo de amigos que no pasamos del metro ochenta; además tiene una piel suave y tratada por el sin fin de exfoliantes, sueros y cremas que usa, ¡ah! y su cabello rubio perfectamente cuidado.

Pasamos a su sala. Sobre la mesa de cristal en el centro habían snacks y mi copa de vino lista a ser servida. Willem regresó a la cocina a inspeccionar la pizza instantánea que recién acababa de meter al horno. Me senté sobre un cojín en el suelo a esperar a que regresara con la comida. La televisión frente a mí estaba encendida al igual que las largas velas que iluminaban las piezas de arte sobre los muebles y las pinturas colgadas en la pared. Recargué mi espalda en el sillón en donde solemos sentarnos a ver películas y series entre semana. Willem puso la pizza sobre la mesa. Yo tomé la botella de *rosé* y la serví en mi copa.

—Ahora sí —me dijo Willem sentándose en el cojín frente a mí—, ya que estás cómodo, ¡dime todo lo que deba saber!

—Bueno, ¡antes! ¿Tienes un cargador para iPhone que me puedas prestar?

—¡Muchos! Si quieres puedes llevártelo. Deja voy por él... Pero espera... —se detuvo antes de levantarse—. Tú no tienes iPhone..., Android *boy*.

—Justo por eso estoy aquí.

Las primeras copas de vino se vaciaron cuando terminé de contar la historia completa. El celular de Joseph se estaba cargando en una esquina de la sala mientras el relato continuaba. Willem se negaba a creer. Peló los ojos en repetidas ocasiones diciendo: *Oh my God* —Ay Dios mío—, cuando los detalles inexplicables salían de mi boca y más de una vez me pidió que dejara de bromear. Decía que era imposible que Joseph terminara conmigo después de ver la noticia sobre lo que pasó en mi casa en Monterrey, que sus maletas no pudo dejarlas abandonadas en el hotel de Londres, que la historia sobre la persona inconsciente en el balcón me lo saqué de alguna de las novelas que me encanta leer en mis tiempos libres. Saqué mi celular y mostré a Willem el e-mail que Nathan mandó hace apenas unas horas. Las fotografías del hombre inconsciente por fin lo convencieron.

—*What?!* —gritó Willem—. Imposible. ¿Crees que en el celular haya algo? ¿Por qué Joseph lo dejaría dentro de la maleta junto con su ropa?

—Es lo que quiero investigar. Sé que Joseph vivió muchos años en Londres mientras trabajaba como periodista en la columna de un periódico local. Puede ser que, después de que terminara conmigo en medio del parque, quedó de verse con alguien de sus amigos, familiares o alguna expareja, ¡qué sé yo! Lo que pienso es: la persona que aparece en las fotografías puede ser alguien que él conoce. No sé, tal vez discutieron en aquella habitación y lo dejó inconsciente. ¿Debes pensar que estoy loco verdad?

—Más bien creo que es loco pensar que estés con una persona que sea capaz de: dejar a alguien casi muerto en una habitación, que desaparezca sin decir nada e que incluso en este instante siga sin dar señales de vida. ¡¿Y tú quieres buscarlo para saber qué ha pasado con él?!

—¡No! No te equivoques. Quiero saber qué está pasando en general. ¿No te parece extraño? Estuve con Joseph casi cuatro meses de mi vida y de pronto se esfuma de la nada.

—¿Por qué te interesa saber qué está pasando? La policía no te está buscando, tampoco Joseph se ha molestado en reencontrarse contigo y no conoces al hombre de las fotografías. Si sigues así, a mi parecer, te vas a ver envuelto en un problema que no te corresponde y del que claramente no eres parte. Opino que olvides el tema y…, ¡sirve más vino! No vale la pena hablar más de ese CABRÓN, así como dicen ustedes los mexicanos.

Willem tenía la boca llena de razón. Tan metido estaba en la situación que nunca consideré hacer un alto y decir: ese asunto no me incumbe, no es parte de mi vida. En palabras mexicanas: ¡ese no es mi pedo! Y no quería que lo fuera. Le hice caso a mi amigo. Serví más vino en nuestras copas.

—Entonces… ¿Debería dejar el celular así como está? —pregunté.

Willem miró de reojo el celular de Joseph aún conectado a la energía.

—Bueeeeeno —giró los ojos—, una cosa es no involucrarte en el problema. Peeeeeeero ya que tenemos el aparato en nuestras manos…, creo que…, revisarlo no le hará daño a nadie. ¡Además! Si Joseph lo dejó en las maletas es por algo, ¿o me equivoco? —preguntó sonriendo e incitándome con la mirada a que agarrara el aparato. No dudé en hacerlo.

Me senté a un lado de Willem. Encendí el celular con al menos un 60% de batería recargada. Lo primero que apareció fue la pantalla bloqueada con la identificación por clave numérica.

—¿Tienes idea de cuál es la clave? —preguntó Willem.

—No… —hice una pausa—. No tengo idea —miré los espacios vacíos esperando a ser rellenados por seis dígitos. Pensé en la fecha de cumpleaños de Joseph, tenía solo el mes y año más no el día: 05/87. Traté de recordar si había visto a Joseph desbloquear su celular pero, por suerte y desgracia, no soy de las personas que les guste invadir la privacidad de otros.

—¿Tiene algún número de la suerte? ¿Algún artista o cantante favorito que podamos investigar su fecha de cumpleaños? ¡Vamos, Alonso! Así como llenamos el cuerpo de alcohol, ¡hay que llenarlo de ideas! —ambos reímos.

¿Número de la suerte? ¿Artista favorito? ¿Cantante? No sabía si a Joseph le apasionaba algo además del trabajo. Él era un hombre de pocas palabras y de gustos muy seleccionados. La música no debía estar muy alta, solo lo suficiente para poder escucharla y al mismo tiempo tener una conversación; leía los típicos *best sellers* recomendados por Obama, Bill Gates y Mark Zuckerberg, jamás los recomendados por Stephen King o por mis amigas del club de lectura al que estaba inscrito; la serie o programa que veía era la que se transmitía en el momento, no veía una película más de una vez; y Disney para él no existe desde que salió El Rey León. Incluso cuando viajamos juntos a Londres me demostró que le gustaban las cosas sencillas y rápidas: en el avión prefiere asiento en pasillo para así levantarse directo al baño; el hotel no debe estar en el centro de la ciudad, pero tampoco tan alejado para aprovechar el transporte público; incluso cuando le pregunté: ¿qué contraseña pongo en la caja fuerte de la habitación? Contestó rápido y sin dudar: 1-2-1-2.

—¡Espera! —dije a Willem—. Creo que…—presione los primeros cuatro dígitos: 1-2-1-2. Aún faltaban dos números por rellenar. "No creo que sea tan sencillo, ¿o sí?", pensé antes de agregar los últimos números: 1-2.

—*You bitch!* —gritó Willem cuando el celular quedó desbloqueado frente a nosotros.

Mi mano comenzó a temblar. En lugar de estar feliz por descifrar la contraseña estaba aterrorizado por acercarme un poco más a la verdad. Comprendí que mi yo interior deseaba tanto que esos seis dígitos fueran incorrectos.

La foto de fondo en el celular era la típica que viene con la configuración inicial del iPhone. Las aplicaciones soltaban notificaciones tardías que seguramente fueron mensajes de días anteriores... Incluyendo los míos.

—Bien, ¿ahora qué sigue? —pregunté—. No quiero revisar todo el celular e invadir la privacidad de Joseph. Parte de mí aún cree que todo esto es un mal entendido y que él aparecerá dando al mundo una explicación razonable.

—Pues mira —dijo Willem después de beber un poco más de vino—. No te voy a obligar a revisar el celular si tú no quieres. ¡Pero! Al menos revisa por encima la lista de conversaciones que tenga en sus aplicaciones. Si ves algo sospechoso o sientes que tienes que indagar más en algo, ¡adelante! Tienes derecho a hacer lo que quieras con ese aparato. Te recuerdo que él te dejó solo cargando con todas sus pertenencias en otro país.

Mi amigo tenía razón. Aunque también sabía que no encontraría muchas aplicaciones en el celular, lo más cercano a una red social que Joseph tenía y hacía uso era WhatsApp, e incluso en esa aplicación tardaba horas o días en contestar. Y no estaba equivocado, deslicé el dedo sobre la pantalla y no encontré instaladas: Facebook, Instagram, TikTok. YouTube estaba entre las opciones, pero no había nada extraño en un historial lleno de videos de música relajante y tutoriales de cómo empacar tus camisas sin arrugarlas.

Revisé el historial de llamadas, vi un número sin guardar que había llamado a su celular con insistencia; llamó el día que llegamos a Londres desde Barcelona y también el día que Joseph me abandonó en Hyde Park. Memoricé los dígitos antes de irme a la aplicación de WhatsApp. Willem apoyó su cabeza en la mía, los mensajes sin leer y contactos aparecieron frente a nosotros. Deslicé el dedo buscando el número hasta encontrarlo. A un lado de los diez dígitos estaba la fotografía de perfil del usuario de WhatsApp… Una fotografía de alguien ahora con un rostro familiar.

—¡Es él! —gritó Willem cerca de mi oído—. ¡Míralo, Alonso! ¡Es él! —apuntó a su foto—. ¿Lo ves?

—Sí… Es... Él...

La foto era del mismo hombre inconsciente en el balcón de la habitación 414.

7
AFTER PARTY

—¡¿Qué esperas?! —gritó Willem—. ¡Abre la conversación!

—¡¿Quieres darme un segundo?! —grité levantando mi mano temblorosa frente a su cara.

Willem se alejó de mí tomando su copa de vino.

—Perdón. Tienes razón. Esto es algo que debes hacer tú.

Miré la pantalla. El desconocido sonreía en la fotografía, detrás de él había un fondo azul como si la foto hubiera sido tomada en un estudio. Se veía diferente. En las fotos del e-mail llevaba un *hoodie* gris, en la foto de WhatsApp llevaba una corbata y saco negro; también lo veía con los cabellos rubios peinados hacia atrás y la barba más corta, contrario a las fotos del balcón, donde se veía desarreglado. Muchas diferencias sin embargo no cabía duda, era él. Pasé mi dedo sobre la conversación y leí el último mensaje: *Estoy aquí.*

Esas dos palabras me animaron a entrar al chat y leer su conversación.

Joseph: Ha habido un cambio de planes. No es necesario que vayas al London Ambassador Hotel.

El hombre contestó a los pocos minutos:

Número sin guardar: Estoy aquí.

Y eso era todo, no había nada más en aquella conversación.

Me fije en los horarios de envío de cada mensaje e hice memoria, Joseph había mandado el mensaje a ese extraño justo después de que terminara conmigo en medio de Hyde Park. Leí de nuevo: *Ha habido un cambio de planes.* No tenía idea a qué planes se refería Joseph. No había más texto entre ellos dos. Revisé el registro de llamadas de nuevo y vi que tuvieron varias llamadas días antes de que viajáramos a

Londres. De nuevo, me quedé con más preguntas que respuestas.

Dejé el celular en la mesa de cristal frente a nosotros. Tomé la copa de vino y me la bebí de un solo trago. Willem no tardó en pararse por una segunda botella y servir otra ronda. Le conté lo que había en la conversación y lo relevante que eran para mí los horarios de los mensajes. Al igual que yo, se quedó mudo y nos imaginamos el escenario más lógico.

—¡Ya tenía planeado el encuentro con ese hombre desde antes! —dijo Willem mientras su cara se tornaba roja de coraje y agitaba su brazo derecho de un lado a otro—. Seguro quería proponerte un trío con él, ¡pero terminó contigo! Por eso hubo un "cambio de planes" y le dijo que no fuera al hotel.

Si yo tuviera veintiséis años habría pensado lo mismo que mi amigo. Sin embargo, mi pasado me ha enseñado a desconfiar de las primeras impresiones o suposiciones, porque detrás de cada acto hay una historia que no siempre quiere ser contada.

—Pues mira, lo que haya pasado en esa habitación no me incumbe ya. Esta es la prueba que necesitaba. Fue Joseph quién invitó a ese extraño al hotel. Y ambos hablaron minutos después de que Joseph terminara conmigo. Qué cabrón, ¿no crees? Y me siento peor porque sus motivos para terminar la relación no fueron por algo que pasara entre nosotros, simple y sencillamente no le gustó conocer parte de mi pasado.

—No, Alonso. No tiene excusa. Cuando me contaste lo que te había pasado en Monterrey, ¡jamás te reclamé por decírmelo meses después de conocernos! Es una experiencia que viviste tiempo atrás, tú decides cuando, cómo y con quién compartirla. Y si Joseph se enojó porque se lo "ocultaste" como él dice, significa que no entiende lo es el pasado. Las cosas entre ustedes no tendrían que terminar por eso. En cambio mira él —Willem apuntó al celular—, está clarísimo que Joseph sí te ha ocultado partes de su vida que todavía existen en el presente. No tienes porque sentirte mal por nada. Es él quien te debe una disculpa y sobre todo una explicación.

—Ahora mismo no quiero ninguna explicación. Quiero celebrar el reinicio de mi vida de soltero y no quiero preocuparme de cosas que no merecen mi tiempo. Le pido a Dios y al universo que guarden a Joseph, ¡y se les olvide dónde!

—En ese caso —Willem sacó su celular y mandó una nota de audio a un grupo que tenemos con amigos en conjunto—. *Hi everyone!* Hoy es viernes, así que hay reunión en mi casa y después nos vamos de *paaaaaaaaaarty.*

Horas después el exceso de gin-tonics provocaron que mi amiga Helena se torciera el pie y cayera al suelo cuando abandonamos la discoteca Razzmatazz. Gilberto la ayudó a levantarse, él también perdiendo el equilibrio por las cervezas que llevaba encima desde el inicio de la noche en casa de Willem. A Willem le perdí el rastro después de verlo con un joven que conoció esa misma noche en la pista de baile. Tim, mi amigo alemán, y yo salimos al mismo tiempo del antro para encontrarnos con los demás. Tim lanzó una mirada seductora a una morena que caminaba detrás de nosotros, la cual se agarró de la mano de mi amigo preguntando por su nombre y su nacionalidad.
Caminamos todos juntos hasta la esquina de la calle.

—¡¿Dónde es el *after party*?! —gritó Helena ebria a Gilberto.

—En tu casa, bajo las sábanas—contestó Gilberto.

—¡Mírenlos! —grité—. Cuatro años de novios y la llama de la pasión sigue viva.

—Nos vamos a la cama, ¡pero a dormir! —aclaró él.

Volteé a ver a Tim que conversaba con la joven que acababa de conocer. Escuché el acento colombiano de la chica y su invitación a un *after party* en su casa con amigos.

Me acerqué a Tim para decirle que yo abortaba misión.

—¡No me puedes dejar solo! —me reclamó—. Aprovecha que ahora estás soltero de nuevo.

—Lo siento, pero en verdad necesito dormir —dije tocando su hombro.

En la reunión previa en casa de Willem les conté a todos que mi relación con Joseph había terminado. Pero no les dije nada sobre el joven desconocido encontrado en la habitación, sus fotografías en el balcón, la conversación en el WhatsApp y que Joseph aún no aparece. ¿Para qué regalar drama de más?

—Está bien. ¡Nos vemos mañana!—me dijo Tim antes de darme un abrazo y alejarse hacia el metro subterráneo junto a su nuevo grupo de amigos desconocidos.

Miré hacia la calle y por suerte un taxi vacío paso frente a mí. Eran más de las tres de la mañana. Estaba mareado por las copas de vino rosado en casa de Willem y las otras copas de vino blanco que bebí en el antro, pero me encontraba bien, o como diríamos en México: andaba chido. Mucho mejor que hace horas atrás cuando creía que Joseph me había cambiado por alguien y ahora estaba corriendo de sus problemas.

Pagué al chofer del taxi cuando se estacionó frente a mi edificio. Al salir sentí la soledad de la calle y su oscuridad acompañándome hasta la entrada. Me negué a usar el elevador, subí por las escaleras para demostrarme a mi mismo que el alcohol no me había hecho efecto, al menos no tanto. Llegué al segundo piso y me acerqué a la puerta de mi apartamento.

Al tocar la cerradura con la punta de la llave…, la puerta se abrió. Entré de golpe. Las luces estaban encendidas. La ropa de Joseph regada por el suelo. Los muebles fuera de lugar. Los cajones de la cocina abiertos. Todo un desastre.

Alguien había entrado en mi ausencia.

8
EL REFLEJO NO MIENTE

Se me bajó la peda. Mis ojos se movían en todas direcciones. Los gabinetes de la cocina abiertos al igual que la maleta de Joseph a mitad de la sala, su ropa esparcida por el suelo. Las luces de mi habitación y el baño encendidas. Me dirigí primero hacia la recámara y vi el clóset abierto, mis playeras, pantalones y zapatos estaban tirados en el piso, también había algunas prendas regadas sobre mi cama. La maleta de mano color celeste que llevé a Londres quedó vacía con las pertenencias a un lado. La base de la cama en la habitación estaba movida hacia un lado como si la hubieran empujado para ver por debajo de ella. En el baño el movimiento fue menor, el gabinete bajo el lavabo estaba abierto pero cada producto personal estaba en su lugar. Regresé a la sala y me puse frente a mí escritorio de trabajo. El desastre continuaba: la pantalla de mi computadora portátil levantada; mis libros, que deberían estar en estantería, estaban sobre el escritorio con las hojas al aire; incluso mi libreta de apuntes estaba abierta sobre la mesa con uno de mis más recientes textos. Me acerqué y vi las primeras líneas de mi escritura, un texto que dediqué a mi familia en un momento de frágil inspiración titulado: *¿Por qué no están aquí?*

Cerré la libreta e inspeccioné de nuevo el apartamento, esta vez pensando en qué podría faltar: documentos personales, pasaporte, dinero, objetos de valor. Nada faltaba. Me acerqué a la entrada del apartamento, la puerta todavía abierta. Miré la cerradura, estaba en perfecto estado, quien haya entrado no aplicó fuerza ni forzó la cerradura. Sentí una ligera brisa rozar la piel de mis brazos. Giré la cabeza en dirección a la cocina y vi la ventana abierta hacia adentro. Me acerqué para asomar la cabeza al exterior, en plena oscuridad de la madrugada no pude observar nada ni ver a nadie bajo las luces de los faroles en la calle. Tomé mi celular y activé la linterna, la luz de corto alcance iluminó parte de la terraza del vecino de abajo. A mi lado derecho miré los barandales de los balcones en cada uno de los pisos que descendían hasta la oscuridad de la Calle Atenas. ¿Alguien sería capaz de escalarlos hasta llegar a mi ventana y entrar al apartamento? Cerré la ventana y puse el candado que olvidé asegurar cuando me marche por la tarde. Me acerqué a la puerta de nuevo, esta vez la bloqueé con la cerradura extra que tiene la puerta en la parte superior, que nunca creí necesitar. Puse mis llaves sobre el gabinete de madera a un lado de la entrada y vi que el cajón debajo se encontraba también abierto. Y fue ahí que me di cuenta: la copia de mi juego de llaves no estaba. Quien sea que haya entrado por la ventana salió sin problema por la puerta llevándose la copia consigo.

El sueño y la tranquilidad me abandonaron el resto de la madrugada. Me quedé sentado en el sofá de la sala vigilando las ventanas que dan hacia la calle. Estaba alerta a cualquier sonido del otro lado de la puerta. Recapitulé de nuevo, ninguna de mis pertenencias estaban perdidas. Entonces, ¿quien entró?, ¿qué estaba buscando? Metí las manos en los bolsillos del pantalón, lo sentí y recordé: el celular de Joseph.

Acomodé mi cabeza en uno de los cojines del sillón, no solté el aparato de Joseph en ningún momento. Las horas pasaron en el exterior. Vi el cielo aclarándose hasta que mis párpados por fin se cerraron.

Tim llegó a mi apartamento más tarde. Del desorden que había en la madrugada solo quedaba la ropa de Joseph y su maleta en medio de la sala. Un cerrajero se encontraba cambiando los seguros en la puerta. La dueña del edificio se ofreció a remplazarlos sin hacer un cargo extra en el alquiler, además me aseguró que revisaría las cámaras de seguridad en el exterior del edificio para ver si daba con el responsable. Tim pasó hasta la cocina donde yo lo esperaba sentado en una silla alta a un lado de la barra.

—*Dude!* ¿Qué pasó aquí? ¿Te encuentras bien?

—Sí, sí. Siéntate. Todo está perfecto —dije apuntando a la silla disponible frente a mí. Tim se sentó—. ¿Quieres café, té, agua?

—Café está bien —dijo Tim.

Puse dos tazas sobre la mesa y vertí el café recién salido de la máquina.

—Me siento muy mal que te pasara esto en la madrugada. ¿Por qué no me llamaste para venir contigo de inmediato? Ningún *after party* me habría impedido venir a verte. Estos son los tipos de situaciones que se consideran emergencias.

—Pensé llamarlos, pero cuando vi que todas mis pertenencias estaban intactas decidí no hacer más grande el problema. Incluso no he llamado a la policía. Se me hace una pendejada llamarlos por un par de llaves extraviadas. Con el cambio en la cerradura creo que es suficiente. Ahora solo tengo que ser más precavido con las ventanas y no dejarlas abiertas cuando salga. Lo único que sí voy a extrañar será mi llaverito del Pato Donald que tenía puesto en esas llaves, fue un regalo de mi amiga Anna en su viaje a Disney París.

El cerrajero se acercó hacia nosotros para despedirse y entregar el nuevo juego de llaves. Las guardé en mi bolsillo del pantalón y lo acompañé a la salida. Se marchó después de comprobar que las nuevas cerraduras estuvieran funcionando. Regresé a la cocina donde Tim daba el primer sorbo al café.

—A ver, Alonso —dijo Tim dejando su taza sobre la mesa—. Nadie entra a un lugar sin un motivo. Cuando entraron a robar a mi apartamento se llevaron mi bicicleta de montaña, el casco, toda mi ropa de ejercicio y mis gafas de ciclismo. Era obvio que tenían el blanco en la mira: llevarse el kit deportivo. Entonces, ¡piensa! ¿Qué estaban buscando cuando entraron aquí? Y… ¿por qué está tu ropa tirada en el suelo?

—No es ropa mía, es de Joseph. Y… —miré el celular de Joseph sobre mi mesa de trabajo, estaba apagado y conectado a la corriente con el cargador que Willem me dio el día anterior. No lo había vuelto a encender desde entonces. Estaba casi seguro que la persona que entró al apartamento lo estaba buscando. Las incógnitas: ¿Por qué? ¿Habrá sido Joseph? ¿Habrá sido alguien más? Regresé la mirada a Tim—. No creo que vuelvan a entrar. Creo que no encontraron nada que fuera de su interés.

—O tal vez no te encontraron a ti.

—¡Estúpido! —lo golpeé en el hombro— ¡No hagas que me traume! De por sí no dormí en toda la noche. No quiero preocuparme y pensar que alguien vendrá por mí en mitad de la madrugada.

—Perdón, no quería asustarte…, pero es posible. Por eso creo que deberías poner una denuncia en la policía. No pierdes nada con registrar que alguien entró en tu casa y se llevó las llaves de repuesto. De esa manera te proteges un poco más ya que se crea un expediente con las autoridades.

—Bueno, creo que sí podría ir durante el día.

—¡Pues vamos ya! Agarra tus cosas. Te acompaño.

Tim se levantó de un brinco y caminó hacia la puerta. Dejé las tazas de café en el fregadero. Caminé hacia mi mesa de trabajo y me quedé observando el celular de Joseph por unos segundos antes de guardarlo en mi bolsillo del pantalón. Tomé una de mis chaquetas deportivas del perchero a un lado de la puerta y salí junto con Tim hacia la comisaría de policía más cercana.

Tal y como lo tenía previsto, no hubo mucha diferencia ni movimiento alrededor del caso. Uno de los oficiales escribió sobre un papel los hechos de la madrugada de ese día, traté de no dejar fuera los más mínimos detalles, desde la puerta sin cerradura, la ventana de la cocina abierta, la copia de llaves extraviada; incluso mencioné por primera vez la conexión que sentía entre el celular de Joseph y el allanamiento de morada. Saqué su celular y lo puse sobre la mesa. El oficial en turno me dijo que no se podían trabajar sobre especulaciones, por esa razón no metería esa última parte en el reporte. Al finalizar la declaración se me entregó una copia del caso con el sello de la policía y me dijeron que levantarían el reporte en el sistema. Tim y yo salimos. No había nada más que yo pudiera hacer en aquel lugar.

—¿Por qué no me dijiste antes lo del celular de Joseph? —me reclamó Tim en la puerta de la estación—. ¿En verdad crees que Joseph entró a tu casa para buscar su celular? Si es así, ¡vaya que es estúpido! ¿Por qué no se esperó al día siguiente que estuvieras en casa? No creo que le urgiera tanto revisar sus mensajes. Para mí es una conexión poco creíble. Entrar a una casa para buscar un celular.

—Yo tampoco estoy cien por ciento seguro que haya sido Joseph, pero me hace sentir más seguro creer que fue él quien entró y no un desconocido. Y piensa, no se llevaron ninguna de mis pertenencias pero si buscaron por todas partes, sobre todo en la maleta de Joseph que dejé en la sala. Tiene que haber sido por algo ¿no crees?

No hablamos más del tema durante el camino de regreso a casa. Tim insistió más de una vez que me quedara con él por el resto de la semana.

—Tengo una habitación libre con un sillón que se hace cama. Por favor, acéptalo.

—Tim, te lo agradezco como no tienes idea pero quiero retomar mi rutina lo más pronto posible. Eso me va a ayudar a olvidar el drama de estos últimos días.

Me despedí de Tim afuera de mi edificio. Él se marchó caminando calle abajo rumbo a la parada de autobús.

De regreso en el apartamento, me senté frente al escritorio dejando mi celular y el de Joseph sobre la mesa, uno encima de otro. Abrí mi laptop. Revisé la bandeja de entrada de mis correos personales y los del trabajo, ambos sin mensajes pendientes por responder ni leer. Me sobraban días de vacaciones por mi viaje a Reino Unido que terminó antes de lo planeado. Sin pensarlo dos veces escribí un correo a mi jefa, Isa, para comunicarle que estaba de regreso en la ciudad, le pedí considerar mi regreso el próximo lunes a la oficina, dentro de un día y medio. Así usaría mis días de vacaciones cuando en verdad los necesitara. Recibí una respuesta casi al instante:

¡Alonso! Me da gusto leer que estás de regreso. ¡Tenemos un lío en la oficina! El próximo sábado está programado el lanzamiento de la línea de bañadores de Alana Salas en el salón principal del restaurante The Wild. Necesito que vengas a la oficina el lunes para que me ayudes con los últimos detalles en la coordinación y logística. Ya tengo todo preparado, solo es cuestión de que te presentes y lo revisemos en conjunto.

"Ya tengo todo preparado", significaba: "ya vi que dejaste todo listo para el evento pero no quiero encargarme de la logística ni coordinar a nadie, más bien quiero posar frente a las cámaras y la prensa nacional para que sepan que la agencia Isa Creativa fue la organizadora del evento". No me importaba que se llevara el crédito, ella era la jefa. Y yo no trabajaba para ganarme su reconocimiento ni mucho menos sus aplausos. Me gustaba trabajar en proyectos diferentes los cuales alcanzaran distintos tipos de mercados y públicos. El beneficio económico es gran motivador, aunque imponerme retos personales y rodearme de personas a las que les apasiona ver sus proyectos crecer era lo que me mantenía a flote en las turbias aguas de Isa y su protagonismo.

Tecleé una corta respuesta a Isa confirmando que estaría presente el día lunes en la oficina, como era costumbre. Luego de eso cerré el portátil y regresé a mi realidad, lejos de los planes de marketing y eventos empresariales.

La ropa de Joseph seguía en el suelo y su celular apagado sobre el escritorio. Del bolsillo trasero de mi pantalón saqué la hoja doblada en cuatro donde venía la copia del reporte y denuncia que hice en la policía, agarré una de mis novelas de mi librero, *Hush* de Kate White, y lo mentí entre las páginas para resguardarlo. Miré de nuevo el celular de Joseph y me pregunté si alguien más, además de mí, estaría tratando de comunicarse con él. Me preguntaba si sería bueno hacerla de asistente y responder los mensajes que Joseph no era capaz de contestar por su cuenta. Podrían ser sus padres, algún colega del trabajo u otro amigo quienes lo buscaran. Agarré el aparato y sin dar más vueltas lo encendí. Cuando tecleé la contraseña volví a entrar en su pantalla de inicio. Se escuchó el sonido de notificaciones entrando. Mirando la pantalla con sus conversaciones de WhatsApp noté que recibía mensajes de personas que nunca escuché a Joseph mencionar antes. "¿Qué más no conocía de él?", me preguntaba al ver los nombres: Patrick, Marcus, y otros más que aparecieron en la pantalla. Ya no me importaba ser ético ni respetar la privacidad de Joseph en su celular, quien haya entrado al apartamento en busca de lo que sea que estuviera buscando no respetó mi espacio ni mucho menos mi seguridad, era momento de hacer frente a la verdad que al parecer Joseph había tratado de ocultar. Y si ese celular fue el responsable de quitarme el sueño por la noche, ya era hora de que se volviera el último de mis problemas antes de regresar al trabajo la siguiente semana. Los primeros mensajes que leí fueron de un tal Patrick:

Patrick: Avísame cuando lleguen al aeropuerto para mandar a alguien por ustedes.

Patrick: ¿Ya llegaste a Edimburgo?

Patrick: Quiero saber si mandaré al chofer por ti y tu colega de España.

Patrick: ¿Está todo bien? Dime cuando estén en Edimburgo.

Al igual que yo, el tal Patrick no había tenido contacto con Joseph desde ese día en Hyde Park. Continué con los mensajes, ahora un tal Marcus aparecía en la pantalla. Sus mensajes eran de esa misma mañana.

Marcus: Hola, sé que estás en Londres. ¿Podrías enviar los documentos oficiales que te pedí?

Marcus: Nos están pidiendo que comprobemos la afiliación a la asociación de franquicias.

Marcus: ¿A qué número puedo localizarte?

Seguí entre conversaciones hasta llegar a la misma que habíamos visto Willem y yo, la de Joseph con el desconocido de las fotografías con los mismos dos mensajes. Las demás conversaciones se enfocaban a su trabajo: contacto con proveedores de materiales, textos a personas en puestos administrativos, hasta contactos guardados como franquiciado 10, franquiciado 9, 14, 5, 7... En fin, conversaciones que eran relevantes al puesto de Joseph dentro de la empresa Patskin, que en ese momento yo no tenía conocimiento. Salí de la aplicación.

Miré en la pantalla el ícono en forma de flor que abre la galería de fotos, la seleccioné con el índice y las imágenes aparecieron en la pantalla. Vi fotografías de las calles de Barcelona desde lo alto de una terraza que reconocí, eran tomadas desde el apartamento de Joseph en el barrio de L'Eixample. También había fotografías tomadas desde hace meses según las fechas en su galería, en donde se veía La Sagrada Familia y el Barrio Gótico. Seguí pasando el dedo sobre el carrete de fotos. En una imagen se veía el Arco del Triunfo bajo un día soleado y detrás del tráfico de autos que transita por la rotonda que marca el final del Paseo Sant Joan. La fotografía sería perfecta para publicar en historias de Instagram si no fuera por el taxi negro que interrumpió la foto y tapó casi la mitad del monumento al otro lado. Agrandé la imagen con los dedos y la moví un poco hasta ver la silueta de Joseph reflejada en la puerta delantera del taxi. Se apreciaba a Joseph sujetando el celular con ambas manos y con el sol pegándole en la cara. Moví la imagen hacia un lado y... mi respiración se detuvo. Reflejado en la puerta trasera del taxi estaba él... El mismo joven que vi inconsciente en las fotografías del balcón. Ambos estaban allí paseando juntos por Barcelona. Revisé la información de la fotografía. La imagen había sido tomada hace un mes, la ajusté de nuevo para ver sus caras juntas.

No tenía dudas. Eran ellos dos en el reflejo.

9

UNO CON LAS LETRAS

—¡Hijo de la chingada! —grité dejando el celular sobre la mesa.

Todo era confuso. La foto era prueba de que ellos dos se conocían de tiempo atrás e incluso habían paseado juntos por Barcelona. Tiempo después, ¿se habían encontrado en Londres por casualidad? Sentí una presión enorme en el pecho, necesitaba salir de casa y tomar aire. ¡Me faltaba el aire! Me llevé las manos a la boca. Quise gritar sin importarme que los vecinos del edificio escucharan. Intenté respirar y recordé lo aprendido con Valeria: "¿quién es el Alonso que tomará las decisiones?", ¡en ese punto no importaba! Algo pasaba debajo de la superficie de las apariencias y yo creía que esos problemas ya no existirían en mi vida. Apariencias que en el pasado me hicieron confiar en las personas equivocadas. Y ahora, ¿volvía a caer?, ¿volvía a pasar?, ¿qué sabía de Joseph en realidad? Puse a trabajar mi mente. Recurrir a la lógica. Recordar lo que habíamos hablado antes de nuestro viaje a Londres.

Un mes antes

—¿Qué estás escribiendo? —me preguntó Joseph.

Nos encontrábamos en la terraza de un restaurante sobre la calle Enrique Granados. La mesera acababa de dejar nuestros cafés sobre la mesa.

—¡Oh! ¿Esto? —aparté la vista de la libreta—. No es nada…—olvidé que estábamos en el final de nuestro almuerzo. Dejé la pluma a un lado de las hojas blancas—. Bueno, es un ejercicio de escritura. Acabo de seguir en

YouTube a una asesora editorial que comparte consejos y dinámicas para escritores.

—Ah... Interesante.

—¡Sí! En su último video puso el reto de compartir un texto corto en los comentarios. La temática es libre. ¿Quieres leer lo que llevo?

—Mejor dime si has pensado y considerado la propuesta de trabajo que te dije. ¡Tienes que aprovechar la oportunidad, Alonso! Antes de que alguien más llegue y te gane el puesto. Yo podría cuidarte el espacio por un par de semanas más, pero necesitaría que comenzaras el proceso de solicitud y la firma del contrato. Si no lo haces ahora no habrá manera de afiliarte a las franquicias en un futuro.

—Ah, sí. Ayer estaba viendo toda la información de la empresa donde trabajas, pero no estoy familiarizado con el giro del negocio.

—¡Es fácil! Centros clínicos enfocados en tratamientos de medicina estética. Ofrecemos tratamientos de medicina y cirugía estética facial y corporal, depilación láser, tratamientos para várices, entre muchos otros servicios. Te cuento rápido... Nuestro jefe fundador, Patrick Gordon, montó su primer centro clínico hace más de veinte años en Edimburgo y desde entonces se ha expandido por todo Reino Unido. Hace ocho años abrió su primera clínica internacional en el centro de Madrid. Desde entonces ha buscado la manera de expandir su negocio por toda España, aunque le es imposible moverse de país en país sin descuidar su nicho actual en Reino Unido. Por eso estoy aquí en España, para ayudarlo a cumplir con su visión empresarial. Expandirnos por toda Europa.

Yo solo escuchaba a la maestra de Charlie Brown de fondo repitiendo: gua, gua, gua, gua, guaaaa, gua, gua, gua, gua, guaaaa. Entendía lo que Joseph me decía, mas no me interesaba su propuesta: afiliarme a una clínica que ofrece cirugía estética a personas con las cuales jamás tendría una conexión fuera de un arreglo facial o asuntos administrativos. Un trabajo muy diferente a mi puesto actual, donde la relación con mis clientes y sus emprendimientos dentro de la agencia Isa Creativa se construye desde los escombros hasta el final del proyecto.

—¡Te lo digo en serio! —continuaba Joseph—. Al afiliarte como dueño de una franquicia podrías estar en la sucursal que estoy abriendo aquí en Barcelona. Ya tengo armado un firme equipo de proveedores de maquinaria que entrarían contigo para montar el centro clínico, enfermeros y personal de limpieza. Hemos hecho lo mismo en otras ciudades de España con centros que ya se encuentran operando.

—¡Aaaah! ¿Y cuánto te darán de bono extra por abrir otra sucursal?

—¡Venga, Alonso! Esto no se trata de mí, estoy viendo por tú futuro. ¿Cuánto te pagan en tu trabajo actual por organizar eventos? ¡Y! ¿Cuánto tiempo le inviertes en la organización de cada uno? Llamadas a proveedores, a clientes, renta de centros de convenciones, hoteles…, por mencionar algunos. En Patskin, con tan solo meses de conciliar el negocio recuperas tu inversión y te quedan ganancias de sobra para pagar el alquiler por años o para comprarte un piso propio.

Preferí dejarlo hablar dando un trago a mi café.

—¿No quieres empezar a crecer en el mundo laboral? Puedes comenzar como franquiciado para luego subir de puesto a *Business Partner*, como lo soy yo ahora. Convertirte en los ojos y oídos del fundador. Todo es posible, pero debes quitarle el límite a tus sueños.

—Mis sueños… Dime Joseph, ¿cuáles son mis sueños?

—*C'mon*, no me digas que tu sueño es estar toda tu vida organizando eventos para alguien más. Siempre te quejas de que tu jefa te explota y no te da el reconocimiento que mereces. Una empresa internacional te da reconocimiento y mucho más en base a tus logros. Pero no verás ningún sueño realizado a menos que decidas aplicar a trabajos que te saquen de tu zona de confort. Tienes experiencia en el mundo publicitario y un máster en *marketing management*, eres lo que los reclutadores están buscando el día de hoy… Entonces, ¿qué opinas?

—Joseph… Agradezco mucho tu interés por ayudarme a crecer. Estos meses que hemos salido he aprendido mucho sobre… —¿sobre el nuevo y eficaz láser de diodo con alta potencia que brinda comodidad durante la depilación, ofreciendo una experiencia *premium* al eliminar el vello corporal de forma permanente? No le podía decir eso, así que inventé—. He aprendido mucho sobre la superación personal y el imponerse nuevos retos laborales. Pero… No sé —y entonces fui sincero—. Llevo un tiempo sintiéndome vacío, sintiendo un hueco en el pecho que no he podido llenar, ¿me explico? —ver su ceja juzgona levantada hizo que me abriera aún más con él—. O sea… Yo trabajo, hago ejercicio, leo, veo series y películas, estoy con mis amigos, paso tiempo contigo, hablo con mi familia. ¡Y aún así! Algo me falta.

—¡Es eso! A pesar de que te llenas de cosas y tienes el día ocupado, te sigue quedando tiempo libre para pensar en tonterías. ¿Y sabes por qué? Porque tu trabajo actual solo te da estrés innecesario que no lo compensa el tiempo libre que tienes. En un ambiente laboral sano saldrías de la oficina sin preocupaciones, ni agobios. Y tendrías, de verdad, tiempo libre de calidad. No lo digo yo, hay estudios y artículos en LinkedIn que hablan sobre el tema. El balance perfecto de la vida está entre el trabajo y el tiempo libre.

—Ah, ¿todo se resume a eso? Trabajo y tiempo libre —pregunté.

—En tu caso, yo diría que sí. Tienes un *shitty job*.

—No es un trabajo de mierda. Tal vez mi jefa sí lo es un poco —dije entre risas—. Me gusta mantener contacto y convivir con gente, ya sean clientes o personas nuevas; soy demasiado bueno organizando eventos y reuniones; las palabras me salen de la boca de forma natural y sé qué decir en el momento adecuado. Esos son talentos que me gustaría seguir desarrollando, pero en un trabajo como el que ofrece tu empresa, Patskin, no estoy seguro que encajen. No me visualizo atendiendo un negocio del cual no sé nada y no me interesa conocer.

—¿Y cómo te visualizas entonces?

Pensé en alguna respuesta genérica para esa pregunta: me veo en un trabajo con sueldo estable; viviendo a un lado de la playa cuando sea mayor. Pero opté por decir lo que en realidad sentía en ese momento.

—Ahora mismo me visualizo como una persona sin motivación ni sueños. No sé si es por miedo a cumplirlos o porque en verdad no tengo ni la más mínima idea de cuál es mi propósito en la vida. Estoy mal. No sé a dónde ir ahora. Me vine de Monterrey a Barcelona y ni eso me ha ayudado a ver el faro en la tempestad.

Guardé silencio y bajé la mirada a la hoja de papel bajo mi mano, aquella donde había escrito la primer línea de un texto que jamás pensé compartir, quería continuarlo hasta terminar. Aquellas letras eran las únicas que me entendían en esa mesa, porque esas letras eran yo. Sangre mía hecha tinta.

—Yo sé a dónde debes ir —dijo Joseph.

Lo vi poner su celular sobre la mesa. En la pantalla mostró un *flyer* con información junto a una fotografía del Castillo de Edimburgo.

—Tienes que venir conmigo a Escocia en un mes —me acercó el aparato.

—¿Escocia?

—¡Sí! Cada año la compañía Patskin organiza un evento de integración para que todos los empleados, en las distintas sucursales del país y centros clínicos de Europa, se reúnan durante un fin de semana a convivir y conocerse. Este año la sede tiene lugar en Edimburgo, donde la empresa fue fundada. Es un evento exclusivo para integrantes de la compañía, pero las conferencias y pláticas que ofrecen están abiertas al público y a centros clínicos de todo el mundo. Es la oportunidad perfecta para que conozcas el negocio un poco más, veas con tus propios ojos los avances que hemos realizado como compañía y nuestra visión para el futuro. ¡Además! El pueblo de donde soy está a un par de horas en tren desde Liverpool, podríamos visitarlo. ¿Lo ves? Todo se acomoda de maravilla cuando se tiene un balance entre vida y trabajo. Solo debes animarte a dar el paso y ser parte.

Leí toda la información en la invitación. Mi opinión sobre ser parte de la compañía no había cambiado, pero un viaje a Edimburgo no me vendría nada mal.

—Nunca te lo he preguntado, Joseph. ¿De qué parte de Inglaterra eres?

Joseph sonrió retirando su celular de la mesa.

— Soy de una localidad pequeña entre Liverpool y Manchester. Ahí cursé la universidad.

—Aja. ¿Y dónde estudiaste? ¿En qué pueblo está tu universidad?

—Preguntas mucho, Alonso. ¿Eso qué importa?

—¡Solo dime, Joseph!

Joseph dio un trago a su café.

—Solo te diré que donde estudié está justo en el borde y la colina.

—¿Eso qué significa?

—Es un acertijo. Ven conmigo a Reino Unido y lo descubrirás.

Anoté en mi libreta su acertijo para no olvidarlo: *donde estudié está justo "en el borde y la colina"*. Me quede mirando a Joseph a los ojos. Esos ojos azules que sin decirme nada me convencían.

—¿Me puedes enviar la información del viaje por mensaje o correo? —dije—. Así lo pienso antes de decidir si te acompañaría al viaje.

—No tienes nada que pensar. Solo di que sí. Yo me encargo de comprar los vuelos. ¡Es más! Apunta ya la fecha en tu libreta —dijo dando repetidos toques con el dedo a las hojas en blanco—, apunta para que pidas vacaciones en el trabajo. ¡Te hacen mucha falta!

El mesero en el restaurante se aproximó a la mesa sujetando la terminal de cobro en una mano y la cuenta en la otra. Joseph se apresuró a sacar su tarjeta de crédito y pagó por el total. Se levantó de la mesa cuando le entregaron el ticket de compra.

—¿Nos vemos el sábado en la noche para cenar? —me preguntó

—Joseph…, recuerda que el sábado tenemos la reunión en casa de Willem. Unos amigos de él estarán de visita en la ciudad y organizó una cena para que todos nos conociéramos. Te lo dije con tiempo para que me acompañaras

—A mí nunca me dijiste eso.

—¡Claro que sí! Joseph… Te mandé un mensaje esta semana y te lo recordé hace dos días cuando fuimos al gimnasio.

—Sabes que no me gusta estar pegado al celular y mi mente se concentra en el ejercicio cuando estoy entrenando.

—Entonces dime: ¿cómo hacer para que un compromiso lo tomes en serio?

—No voy a hacer esto, Alonso. Hoy no.

—¿Disculpa? ¿Hacer qué?

—¡Esto! Piensas que no te tomo en serio, cuando en realidad eres tú el que tiene que entender que las personas adultas estamos ocupadas y con muchas cosas en la cabeza. Lo que hago se llama poner prioridades. No esperes que una reunión con gente desconocida sea lo primero en mi lista.

—Es una fiesta.

—Bueno, mejor nos vemos el domingo temprano. Recuerda que tenemos programado el desayuno con un futuro *business partner* que sí quiere entrar al negocio que te propongo aquí en Barcelona. Eso te acercará más y te ayudará a tomar una decisión inteligente. Hasta ambos podrían firmar el contrato de afiliación al negocio.

Volvernos por fin socios.

—¿Dura toda la mañana? Había platicado con Tim para ir a la playa por la tarde, ¿no quisieras acompañarnos?

—No hay que desaprovechar un día productivo, Alonso. Ir a la playa es desaprovecharlo.

—*Wait a minute!* Tú eres el que acaba de decir que es importante tener balance entre trabajo y tiempo libre. ¿Tener tiempo para ir a la playa no es justo eso?

—Bueno, el tiempo libre también debe de aprovecharse. No es lo mismo ir a quemarse la piel bajo el sol que leer un libro sobre cómo empezar un negocio o sobre el futuro de las nuevas empresas y tecnologías sustentables. Entiendes mi punto, ¿verdad? Cada oportunidad que tengas para crecer debes aprovecharla. Eso es el secreto de convertirse en adulto que a nadie le gusta escuchar, pero es la realidad. Entre más rápido lo sepas y lo aceptes te ayudará a no vivir con ansiedad y preocupaciones de por vida. Hay que generar hoy para…

—Vivir mejor mañana, lo sé —dije poniendo los ojos en blanco—. Me lo dices siempre.

—Pues entonces no me hagas repetirlo —dijo acomodándose las mangas de su camisa azul—. ¿Nos vamos?

Yo me encontraba sentado con la libreta abierta sobre la mesa.

—Sabes… Todavía me quedan unos minutos libres antes de regresar a la oficina con Isa. Me pediré otro café y luego regreso.

—Como quieras. Solo te pido un favor: no tardes en decidir sobre el viaje. Londres sería nuestra primera parada. Quiero separar todo con tiempo y organizarme. *OK?* Quiero que veas con tus propios ojos lo que es Patskin y te unas. ¡Quiero animarte a firmar conmigo!

—Está bien. Lo pensaré hoy y te digo mi respuesta a la brevedad.

No dijo nada más. Se alejó por la calle hasta que mi vista

lo perdió dando vuelta en una esquina. Llamé al mesero de nuevo y se acercó amable a atenderme. Y… ¡Oh, sorpresa! No ordené un café.

Luego del primer sorbo de vino tinto, tome la pluma entre mis dedos y reté con la mirada a la hoja cuadriculada frente a mí. El reto: un texto corto. ¿Sobre qué? Ni idea. Tenía metidas a la fuerza las enseñanzas de Joseph sobre crecer y hacerse adulto. Y palabras, muchas palabras: trabajo, sueños, ganancias, Monterrey, Barcelona, crecer, Edimburgo, tratamiento estético, depilación láser, familia... Familia... Familia... Familia...

—Papá y mamá, ¿dónde están? —me pregunté y comencé a llorar. No fue un llanto dramático ni desgarrador. Fueron algunas lágrimas que corrieron por las mejillas en un suspiro inesperado. Un llanto que salió del pecho. Miré cómo las gotas tocaron la hoja de papel y se quedaron plasmadas en ellas. Mi sentimiento se quedó marcado en ellas. Eso iba a hacer. Plasmarlo. Con la punta de la pluma invadí el papel. Lo seguí haciendo sin parar. Escribí:

¿Por qué no están aquí?

Durante mucho tiempo fueron el tronco frondoso donde me recargaba a descansar. ¡Amaba vivir bajo su sombra protectora! A veces poca como en cada otoño, pero su tronco siempre firme ante las tempestades de invierno. Ahora el tronco está lejos, camino solo balanceándome entre el desierto de la soledad con el sol quemándome la piel. La semilla de mis sueños la llevo en mis manos desde hace mucho tiempo, pero me asusta sembrarla y jamás verla crecer. Yo, el niño que vivió bajo su sombra no tiene dónde esconderse del sol ahora. ¿Por qué no están aquí? Me veo obligado a cavar un hoyo y sembrar la semilla de mis sueños. Será mi deber trabajarla y cuidarla. Pronto me apoyaré en su tronco y podré descansar bajo su sombra, la sombra que llamaré vida por el resto de ella, aun cuando ustedes ya no estén aquí.

No lloré más.

Metí la pluma en la mochila negra que llevo al trabajo. Levanté la libreta a la altura de mis ojos y vi el texto de frente. Un extraño cosquilleo me llegó a la cabeza, ese que llega por la sensación de placer y relajación que te hace estremecer junto a un hormigueo en el cerebro. Nunca antes me había sentido tan bien escribiendo, y vaya que había escrito demasiado durante mis últimos años. Hojas, hojas y más hojas fueron escritas para el *branding* de empresas, productos y servicios; sin olvidar mis trabajos y ensayos académicos en la universidad durante mi licenciatura y maestría, todos con notas sobresalientes. Aunque… Ese texto era diferente, no nació para uso de una marca o empresa, tampoco sería una entrega académica la cual sería evaluada por algún profesor. No. Eso era mío. Nació de mí para mí. Y así lo quería conservar. Había encontrado un refugio para la tormenta de la vida. Era uno con las letras.

Cerré la libreta para guardarla en la mochila y de ella saqué el libro que había empacado: *El último invitado* de Megan Miranda. Decidí darme tiempo para leer. Un refugio más para la realidad del exterior. Con el pasar de las páginas me adentré en otro mundo. A otro thriller psicológico lejos del mío.

Sentado en el sofá de mi apartamento, agarré el celular de Joseph de nuevo. No podía quitar la mirada de la fotografía con aquellos dos hombres reflejados en las puertas del taxi. Un mensaje llegó en la parte superior de la pantalla. Entré en la aplicación y me encontré con lo menos esperado. El mensaje proveniente del número sin guardar; el número del hombre inconsciente en el balcón de la habitación 414 y reflejado en el taxi. Pulsé sobre la conversación y el mensaje se abrió:

Número sin guardar: Voy por ti, Joseph.

10
CÍRCULO DE SAL

El mensaje me persiguió tanto por varios días que incluso se coló en mi concentración en el trabajo. Pensé en contestarle a ese extraño, preguntarle qué había pasado. Saber por fin quién era y por qué apareció inconsciente en el balcón. "Voy por ti, Joseph", recordaba mientras mi cuerpo estaba presente en las oficinas de la agencia Isa Creativa. Me convencí que ese extraño y Joseph ya no eran mi problema.

Mi jefa, Isa, y yo estábamos por terminar la última reunión con Alana Salas antes de su evento de lanzamiento. Alana Salas era esposa de uno de los jugadores del equipo de baloncesto del FC Barcelona, llevaba trabajando nueve meses en la creación de su nueva línea de trajes de baño. Durante ese tiempo, en la agencia Isa Creativa, nos encargamos de preparar su campaña de lanzamiento en redes sociales, que comenzaría a circular justo después del evento de presentación, el siguiente sábado en el restaurante The Wild. El concepto de la marca que Alana me compartió fue: "quiero que los bañadores nos transporten a un lugar seguro, libre de prejuicios sobre nuestros cuerpos imperfectos, que lo que nos coloquemos se amolde y nos haga sentir que podemos ser bellos bajo nuestra propia piel". Me compartió su experiencia con los cambios en su cuerpo durante su segundo embarazo y lo insegura que se sentía al estar expuesta ante el ojo público cada vez que salía a la calle. El detonante de su idea surgió cuando se vio a ella misma en la playa, en fotografías de revistas y prensa local, con sus estrías expuestas en abdomen y piernas. "No sentí rabia ni mucho menos me molesté", dijo ella "pero sí pensé en todas las personas que de principio no estamos cómodas con las transiciones o cambios en nuestros cuerpos. Mi marca ayudará a que demos el siguiente paso a la aceptación, que cubramos algunos rasgos que aún no estamos listos a mostrar, pero que al mismo tiempo el bañador nos brinde seguridad y comodidad en nuestra propia piel para que poco a poco vayamos aceptándolo". Al principio me pareció que la marca podría mandar un mensaje contradictorio, que cubrir partes del cuerpo era una manera de demostrar lo avergonzado que estabas de él. Pero hablando con Alana sobre sus experiencias, me di cuenta que la idea se justificaba: "No todos nos sentimos cómodos en muchos aspectos de nuestra vida, no solo en temas de nuestro cuerpo. Imagina a un introvertido siendo obligado a exponer ante una gran audiencia de un día para otro, o a un extrovertido teniendo un trabajo de oficina sin convivir con nadie más que con su equipo de cómputo; es casi imposible que los individuos adapten su personalidad sin sufrir brotes de ansiedad, para eso se debe pasar por un proceso de cambio y adaptación. Lo mismo pasa con nuestros cuerpos, el proceso de aceptación puede ser lento. Mi marca pretende acompañarlos en todo su camino". Me mostró algunos bocetos de algunos diseños para mujeres, mi favorito fue un bañador rosa fosforescente de dos piezas. La parte inferior en forma de *short* deportivo cubría el cuerpo desde el ombligo hasta mitad de los muslos; encima del elástico de la cadera caían tablones de tela simulando una falda corta. ¡Era precioso! Cuando el concepto de la marca quedó más claro procedimos con la elaboración del plan de marketing y sobre todo a organizar el evento de lanzamiento.

Isa, Alana y yo mirábamos un plano del restaurante The Wild proyectado en el gran monitor de la sala de juntas. En tan solo dos días tendríamos el evento de lanzamiento para la línea de trajes de baño de Alana. En el plano se mostraba el acomodo paralelo de las sillas rodeando la pasarela por donde las modelos desfilarían con los bañadores. A las orillas del establecimiento estarían colocadas las barras con bebidas y los aperitivos para antes y después de la pasarela.

—Qué me dicen de la cortina que caerá para dar inicio a la pasarela —dijo Alana.

—Color platinado y lista para la exposición —contesté—. El mismo proveedor encargado de la decoración la llevará e instalará sobre el contorno de la plataforma. Al develarse quedará expuesto el nombre de la marca. La música dará inicio y las modelos saldrán usando los bañadores.

—Recuérdame el número de las modelos contratadas —dijo Alana.

—Según Nick, tu director creativo, tiene planeada la logística de la pasarela con veinte modelos. Él se encargará de distribuir lo que llevará puesto cada una. Además, estoy muy en contacto con él para pulir los últimos detalles antes de realizar el montaje el mismo día del evento por la mañana.

—¿No se puede hacer un día antes? Me preocupa que no esté listo el mismo día.

—Tú tranquila y yo nervioso —le dije—. El restaurante The Wild tiene servicio al público hasta la 1:30 de la madrugada del sábado. Después de eso tengo programada la entrada y acomodo a partir de las 5:00 horas. Cuando te presentes por la noche en la entrada principal para las fotografías de prensa todo estará listo y funcionando. Tu única preocupación será encontrar a un mesero para que te dé una copa.

—Y… quisiera revisar…

—El menú está decidido y listo —interrumpí a Alana—. La lista de invitados se terminó de pactar el día de ayer, todos recibieron la invitación en sus manos. Las bolsas y cajas de regalos llegarán hoy en la tarde a la oficina para verificar su buen estado.

—¡Lo ves! —dijo Isa—. Te dije que teníamos todo preparado.

"¡Aja! Tú lo tenías tooooodo preparado", pensé

mostrando una falsa sonrisa.

Cuando terminamos la sesión apagué el proyector, desconecté mi portátil de trabajo y acompañé a Alana hasta la salida. "Después de este evento, ahora sí, me tomaré las vacaciones que merezco", pensé cuando vi a Alana abandonar las oficinas de la agencia por la calle Balmes. Me dirigí a mi lugar de trabajo y pasé a electrónico todos los apuntes que tomé en mi libreta durante la junta, los haría llegar por e-mail al director creativo de Alana y al equipo de logística que estarían a cargo del evento. Presioné enviar. Agarré mi teléfono y envié otro mensaje que haría enloquecer al grupo de WhatsApp que lleva por nombre: *Alonso's bitches.* Todos respondieron:

Willem: Bitchacho! ¿Es broma verdad? ¡¿Por qué no me lo dijiste días antes?! ¡Será la primera pasarela a la que voy!
Helena: ¡Yo voy! Gilberto también.
Gilberto: ¡Sí!
Tim: ¿Tenemos que ir en bañador?

Gracias a la buena relación que construí con nuestra clienta, Alana me regaló cinco invitaciones personales, además de la mía, para la fiesta de lanzamiento como agradecimiento por la organización. Todo parecía estar marchando de maravilla. Salvo el otro asunto que chocaba con mi atención.

Del compartimento de la mochila saqué el celular de Joseph donde llegó ese amenazante mensaje, no para mí sino para él. Lo recordé de nuevo: "Voy por ti, Joseph".

¿Dónde estaba Joseph? Seguía sin saberlo. Había pasado una semana entera desde que lo vi por última vez en Hyde Park. Con respecto al hombre de las fotografías, el mismo que mandó el amenazante mensaje, seguía siendo un misterio. Lo que sí me quedaba claro es que el celular de Joseph quedó obsoleto luego de ese último mensaje. Alguien había cancelado el servicio de telefonía y bloqueado el acceso a aplicaciones. No llegaron más notificaciones. El WhatsApp se había cerrado impidiéndome acceder a las conversaciones. La red del celular había desaparecido y solo tenía acceso a internet por medio de Wi-Fi. ¿Habría sido Joseph? Regresé el inservible aparato a mi mochila y mi atención al trabajo.

Durante el resto de la tarde recibí al menos tres llamadas al teléfono fijo de mi escritorio por parte de Nick, el director creativo de Alana. En nuestra tercera conversación cerramos los últimos acuerdos para el evento y repasamos la logística general. También me preguntó si yo ya tenía acompañante para el evento, de lo contrario me extendía la invitación para ir juntos. Le agradecí la amable y respetuosa invitación que al final rechacé. Esa noche quería tener la cabeza en el evento y disfrutar la fiesta en compañía de mis amigos.

Acomodé mi escritorio para tenerlo presentable al día siguiente. Mientras se apagaba mi portátil escuché los pasos acelerados de Isa acercándose, estaba seguro que venía a pedirme algo de último minuto. ¡Vaya que la conocía! Porque así fue.

—¡Alonso! Tenemos un problema. ¡Un gran problema!

—¿En serio? —sabía que no— ¿Qué problema, Isa?

—*OK*, en realidad no tenemos un problema. Yo tengo un problema y necesito que me ayudes a solucionarlo —se sentó a mi lado. En sus manos sostenía una hoja con un listado que reconocí al instante porque yo lo había hecho, continuó—. Estoy mirando la lista de invitados para el evento de Alana y noté algo que llamó mi interés.

—¿Ah, sí? ¿Qué cosa?

—¿Alana te dio cinco invitaciones personales además de la tuya?

—Eh… Sí.

—¿Por qué te dejó invitar más gente a ti y a mí no me dio nada? ¿Acaso no sabe quién le construyó su marca desde cero y además le organizó su evento?

"Yo creo que sí lo sabe, por eso me dio las invitaciones a mí", pensé.

—Te lo juro que no puedo con ese tipo de niñas —continuó Isa—. Las que se creen tocadas por Dios solo porque están casadas con alguien famoso. ¡Como sea! Estoy revisando las invitaciones… Tus invitaciones… Y veo que te queda una disponible.

—Bueno, sí. Es que…

—Tienes anotados a unos tales… —acercó la lista a su cara—: Tim, Willem, Helena y Gilberto. *SO!* —me miró a los ojos—. ¡Te sobra una invitación! —y entonces vino su falso tono de voz agradable que hace cuando no le queda alternativa—. ¿Crees que podrías darme tu invitación extra? —y pestaño dos veces—. Mira… Es solo si tú quieres y no tienes pensado usarla. Aunque si me ayudarías mucho. No quiero ir sola al evento. Y… para serte sincera, ya había invitado a mi novio y está muy emocionado por ir. ¿Qué dices? ¿Me la podrías dar?

¿Tenía opción? Si la tenía no la consideré. Lo único que anhelaba en ese momento era que ella se fuera de mi vista para poder irme en paz de la oficina. Abrí el cajón de mi escritorio y tomé los sobres color plateado. Los conté para verificar que estuvieran completos. Seis. Quité uno del montón y se lo entregué a Isa en las manos.

—¡Aquí tienes!

—¡Oh! ¿En serio? ¡Muchísimas gracias, Alonso! —dijo y se levantó de la silla—. Nos vemos mañana —y tal y como lo imaginé se fue caminando hacia su escritorio sin decir nada más.

Todavía me extraña ver cómo hay personas que literalmente solo te usan y te botan a su conveniencia. ¿Son felices haciendo eso? Tal vez en el pequeño mundo de su cabeza sí lo son, pero en el mundo real no son más que las piedras y baches en el camino que todos queremos evitar.

Metí las invitaciones de mis amigos y la mía dentro de la mochila y me preparé a salir. No sin antes mandar un mensaje a *Alonso's bitches:*

Alonso: Nos vemos hoy en La Lagartija.

Y en menos de veinte minutos mis labios estaban escarchados de sal por el primer trago que di a la *frozen* margarita. Separé muy lento el vaso de cristal de mi boca, en la orilla se veía el espacio libre de sal que dejó el sorbo de placer.

—¡Ya, yai! —grité.

—¿Por qué pediste una margarita? —preguntó Helena sentada frente a mí en el sillón acolchado de piel roja, Gilberto se encontraba a su lado, ambos bebían tarros de cerveza.

—Es verdad —dijo Gilberto—. ¿Dónde está tu copa de vino de cada jueves?

—Hoy tuve un día muy intenso en el trabajo. ¡Y! Mi jefa es la persona con más mala vibra que he conocido. Entonces, ¿saben lo que hay que hacer para repeler energías negativas? —ambos negaron con la cabeza. Yo agarré la margarita y la alcé a la altura de mis ojos—. Para alejar las malas vibras se necesita hacer un circulo de sal, así que yo con esto: me protejo, me protejo y me protejo —y di el segundo trago, mis labios de nuevo salados.

Tim y Willem llegaron juntos al restaurante y se sentaron en nuestra mesa. Saqué las invitaciones.

—¡No lo puedo creer! —gritó Helena con la invitación en la mano—. ¿Cómo hay que ir vestidos? ¿Debemos llevar algo?

—Nada. Todo está preparado y listo. Vete arreglada como te sientas cómoda. Ustedes igual —miré al resto—. Vestido, saco, pantalón, traje, ¡lo que quieran! Es un evento de gala, por lo que recomiendo colores oscuros o neutros. Y…, el trasporte pasará por todos nosotros a mi edificio dos horas antes de que inicie la pasarela. ¡Lleguen puntuales!

—¿Trasporte incluido? —preguntó Tim—. ¿No hay lugar para aparcar las bicicletas o qué?

—¡Ya viene incluido en el paquete! —contesté alzando la voz entre las risas—. Bueno, ¿tienen alguna otra duda? Estoy muy feliz y agradecido que puedan acompañarme.

—¡Yo tengo una pregunta! —dijo Willem—. No es sobre el evento —clavo sus ojos en los míos—. ¿Tú cómo estás? —

las voces sobre la mesa se apagaron—. ¿Alguna novedad sobre el paradero de Joseph? ¿Ha intentado comunicarse contigo de alguna forma?

—Estoy bien —contesté—. De él no he tenido noticias. Créanme cuando les digo que él es el último de mis problemas —lo dije en verdad convencido—. Por ahora mi cabeza y energía están en el evento del sábado. Les prometo que si él me llama o se vuelve a aparecer en mí vida ustedes serán los primeros en saberlo. Mientras tanto, no desperdiciemos saliva hablando de él. Por qué mejor no me cuentan cómo les ha ido en la semana.

—*OK.* ¡Yo empiezo! —dijo Tim.

Y por el resto de la velada la atención no me perteneció.

"Casi las ocho, salto a la ducha. No, no me puedo retrasar", se escuchaba en la bocina del celular con mi propia lista de reproducción de Spotify titulada: *Canciones de señora.* Un primer verso que resumía mi estado de aquel momento, con la diferencia que eran casi las seis de la tarde. Había estado toda la mañana en el restaurante The Wild recibiendo a proveedores y alistando cada detalle de la organización, hasta que la *event planner* que contratamos llegó para hacerse cargo. Ahí pude regresar a casa para darme una rápida ducha.

Mis amigos me esperaban en la sala vestidos y arreglados cómo jamás los había visto antes. Gilberto y Tim vestían trajes negros muy similares, salvo los moños en el cuello, cada uno de un color diferente. Helena llevaba un hermoso vestido negro largo de noche, su cabello castaño suelto sobre los hombros descubiertos. Willem lucía un traje color verde oscuro que combinó con una corbata dorada que bajaba por su pecho hasta ocultarse bajo su chaleco negro. Yo salí de la habitación usando pantalones negros, zapatos de vestir y una camisa oscura.

—¡¿Qué?! —gritó Willem—. ¿Te vas a ir así?

—Así vamos los que somos parte del staff.

La camioneta de pasajeros nos llevó hasta la entrada del restaurante The Wild, que se encontraba en la planta baja de un edificio sobre la calle Enrique Granados. Los cinco bajamos en fila hasta topar con la encargada de accesos que preguntó por nuestros nombres. Al encontrarlos nos permitió ingresar a la atmosfera "salvaje" del lugar. Variedades de enormes plantas colgadas desde el techo y colocadas en cada esquina ambientaban el camino hacia una jungla creciente entre las mesas e invitados. Las luces cálidas y tenues sobre los pasillos y las barras de bebidas nos recibieron junto a los reflectores con luces moradas apuntando a la cortina plateada en medio del salón principal. Solidas piezas de metal con figuras de animales con intención de atacar colgaban de las paredes. El animal más fiero y peligroso de todos se acercó a nosotros.

—¡Alonso! ¡Hola! —me saludo Isa jalando a su acompañante de la mano.

Ella llevaba un vestido largo en tono plateado. Su cabello negro estaba recogido y llevaba un flequillo en forma de V invertida que se extendían por los bordes de su rostro. Su maquillaje era exquisito. El efecto del labial hacía que sus labios se vieran carnosos. Debo admitir que se veía hermosa.

—¡Mira, Alonso! Te quiero presentar a Asís, mi novio. Llevamos semanas saliendo.

Miré al hombre detrás de ella. Sentí que me sonrojé al verlo. Un hombre alto y moreno con el cabello negro mojado y peinado hacia atrás. Su sonrisa perfecta rodeada de una mediana barba negra arreglada y delineada. Vestía un traje negro ajustado. Un hombre aparentemente en sus treinta demasiado guapo y perfecto. "Maluma baby", pensé al estrechar su mano de hombre cuando se presentó conmigo. Sentí un extraño y placentero cosquilleo en el cuerpo cuando lo vi guiñándome el ojo diciendo: "mucho gusto".

Solté su mano y presenté a mis amigos. Después de las cordialidades Isa continuó:

—Oye…, Alonso. ¿Podrías ir detrás del escenario y ver

que todo esté en orden? Alana no tarda en llegar. Yo estaré cerca de la pasarela por si me necesitan.

—¡Claro! —contesté.

—Y ustedes —dijo Isa sonriente a mis invitados—. Por favor, ¡disfruten del evento!... ¡Ah! Y Alonso —se acercó a mi oído—. Muchas gracias de nuevo por la invitación. En verdad significó mucho —susurró y se alejó hacia el salón principal junto con su novio Asís, que de espaldas se veía doblemente mejor.

Giré mi vista hacia mis amigos, ellos me miraban sorprendidos.

—¿Esa era tu jefa? —preguntó Gilberto—. No es como la pintaste. Me pareció maja.

—A mí también —dijo Willem.

Ahí pensé que, tal vez, juzgué mal a Isa antes de conocerla fuera de la oficina en compañía de una pareja.

—¿Champán? —interrumpió un mesero acercando copas sobre una bandeja.

—¡Gracias! —dijo Helena agarrando una. Todos hicimos lo mismo.

Con bebida en mano me adentré tras bambalinas en donde el equipo de creativos, diseño, modelos e incluso Alana preparaban todo para el espectáculo.

—¿Alana?—la miré maquillada y peinada, pero en pantalones holgados y una playera blanca—. ¿Qué haces vestida así? Ya casi inicia el evento.

—Quise revisar que todas las modelos estuvieran listas antes de salir. ¡Estoy súper nerviosa!

—¡No lo estés! Todo va a salir de maravilla. Este evento no es más que el inicio de un largo camino de trabajo y nuevos retos. Así que disfrútalo. Ya tendrás muchos días para estresarte cuando el negocio esté en marcha —la tomé de los hombros, le di media vuelta para que se dirigiera a los vestidores a cambiarse y que saliera a disfrutar de su evento.

Miré a las modelos con los diseños puestos y a los maquillistas dándoles los últimos retoques. Nick hablaba con las personas de iluminación y música, al verme me lanzó una sonrisa y un saludo con la mano al aire, yo hice lo mismo. Regresé al salón principal por uno de los pasillos al lado de la pasarela, el escenario estaba cubierto por una cortina plateada que extendida brillaba a la vista de los invitados. En menos de quince minutos sería develada para dar inicio al evento. En las bocinas se escuchó una voz pidiendo a los invitados que tomaran los lugares que rodeaban las faldas de la brillosa tela. Yo me quedé de pie en uno de los extremos del salón, al lado de una de las barras de bebidas.

—¿Algo de beber? —me preguntó el joven tras la barra.

—¡Sí! Una margarita, por favor. Asegúrate de poner sal sobre el vaso —círculo de sal. Protección, protección, protección.

Di un trago, la sal se quedo escarchada en mis labios.

Una presentadora se coló por enfrente de la cortina plateada anunciando el inicio del evento y la tela cayó al suelo dejando el nombre de la marca al descubierto sobre el escenario. Las luces sobre la plataforma se encendieron y las modelos comenzaron a desfilar. Las canciones pop de la banda en vivo no pararon de sonar por más de veinte minutos.

En la última ronda de la pasarela, Alana salió por detrás de las modelos. La ovación del público fue incontrolable hasta que la banda musical amenizó el ambiente con baladas y música clásica. Los invitados comenzaron a dispersarse entre las mesas y sillas donde se daría la cena. Yo me acerqué con mis amigos.

—¿Qué les pareció? —pregunté a Willem y Tim.

—Jamás había asistido a un evento así. ¡Cien de cien la organización! —dijo Tim.

—Hay que brindar por esto —propuso Willem.

—¡Sí! —dije a todos—. Pero debo hacer una parada de emergencia.

El ruido del lugar desapareció cuando llegué al baño en el segundo piso del establecimiento. Después de descargar el tanque me dirigí a lavarme las manos. La luz blanca que rodeaba el espejo desapareció las sombras de mi cara e hicieron que mis pupilas brillaran. Me lavé las manos y me mojé la cara para refrescarme.

Volteé a verme de nuevo en el reflejo y…, ahora la luz no solo me apunta a mí, un hombre estaba detrás. Un hombre mayor que no reconocí. Se quedó mirándome a través del espejo sin decir nada, su mirada estaba clavada en la mía. Una de sus manos me agarró por el hombro y apretó sus anchos dedos con fuerza.

"Piensa rápido, Alonso", me dije. Levanté mi brazo derecho hacia enfrente e impulsé mi codo hacia atrás para golpearlo cerca de sus costillas. El extraño se encorvó de dolor hacia enfrente quitando fuerza en su agarré sobre mí. Salí hacia las escaleras sin mirar atrás, la música del lugar entró de golpe en mis oídos mientras un grupo de chicas caminaba en dirección a los baños donde él se encontraba.

—¡Alonso! —gritaba el hombre a mis espaldas, cada vez con más fuerza—. ¡ALONSO!

Estaba a punto de correr escaleras abajo cuando el hombre me tomó del brazo con fuerza.

El círculo de sal no fue protección suficiente.

11
MARCUS

Los invitados en el evento caminaban a nuestro lado sin detenerse ni molestarse en hablarnos, ignoraban que entre aquel extraño y yo había una tensión que crecía en cada segundo. Bastaba con gritar para que ese hombre me soltara el brazo. La prudencia como organizador del evento fue mucho más fuerte que mi sentido de supervivencia. Esperé a que él escupiera la primera oración mientras nos mirábamos en medio de las escaleras que bajaban al salón principal

—Alonso, tenemos que hablar —dijo el hombre sin soltarme.

Lo miré de pies a cabeza. Era un hombre blanco poco más alto que yo y de complexión robusta; llevaba zapatos negros, camisa gris de mangas largas y un pantalón negro de vestir; su cabello, entre rojizo y castaño, estaba mojado en gel y peinado hacia un lado; las luces tenues del lugar no me permitían ver el color de sus ojos, que no me los quitaba de encima.

—¿Y quién chingados eres tú? ¿De dónde sacas mi nombre?—pregunté retirando con fuerza su mano sobre mí—. Este es un evento privado. ¿Trabajas como parte del staff? Soy de los organizadores y jamás te había visto. ¿Alana te invitó?

—No... No soy conocido de Alana. Tampoco trabajo para ti —respondió.

—¡¿Entonces?! ¡¿Quién eres y cómo entraste?! ¿Por qué te me acercas por detrás en el baño como si fuera zona de *cruising*? Esto no es una sauna gay, tampoco un baño de centro comercial.

El hombre se llevó una mano al bolsillo trasero de su pantalón negro, sacó una tarjeta parecida a un permiso de conducir en donde se veía su fotografía con su nombre: Marcus Madrigal.

—¿Qué es esto? —dije mirando la fotografía.

—Mi licencia, señor Alonso. Soy detective privado.

—¡Ay, no mame! —me reí en su cara y le seguí el juego—. Una lección de privacidad "detective" Marcus, no debería revelar su identidad a cualquiera. ¡Y! No puede irrumpir en un evento sin autorización. *By the way!*… ¿Cómo entró aquí?

Me di cuenta que comencé a hablarle de "usted". Era increíble que un pequeño plástico con su foto y nombre fuera suficiente para regalarle una pizca de autoridad.

—Llevo años dedicándome a esto, joven Alonso. Tengo mis contactos —giró su mirada hacia la orilla del barandal de la escalera. Debajo de nosotros los invitados disfrutaban del evento de Alana—. Por lo que veo usted también debe tener mucha experiencia y contactos para organizar una celebración de tal magnitud.

—Solo hago mi trabajo, ¿quiere saber a qué me dedico?

—Alonso Rodríguez —dijo mirándome a los ojos de nuevo—, empleado de la agencia Isa Creativa. Lleva trabajando allí por más de un año y fue uno de los encargados principales en la organización de este evento. Además, usted es originario de Monterrey, México.

—¿Me estuvo investigando?

—Si investigarlo es leer su perfil público de LinkedIn, entonces sí, sí lo hice. Pero no es usted a quien busco, Alonso. Tampoco me interesa investigarlo de momento, puede que su vida me resulte interesante en un futuro. Hoy necesito de su ayuda para localizar a una persona.

—¿En serio?... ¿A quién? —pregunté deseando no escuchar su nombre.

—Joseph. El nombre de la persona que busco es Joseph Vanderpump.

Lo sabía.

—¡JA! Pues póngase al final de la fila detective Marcus, ¡ya somos dos! No sé nada de Joseph desde hace más de una semana. Y no me interesa verlo de nuevo.

El hombre no dijo nada. Se quedo en silencio con una mirada retadora hacia mí. Yo no le quité los ojos de encima. Luego siguió hablando:

—Tengo entendido que ustedes dos hicieron un viaje a Londres hace más de una semana. Según mi investigación usted volvió antes a Barcelona por cuenta propia. ¿A qué se debe el pronto regreso?

Ahí estaba de nuevo. El fantasma de Joseph persiguiéndome a pesar de no estar relacionado con él en lo profesional, ¡mucho menos en lo sentimental! Joseph era NADA para mí. NA-DA.

—Lo que sé sobre Joseph lo hablé por teléfono con la policía de la ciudad de Londres, no me rehusé a cooperar e incluso ofrecí mi ayuda… Horas después de esa llamada alguien irrumpió en mi apartamento por la madrugada, el reporte quedó registrado en la comisaría de policía de Catalunya por si quiere comprobarlo. Si yo tuviera algo que ver con Joseph y su desaparición, ¿no cree que el último lugar al que iría sería a la policía o a las autoridades? ¡¿Eh?! Señor —olvidé su nombre—, señor detective.

—Quita lo de detective, llámame Marcus. Y vamos a hablarnos de "tú", no soy taaaaan mayor. Los cuarentas y cinco son los nuevos treinta —volvió a meter su mano en el bolsillo de su pantalón y sacó una tarjetita blanca de cartón—. Toma, esta es mi tarjeta de contacto. Si sabes algo sobre el paradero de Joseph avísame de inmediato, *OK*?

Agarré la tarjeta y la miré con detenimiento. En ella venía solo su nombre y un número de teléfono, no había más información.

—¿Para eso viniste a este evento? —pregunté—. ¿Para darme tu tarjeta de presentación? A la próxima visita la oficina, ¡o manda un e-mail! Es más rápido.

—Prefiero conocer a mis personas de interés en lugares

públicos. Así al menos no pueden huir de la conversación.

Mis ojos se fueron a la tarjeta de presentación

—¿Algo más? —pregunté sin quitar la vista del papel.

—Eso es todo por hoy, aunque presiento que nos volveremos a ver en el futuro. ¡Hasta luego, Alonso! —dijo bajando tres escalones hacia el salón principal.

—¡Marcus! —lo llamé antes de que continuara bajando, el giró su cabeza—. ¿Él está en problemas? Me refiero a Joseph… ¿Sabes si ha hecho algo malo?

—Eso es lo que hay que averiguar —dijo Marcus y continuó su camino hacia la planta baja donde el evento continuaba.

Desde las escaleras seguí a Marcus con la mirada, él caminaba entre los invitados abriéndose paso a la salida del establecimiento. Guardé su tarjeta de presentación en el bolsillo de mi pantalón y me dispuse a regresar a mi papel de organizador del evento.

Me encontré con Alana en el patio exterior sobre la pista de baile que instalamos en la terraza del sitio, mis amigos fumaban en una esquina sentados en unos sillones blancos junto con mi jefa Isa y Asís, su guapo y sexy acompañante.

El rostro de Alana no dejaba que otro sentimiento además de alegría se manifestase. Me acerqué a la barra de bebidas junto con ella para juntos hacer un brindis.

La exitosa velada siguió su curso. Una noche fenomenal para muchos. Sería perfecta para mí si el detective Marcus no se hubiera aparecido. No pude quitarme su nombre de la mente: MARCUS. Algo en esas seis letras me resultaba extrañamente familiar.

Desperté desnudo en mi habitación con sed normal, no con sed de resaca, ¡qué es muuuuy diferente! Salí de la cama en silencio para no despertar a Nick, que se encontraba dormido y desnudo entre las sábanas. Del closet saqué un pijama y me vestí en silencio. Me dirigí hacia la cocina para sacar del refrigerador la botella con agua helada. A grandes tragos casi me termino el líquido de la botella, la rellené de nuevo con agua del grifo. Escuché ruidos en la habitación, supe que Nick había despertado por el molesto rechinar que hace la cama cuando algo se mueve sobre ella, así como ambos lo hicimos a altas horas de la madrugada. La noche anterior dudé en traer a Nick a casa por lo pronto que habían terminado las cosas entre Joseph y yo. Pero recordé la manera tan ruda en la que Joseph me abandonó, cualquier derecho que tenía para enojarse había sido revocado desde aquella tarde lluviosa en Hyde Park.

—¿Has visto mi ropa interior? —preguntó Nick cubriéndose el pene con su camisa blanca de vestir, como si en ese apartamento lo que había entre sus piernas fuera un misterio.

—¿Revisaste debajo de la cama? —dije.

Nick regresó a la habitación con el peludo trasero al aire.

Encendí la cafetera para preparar mis dos tazas de café obligadas: una para despertar y la segunda para disfrutar. Nick llegó vestido a la cocina con la misma ropa que usó en la fiesta la noche anterior: pantalón azul marino de vestir, camisa blanca manga larga y chaleco de estampado a cuadros grises. Su largo cabello negro estaba por sin ningún lado. Se hizo una coleta hacia atrás; su nariz y mejillas rosadas resaltaban en su piel blanca. Se sentó en una silla frente a la barra de la cocina y comenzó a ponerse el calzado. Puse una taza frente a él y vertí un poco de café. Me pidió un poco de leche para mezclarla con su bebida y dio un primer sobro.

—Fue una buena fiesta la de anoche —dijo poniendo su taza sobre la barra—. Alana está muy agradecida contigo por todo el tiempo que le dedicaste a la organización, sobre todo por la atención en los detalles. Nadie lo hubiera hecho mejor que tú.

—No es nada, en verdad. Es mí trabajo. Tal vez no soy EL MEJOR organizador de eventos, mas todo lo que hago lo hago bien.

—Eso lo puedo confirmar. Incluso anoche en la cama…

—¡NO! No quiero saber —dije entre risas.

—Bueno, dejando las bromas a un lado, anoche me lo pasé muy bien. Gracias por dejarme dormir aquí en tu piso. Irme hasta Vilassar en la madrugada hubiera sido muy desgastante después del evento.

—No fue nada. Peeeeeeero, creo que esto debería quedarse como algo de una sola vez, ¿no lo crees? Eres el director creativo de Alana, nos estaremos viendo muy seguido cuando las campañas de su marca comiencen a generar resultados en las ventas. No me gustaría que nuestra relación laboral se vea afectada por esto. Te lo digo por experiencia, juntar el trabajo con las relaciones sentimentales nunca, ¡NUNCA! sale bien.

—¿Tan mala fue tu experiencia?

—La peor.

—¿Por qué?

—Ebrias decisiones…, no necesitas saber más —dije y di un sorbo al café. Me quedé mirando el día soleado a través de la ventana de la sala.

Nick giró su cuerpo sobre el banco de madera para ver el interior del apartamento. Se levantó y caminó hacia la ventana que da hacia la calle.

—Amaneció muy claro el cielo. Me encantan los días soleados. ¿Tienes planes para el día de hoy? —me preguntó.

—Un plan tranquilo. Un amigo tiene una terraza en su apartamento, quiere que lo ayude a hacer una carnita asada.

—¿Una qué? —dijo Nick regresando a sentarse frente a mí.

—Carne asada.

—O sea, ¿un estofado?

—Se me olvida que en cada país se habla diferente español. Una carne asada es: una barbacoa. Mi amigo Tim quiere que hagamos una barbacoa en su terraza. Me pidió que lo ayudara y le preparara mis famosas micheladas.

—¡Esas sí las conozco! No puedo tomar más de una, se

me irrita el estómago.

—¡Qué lástima por ti!

—Y… Ese Tim, ¿fue a la fiesta ayer? ¿Era el hombre pelirrojo con el que hablabas en las escaleras rumbo al baño?

—¿Lo viste?

—Sí. Pasé a tu lado cuando hablabas con él. No quise interrumpiros, cuando os vi parecía que hablabais de algo muy serio.

—Pues no, él no era Tim. Él era… —quería decir la verdad pero inventé—. Era un cliente que tuvimos hace algunos meses; hablábamos sobre el nuevo posicionamiento que vamos a realizar con su marca de escobas —¿en verdad dije escobas? —. En fin, cosas del trabajo.

—Entiendo —Nick se terminó el café—. Bueno, Alonso…, creo que ya es hora de irme —se levantó de la silla—. Ha sido un placer estar aquí. Oye… Sé qué dijiste que no querías mezclar trabajo con sentimientos pero sí quieres repetir lo de anoche, aunque sea solo por diversión, avísame. Sin compromisos.

—Eso sí puedo hacerlo.

Nick sacó su celular del bolsillo de su chaleco gris.

—Joder…, no tengo batería. Tengo que avisar a mi vecino que voy en camino. Anoche se quedó a dormir en mi casa para cuidar a mi gatito mientras yo estaba en el evento. No quiero que piense mal de mí, que me estoy aprovechando de su buena voluntad. ¿Me podrías prestar tu teléfono?

—¡Claro! Te lo traigo ahora.

—No hace falta, aquí lo agarro de la mesa —dijo acercándose a la mesita al centro de la sala.

—¡No! Ese no es mi celular. Es… —de Joseph—, es de un amigo que lo dejó olvidado.

Me dirigí a la habitación a desconectar mi celular del cargador. Se lo entregué a Nick, no tardó ni veinte segundos llamando a la línea directa de su casa para avisar a su vecino que iba en camino. Me lo entregó de vuelta.

—Muchas gracias por todo, Alonso —dijo caminando

hacia la puerta—. Seguimos hablando.

—Claro. Nos vemos, Nick.

Cerré la puerta a sus espaldas y la aseguré con llave.

Me senté en el sofá de la sala dispuesto a beberme una segunda taza de café y terminar de leer alguna de mis novelas pendientes. Cuando agarré el libro que estaba sobre la mesa lo vi de nuevo, el celular de Joseph seguía asechando la casa. Lo tomé entre mis dedos. Sabía que no encontraría nada ahí. Pero de pronto..., recordé. Me dirigí a la habitación en busca del pantalón que usé en el evento de la noche anterior. Metí mi mano en los bolsillos y encontré la tarjetita de presentación que me entregó el detective Marcus.

Tenía el celular de Joseph encendido en mi mano derecha y en la izquierda la tarjeta de presentación. En el teléfono abrí la lista de contactos guardados. Ahí había un contacto con el nombre: MARCUS.

Comparé ambos números de teléfono: el guardado en el celular de Joseph y el que venía en la tarjeta de presentación. ¡Era el mismo! Marcus Madrigal había contactado con Joseph tiempo atrás y ahora lo estaba buscando en persona.

La incertidumbre volvió a apoderarse de mí.

¿Detective o un problema más?

¿Quién era Marcus Madrigal?

12
PUERTA ROJA

Casi siempre hablamos de lo que ganamos con el pasar de los años: experiencia, sabiduría, autoconocimiento. Pero muy poco se menciona sobre lo que perdemos, en mi caso: confianza. Confiar en los demás es diferente cuando tienes diez añitos, el adulto en turno te dice su verdad absoluta; tú asientes, callas y le crees. En los veintes divides tu confianza en dos: en quién sí puedo y en quién no puedo confiar, e incluso aprendes a la mala que puedes equivocarte, que depositar tu entera confianza en alguien que considerabas tu amigo no siempre es lo correcto. Pasando los treinta desconfías de todos y de todo, hasta tu propio juicio entra en duda, nadie es de fiar hasta que te demuestre lo contrario a base de hechos. Y pareciera que a la larga las únicas palabras que te endulzarán la vida son las que leerás en tus libros favoritos.

Y así era. No podía confiar en nadie hasta saber qué ocurría. Joseph salió de mi vida dejando un misterio abierto que cada día atraía a personas que me sacaban de mis casillas, como el joven inconsciente en la habitación 414, la persona que entró sin permiso en mi apartamento, un supuesto detective colándose en una fiesta privada y…, ¿Nick en mi cama? No, ese último lo atraje yo por gusto. Pero las demás personas y sus actos eran enigmas que no podía comprender. Tenía que poner las cosas en orden. Empezando con Joseph.

El viaje a Edimburgo era mi oportunidad para conocer más a fondo sobre Patskin, el negocio que Joseph intentaba expandir por el territorio español. Un conjunto de centros clínicos enfocados en tratamientos estéticos faciales y corporales.

Cancelé mis planes con Tim de esa tarde con la excusa de que estaba cansado por la fiesta de anoche. Acompañado de una copa de vino tinto sobre el escritorio y mi portátil encendido empecé a investigar un poco más de Patskin. Las últimas fotos en las redes sociales de la empresa mostraban imágenes del evento al que se suponía asistiríamos Joseph y yo hace unos días. Un evento de integración para empleados y colaboradores que trabajan en las distintas sucursales distribuidas en Reino Unido, una celebración para juntarlos a todos durante un fin de semana en Edimburgo, donde la empresa fue fundada. Pasé el cursor por cada una de las fotografías. Avanzaba y regresaba en el álbum de fotos buscando a Joseph. No apareció en ninguna imagen.

Seguí buscando información sobre los centros clínicos establecidos alrededor de Reino Unido, más de veinte sucursales se encontraban operando. Busqué información sobre los centros que estaban operando en el extranjero, encontré tres: uno en Lisboa (Portugal) y dos en Madrid (España).

En el buscador de Google escribí en mayúsculas: *JOSEPH VANDERPUMP*. La pantalla arrojó resultados con perfiles de redes sociales que pertenecían a otras personas con el mismo nombre o similar; incluso aparecieron videos de las primeras temporadas de un reality show americano llamado *Vanderpump Rules*. Muchos resultados pero ninguno que me diera una pista del paradero de Joseph. Seguí dando clic en el botón *mostrar más resultados*. Cuando estaba a punto de rendirme y cerrar el portátil, leí el nombre Joseph al pie de una fotografía donde se mostraba la fachada de un edificio, era una de las sucursales de Patskin en el centro de Madrid. Abrí la nota. Era un artículo de ocho años atrás de un portal de noticias llamado *Daily Entrepreneur UK*, se leía lo siguiente:

Patskin Abre Su Primera Clínica En España

Por: JOSEPH VANDERPUMP
Febrero 23, 2015

Patskin, la gran compañía escocesa de centros clínicos en tratamientos estéticos, abrirá su primera sucursal en Madrid.

Con el sueño de llevar los tratamientos más sofisticados y personalizados fuera de su país de origen, el Dr. Patrick Gordon (fundador) ha elegido España como sede de su primera clínica internacional. El moderno centro de 300 metros cuadrados, localizado a pocos metros del parque El Retiro, ofrecerá los más avanzados tratamientos estéticos y corporales; además de aplicar las técnicas propias del Dr. Gordon que han revolucionado la medicina estética en Europa; las mismas que han dado a Patskin el reconocimiento internacional como empresa pionera en innovación.

El centro contará con la presencia de médicos expertos en cirugía plástica y profesionales de la medicina estética para brindar un servicio de primer nivel a cada paciente...

La nota continuaba con la detallada explicación del proceso de valoración para cada paciente antes de cualquier intervención y el seguimiento que se efectuaba después de cada tratamiento. No había más, pero ahí se encontraba el nombre de Joseph en las primeras líneas. También encontré otros artículos del *Daily Entrepreneur UK* escritos por él, sobre temas afines al mundo de los negocios y acerca del espíritu emprendedor.

Tenía sentido. Joseph me compartió que había residido en Londres durante sus primeros años como periodista, ese fue uno de los primeros temas que nos unió cuando nos conocimos: un periodista y un publicista compartiendo su labor con las letras ya sea para informar o para vender algo, casi siempre lo segundo. Leyendo su artículo sobre Patskin, imaginé el origen de por qué Joseph dio un giro drástico a su carrera profesional. La nota del *Daily Entrepreneur UK* fue escrita por Joseph hace años, seguro fue su primer acercamiento al negocio de los centros clínicos de Patskin. Visualicé en mi mente a Joseph muy joven, posiblemente durante una pasantía, redactando su entrada en el periódico digital al mismo tiempo que investigaba acerca del negocio para dar mejor cuerpo y profundidad al texto. Un joven con sueños de crecer en lo profesional leyendo acerca de la expansión internacional de un centro clínico, seguro fue motivación suficiente para acercarse y unirse al *business* antes de que alguien más le ganara el lugar. Así como me lo dijo hace un mes antes de desaparecer. Que yo debía tomar la oportunidad de pertenecer a Patskin antes de que fuera demasiado tarde.

Cerré la pantalla del portátil. Terminé la copa de vino mirando la montaña de libros pendientes de leer a mi lado. Me levanté del escritorio y me fui directo a la cama en la habitación. Miré mi celular antes de cerrar los ojos. No eran ni las cuatro de la tarde.

Estoy caminando por las calles de Barcelona. Sé que estoy en el Paseo de Gracia por las reconocibles fachadas de las casas Amatller y Batlló, una al lado de la otra. Sigo caminando entre calles que se hacen cada vez más oscuras. Empujo con fuerza una puerta exterior con barandal metálico que se abre sin problemas permitiéndome entrar al edificio. Ya he estado ahí antes. Aunque quisiera subir por el elevador no podría porque el viejo edificio no tiene. Miro hacia arriba y veo las escaleras pegadas a los muros del edificio subiendo como un caracol. Pongo mi pie en el primer escalón sintiendo como mi cuerpo se balancea hacia atrás. No sé cuántos pisos he subido pero me detengo al verla…, reconozco la puerta roja. Una puerta con una letra B metálica incrustada en ella. Golpeo insistente la madera para que me dejen entrar. Se abre. Hay una sombra al otro lado. La silueta de alguien. "¡¿Qué haces aquí?!", me grita. ¿O yo le grito a esa sombra? No lo sé. Todo en mi mente da vueltas. Está oscuro a mi alrededor… Mis ojos se cierran… Ahora estoy en el asiento trasero de un taxi. No sé cómo he llegado ahí… Y lo siguiente que sé es que estoy acostado en mi cama con el sol entrando por la ventana, usando la misma ropa del día anterior cuando fui a casa de Willem y me excedí con la bebida después de discutir con Joseph por teléfono.

Esas eran las imágenes que me llegaban cuando intentaba recordar la última noche que perdí el conocimiento por excederme con el vino, la cerveza y el tequila. La noche que discutí con Joseph por avisar que no iría a la reunión con su *business partner* al día siguiente. "¿Una reunión de trabajo en domingo? ¡Hazme el favor!", pensaba cada vez al recordarlo. No es que fuera una persona irresponsable, simplemente no quería ir. El negocio de Patskin me parecía una pérdida de tiempo.

Sin embargo mis recuerdos ahí estaban, ¿fui hasta el apartamento de Joseph aquella noche? Reconocía la puerta roja con la letra B metálica incrustada. La puerta roja de su apartamento. ¿Sueño o realidad? No lo sabía, jamás le pregunté a Joseph si en verdad fui a su apartamento esa noche. Él nunca me habló del tema. Así que cabía la posibilidad de que todo fuera un sueño, un juego de la mente, la posibilidad de que yo jamás me aparecí en su apartamento ebrio a mitad de la noche. Era posible, pero no estaba seguro.

Abrí los ojos para ver la hora en mi celular: 18:15. Todavía no anochecía en las calles de Barcelona. La ciudad permanecía casi muda, como cada domingo por la tarde. Me acerqué a mi closet hacia la sección de la ropa deportiva, me puse unos *shorts* grises ajustados, una holgada playera azul y mis eternos tenis naranja marca Reebok. Salí del apartamento. Luego de un breve calentamiento de músculos afuera de mi edificio corrí calle abajo atravesando toda la calle Balmes hasta llegar a la Avenida Diagonal. La concentración de gente aumentaba al acercarme a las partes céntricas y turísticas de la ciudad. Seguí andando calle abajo por Vía Laietana esquivando a los grupos de personas que cruzaban desde el Barrio Gótico hacia El Born y viceversa. A la distancia mis ojos distinguieron por fin el mar.

Anclados a los muelles a mi derecha estaban grandes yates y catamaranes que los turistas fotografiaban con sus celulares o cámaras profesionales. El hotel W Barcelona localizado al final de la playa comenzó a iluminar su exterior con luz de neón, una línea entre lila y morada cubría sus extremos. Llegué a la playa de la Barceloneta cansado y empapado en sudor, igual que los deportistas que se ejercitaban a un lado del mar. Acerqué los pies a la arena sin quitarme el calzado y caminé hasta el límite donde las olas no podían tocarme. Sentado en la arena contemplé el mar. Para algunas personas el mar podría ser traicionero, para mí es una enorme muestra de que todo está conectado. Las mismas aguas que se mueven entre las corrientes son las mismas que rodean cada continente, sin división y sin frontera. El mar nos conecta. Me quité los tenis deportivos y las calcetas, dejé que las frías olas acariciaran las plantas de mis pies. Me sentí conectado con mi tierra. Con México. Con mis memorias. Recordando las decisiones del pasado que me habían llevado hasta ese lugar del mundo. Todo está conectado. Después pensé en Joseph y sus decisiones. Me pregunté qué había sido de él. Mi conexión con él.

Disfruté del panorama por un par de horas hasta que las cálidas luces de los faroles en la playa se encendieron y la noche cayó. Me calcé de nuevo y emprendí mi regreso. En mi camino a la estación del metro para tomar el siguiente transporte a casa decidí seguir andando derecho por Via Laietana hasta la Gran Vía, minutos después me encontré en Paseo de Gracia frente las casas Amatller y Batlló. Caminé entre calles hasta llegar al edificio con la puerta del barandal metálico que veía muy recurrente en mis memorias y en mis sueños. Esperé a que alguien entrara o saliera del edificio. Una joven sacó a pasear a su perro, a sus espaldas dejó que la puerta se balanceara sola hasta casi cerrarse, mi mano se interpuso y logré entrar. Subí escalón tras escalón sin detenerme hasta encontrar la puerta roja. Mi corazón se aceleró al tenerla de frente. Ahí estaba la letra B metálica sobre la puerta a la altura de mi frente. En mi cabeza escuchaba como esa letra B remplazaba a la V diciendome: "¡*Bete!* ¡*Bete!* ¡*Bete!*". Me acerqué a la madera, mis nudillos la golpearon tres veces. No esperaba que la manija en la puerta se moviera ni mucho menos que alguien saliera a recibirme, pero soy Alonso Rodríguez... Todo puede suceder.

La puerta se abrió igual que en mis borrosos recuerdos. Una silueta apareció. Y alguien de los dos gritó:

—¡¿Qué haces aquí?!

13
BRITNEY SEÑAL

—¿Qué hago aquí? Mi trabajo, Alonso —dijo el detective Marcus asomando la mitad de su cuerpo del otro lado de la puerta roja—. ¿Quieres pasar?

Marcus abrió por completo la puerta permitiéndome ver el oscuro interior del apartamento.

—¿Tu trabajo? —lo miré incrédulo—. ¿Sabes de quién es este apartamento?

—Sí, de Joseph Vanderpump. O al menos eso es lo que yo creía antes de encontrar y leer su supuesto contrato de alquiler.

—¿Qué pasa con el contrato?

—¿En verdad no quieres pasar, Alonso? Si pensabas encontrar a tu amigo te puedo confirmar que él no ha estado aquí desde hace semanas. Puedes entrar y comprobarlo tú mismo… Ven.

Marcus dejó la puerta abierta y caminó hacia el interior del apartamento.

Mis alarmas se encendieron. Estaba afuera del apartamento del desaparecido Joseph. Dentro estaba un hombre que se hacía llamar "detective" y que me interceptó la noche anterior, un hombre que había mantenido contacto por teléfono con Joseph en el pasado. Era posible que él fuera el culpable de su desaparición. ¡Y yo no me convertiría en otra de sus víctimas! Retrocedí dos pasos. Comencé a descender por las escaleras cuidando que mis suelas no rechinaran con el piso. Temía que el sonido de mi respiración acelerada me delatara e hiciera que Marcus saliera a buscarme. Iba a continuar con mi descenso hasta que vi a dos agentes de policía, una mujer y un hombre, subir en dirección contraria junto con un hombre mayor. Los uniformados y el hombre de cabello blanco me ignoraron cuando pasaron por mi lado. Los vi entrar directo al apartamento de Joseph. Los seguí escaleras arriba hasta posicionarme debajo del marco de la puerta roja que dejaron abierta. Entré. Desde el pasillo escuchaba las voces de las cuatro personas interactuando entre ellas, Marcus es quien más hablaba. A paso lento, cuidando que mis pies no hicieran mucho ruido, llegué a la sala donde todos se encontraban.

—¿Qué está haciendo aquí? —me apuntó la agente de policía—. ¡Salga, ahora! Esta es propiedad del señor —dijo apuntando al hombre mayor.

—Tranquila, Rebeca —interrumpió Marcus—, viene conmigo.

—¿A dónde va contigo? ¿Al maratón de la ciudad? —dijo el hombre mayor apuntando mis tenis deportivos y shorts cortos que llevaba puestos—. ¡Esta es mi propiedad no un parque público! ¡Joder!

—Tampoco es el lugar de un asesinato —dijo Marcus a todos en voz alta—. Rebeca, sigan y levanten el informe. Comiencen aquí en la sala, luego vayan a inspeccionar las habitaciones junto con el dueño para asegurar que no haya destrozos en su propiedad, yo me quedaré con el invitado —me apuntó.

Los dos agentes de policía caminaron en silencio inspeccionando el apartamento junto con el señor que decía ser el propietario. Yo también inspeccioné el apartamento con la mirada.

El lugar no era como yo lo recordaba cuando lo visité en ocasiones anteriores, era como si lo hubieran saqueado de la noche a la mañana. El equipo de cómputo que Joseph tenía sobre su escritorio ya no estaba, sus cajones estaban abiertos y vacíos; en las estanterías no estaban los libros de Joseph que yo leía cuando me quedaba por las tardes a hacerle compañía; no había electrodomésticos: televisión, microondas, lámparas; los gabinetes de la cocina estaban abiertos casi sin utensilios ni vajillas. Era como si el lugar estuviera abandonado. Quise asomarme a la habitación de Joseph, a la cual nunca entré, pero los agentes seguían realizando su inspección. Me acerqué hacia el escritorio de Joseph para ver más de cerca el interior de los cajones.

—Lo mejor es no tocar nada, Alonso —dijo Marcus—. Mis compañeros están inspeccionando. Si encuentran algo extraño: ventanas o cristales rotos, líquidos derramados, etcétera, tomarán muestras. No queremos que tus huellas salgan y te delaten como parte del caso, ¿cierto?

—¿El caso? ¿Qué caso? ¿Crees que alguien entró para hacerle daño a Joseph?

—¿Daño? No, para nada —Marcus hizo una pausa antes de preguntar —. ¿Qué te trae por aquí, Alonso? Sabía que nos veríamos de nuevo, pero no imaginé que sería en menos de veinticuatro horas. ¿Cómo terminó tu evento de ayer? El de los bañadores.

Inspeccioné una vez más el lugar con la mirada antes de responder.

—El evento terminó bien. Yo… Yo quise venir aquí porque… —decidí ser sincero—, la verdad no sé por qué vine aquí. Fui a correr a la Barceloneta y de pronto me vino la idea de comprobar si Joseph estaba en casa. Quería hablar con él. Al menos saber qué ocurre. No esperaba que alguien en verdad estuviera aquí. ¡Mucho menos tú! No sé… Quería respuestas.

—Todos queremos respuestas. ¿Habías venido a este apartamento antes?

—Sí, pocas veces —contesté—, la primera vez que vine fue para ver una película aquí en la sala, solo que la televisión ya no está; la segunda vez vine a cenar en la barra de la cocina donde ha desaparecido el microondas; y la tercera vez fue para estar juntos en el sillón haciendo nada —"y una cuarta ocasión pero no estoy seguro, cuando llegué ebrio y sin avisar por la madrugada topándome con la puerta roja y una sombra", pensé pero no lo compartí—. Sí, esas fueron las únicas tres veces que vine.

—¿Puedes decirme qué más ves diferente en el lugar?

—Pues sí. Por ejemplo, sobre el escritorio no está el equipo de cómputo que Joseph utilizaba para trabajar. Tampoco el papeleo que tenía sobre la mesa, me imagino que eran cosas de su trabajo.

—¿Qué me dices de su habitación?

—Bueno la verdad es que nunca entré a su habitación. Pasábamos todo el tiempo aquí en la sala y en la cocina.

Marcus se quedó mirando el espacio y se acercó en silencio a la única ventana en la sala.

—¿Crees que alguien haya entrado aquí sin avisar? —pregunté.

—Más bien, creo que alguien entró con el permiso de Joseph para llevarse todo lo que consideraba importante. Como te decía, a Joseph no se le ha visto por aquí recientemente.

—¿Cómo lo sabes? ¿Cuánto tiempo llevas en este apartamento? —pregunté—. ¿Habías entrado antes?

—Había visto el edificio por fuera dos semanas antes, pero jamás había entrado a este apartamento hasta el día de hoy. Si Joseph o alguien lo desalojó, se nota que lo hizo con prisa.

—Disculpa que te pregunte, Marcus, ¿por qué piensas que Joseph está intentando escapar? ¿No crees que pudo pasarle algo? Tal vez está en peligro. ¿Has considerado ese escenario?

—Veamos... El hombre en cuestión desaparece de la nada sin dejar rastro y nadie, absolutamente nadie, lo denuncia ante las autoridades como desaparecido.

—¿Qué me dices de su familia? ¿Los has contactado?

—¿Tienes manera de comunicarte con ellos?

No. No la tenía. Ni siquiera conocía a su familia en fotos.

—Este caso es más complejo de lo que parece, Alonso.

Por ahora no tenemos más que hacer aquí. ¿Te molesta acompañarme a la salida?

—Espera… El hombre que entró con los dos agentes de la policía, ¿él qué pitos toca?

—¿Qué?

—Quiero decir… —dije apenado y aclaré—, ¿qué tiene que ver el señor en todo esto?

—Ahora mismo estamos ante algo que coloquialmente se le conoce como: ocupación de morada. Es cuando alguien se instala y vive en un inmueble que no le pertenece, un tercero sin autorización. El hombre que entró es el dueño del apartamento, ahora…, adivina quién era el inquilino sin autorización.

—¿Joseph no tenía un contrato de renta?

—Es un poco más complicado que eso. El dueño del apartamento tenía el piso en alquiler por medio de la plataforma digital Airbnb, esa dedicada a la oferta de alojamientos temporales. El problema es que el contrato o acuerdo de alquiler no lo realizó Joseph, sino una mujer llamada Cristina Vásquez por medio de su cuenta personal en Airbnb. Logramos contactarla con sus datos de identificación que se subieron a la plataforma después de que Joseph desapareciera. Adivina qué… Ella nunca realizó ninguna reserva en la plataforma, dice que ni siquiera tiene cuenta. Alguien suplantó su documento de identidad y alquiló la propiedad utilizando una tarjeta de crédito que tampoco estaba a nombre de ella, al parecer era una tarjeta robada o que fue clonada meses atrás.

—¿Joseph hizo eso?

—Sería muy lógico señalarlo de responsable, pero aún así se necesitan pruebas.

Era increíble lo que escuchaba. Los secretos no paraban de emerger.

—Venga, Alonso. Salgamos de aquí. Deja que los agentes hagan su trabajo, el nuestro aquí ya terminó.

Ambos salimos del apartamento y del edificio. El

anochecer cubría las calles.

—Pues ya está, Alonso. Me despido por hoy —dijo Marcus acomodándose el pantalón de vestir bajo su barriga—. Te veré de nuevo en unos días. Mientras tanto mantente fuera de problemas.

—No sé por qué, Marcus, pero los problemas siempre me siguen aunque yo no los busque.

—Estoy hablando en serio, Alonso—su comportamiento y tono de voz cambiaron, se volvieron mesurados—. Con este inesperado encuentro puedo decirte que, para mí, tú debes estar implicado en el misterio que ronda la desaparición de Joseph, como si fueras su cómplice. No me creo esa excusa tuya de venir a buscarlo porque necesitabas respuestas. Yo creo que has venido a buscar algo en su apartamento. ¿Qué te pidió Joseph que buscaras? ¿Su ordenador? ¿Documentos?

—¿De qué estás hablando? ¿Cómplice de qué?

—Alonso…, solo te diré que de ahora en adelante estaré vigilándote más de cerca.

—¡Yo no vine por nada de Joseph! ¿Por qué tendría que mentir?

—Eres un hombre de negocios, Alonso. Te has dedicado a trabajar toda tu vida. Normalmente las personas como tú suelen mentir y dañar a otros con tal de obtener lo que quieren. Es una lástima decirlo, pero así son las cosas en nuestro mundo. Y te he investigado un poco más… Esta no sería la primera vez que se te vincula a una investigación policial. ¿Quieres hablar de lo que pasó en México años atrás?

Controlé mi rabia. ¿Por qué chingados Marcus mencionó mi pasado en México? Nada tenía que ver una cosa con la otra. ¿Qué estaba investigando él aquí en España sobre mí? Quería explotar de coraje. Me di la vuelta e ignoré sus palabras. Me alejé de él.

—¡Alonso! —me llamó antes de que yo diera vuelta hacia otra calle.

—¡¿QUÉ?! —volteé enfadado.

—Un consejo: no confíes en nadie.

—Y tú busca en Google la Britney Señal si tanto te interesa México —dije mientras le mostraba ambos dedos medios.

Aun así, tomé su consejo.

No confiar en nadie, mucho menos en él.

14
HORA DE PRESENTARSE

La agencia Isa Creativa amaneció a tope de labores el siguiente lunes por la mañana. El evento de Alana Salas apareció en los medios de comunicación nacional de España gracias a los periodistas que asistieron como invitados al evento. La prensa del corazón, en diferentes televisoras, crearon notas especiales anunciando el lanzamiento de la línea de trajes de baño de Alana, aunque el verdadero foco de atención de las cápsulas informativas se centró en la reciente separación de la prima de Alana: Verónica Salas, una *influencer* española que aprovechó las cámaras para anunciar el final de su relación con un tal Enrique no recuerdo su apellido. Lo importante para nosotros como agencia era que la marca de Alana obtuvo exposición nacional, lo cual abrió una pequeña ventana de oportunidades para que ampliáramos la cartera de clientes. Tan solo en un día programamos cinco entrevistas con marcas nacionales para organización de eventos de lanzamiento y activaciones en Barcelona. En menos de dos semanas presentaríamos las propuestas. Isa llegó a mi escritorio muy temprano por la mañana acompañada de dos cafés para compartirlos entre ambos. Nuestra conversación fluyó como nunca antes.

—Alonso, quiero decirte que estoy muy agradecida por todo lo que has hecho —dijo Isa mientras trabajábamos en nuestros portátiles—. Yo sé que no soy la mejor jefa ni la mujer más sencilla de tratar.

—No digas eso, Isa —pero que bueno que lo reconoces quería decirle.

—Muchos no me entienden. Yo empecé sola este proyecto hace diez años y ha sido un reto mantenerlo a flote, por eso exijo mucho a quienes entran y se suman a él. Quiero que den su máximo o mejor se vayan. Yo puedo perder muchísimas cosas, ¡menos el tiempo! —dio un trago a su café—. Tú eres diferente. Eres autosuficiente.

—¡No es nada, Isa! Para eso estamos. Es mi trabajo.

—¡Pero qué dices! ¡Significa mucho, Alonso! Estas propuestas en las que estamos trabajando han salido gracias a ambos. De hecho, mi asistente me llamó hoy para decirme que me han invitado a participar en un seminario de la Universidad Pompeu Fabra donde entrevistarán a mujeres empresarias y emprendedoras. Será dentro de un mes. Todo gracias al evento de Alana.

—¡Qué padre! Cada oportunidad es única, ¡aprovéchala!

—¡Claro!... Y escucha, he leído todo lo que redactas para nuestras marcas, por eso quería pedir tu ayuda para escribirme un discurso para el evento de la Universidad. Quiero decir algo inspirador, que los asistentes vean a la agencia Isa Creativa como un sueño que empezó de nada y al día de hoy sigue creciendo.

—¡Claro que te ayudo, Isa! Pero, ¿por qué no escribes un borrador del discurso? Algo que salga de ti. Usa tus palabras y escribe lo primero que se te venga a la mente. Esa es la mejor manera de proyectar lo que tienes dentro. Nadie puede describir mejor lo que sientes que tú misma.

—Hmmm, muy bien. Voy a tratar de escribir algo hoy y te lo envío. Te confieso que no soy muy buena abriéndome o proyectando mi lado más personal, pero haré el intento.

—Seguro que sale algo bueno. A todos los que asistan al evento les encantará conocer esa parte sentimental tuya. Seguro que tu novio Asís es lo que más admira de ti. Hablando de él, ¿cómo se la pasó en la fiesta el otro día?

—Sentado y con sueño —Isa puso cara de disgusto—. Se fue antes de que empezara la música del DJ para poder bailar. Me tuve que quedar con nuestras compañeras de redacción de aquí de la agencia.

—No me di cuenta que se fue de la fiesta —dije—. ¿No le gusta salir mucho?

"Qué pena para todos y todas, un hombre extremadamente guapo que prefiere guardarse en su casa", pensé.

—¡Yo qué sé! Lo conocí hace meses por una app de citas. Salí con él algunas veces antes de invitarlo al evento de Alana para no ir sola. ¡No importa! No quiero hablar de él. El caso es que el evento fue un éxito y ahora tenemos más trabajo gracias a eso. ¡Así que dale! Quiero las propuestas listas esta semana para revisarlas con tiempo. ¡Me corren prisa!

Isa se levantó del escritorio llevándose su portátil entre los brazos sin decir nada más. Un cambio de actitud extremo al mencionar a su novio Asís. No la culpo, ella no estaba obligada a hacerme parte de su intimidad. Yo tampoco había compartido con casi nadie el motivo por el cual viajé a Barcelona en primer lugar. A mis treinta años guardaba mi historia y mis problemas para mí, esperando convertirme en una nueva y mejor versión. Isa a sus cuarenta y dos años tenía más kilometraje recorrido en el mundo que yo. O sea: más pasado, problemas, decisiones, arrepentimientos, aciertos y errores. A pesar de todo Isa seguía a la cabeza de su propio negocio. Decidí quitar mi rechazo hacia ella y dejé brotar algo de admiración.

Sentí que el día terminó tan rápido como una cafetera de oficina por la mañana.

Caminé a casa bajo un cielo nublado deseando llegar a servirme una copa de vino y sentarme a leer en cómoda soledad. Dejé que la música en mis audífonos y mi imaginación me transportaran a un escenario en donde el artista fuera yo, frente a una multitud de espectadores viéndome cantar y bailar al ritmo de La Tortura de Shakira. A pocos metros antes de llegar a mi edificio busqué mis llaves en las bolsas de mi maletín que uso para ir al trabajo. Las encontré en un pequeño compartimiento entre viejos recibos de supermercado y una cajita de chicles sabor menta.

Cuando levanté la mirada, la puerta del edificio estaba frente a mí. Antes de meter la llave en la cerradura la puerta se abrió. Un hombre salió hacia la calle cubriendo su cabeza con la capucha de un *hoddie* holgado color negro. Tenía la mirada hacia el piso cuando pasó a mi lado y me empujó con su hombro izquierdo. Lo miré alejarse calle arriba.

Por algún motivo mis sentidos se agudizaron y lo supe de inmediato.

Lo que pasó después no fue consecuencia de un actuar sin pensar. Sabía que tenía que hacerlo. Estaba hasta la madre de esperar a que alguien llegara a darme una respuesta, así que la tenía que agarrar con mis propias manos… Literalmente.

Corrí hacia él y lo golpeé por detrás de sus rodillas con mi pie derecho para que las doblara y cayera al piso. Dejé caer todo mi cuerpo sobre su espalda. Él hizo un esfuerzo por levantarse apoyando sus manos contra el suelo. Sin dudar ni un segundo le di un golpe con el puño cerrado en sus costillas. El dolor lo dejó casi inmóvil. Era el momento de la verdad. Mis dedos arrugaron la tela de la capucha y la estiré, su cabello rubio salió a relucir al igual que la mitad de su rostro sobre la banqueta. Reconocí su barba y perfil.

Era él, el mismo hombre que vi inconsciente en las fotografías del balcón de la habitación 414.

A nuestro lado la calle se iluminó de parpadeantes luces de colores. Antes de que pudiera ver de dónde venían, un agente de policía me agarró por detrás y colocó mis manos sobre mi la espalda. Miré cómo el hombre rubio se levantó con la ayuda de otro agente que le extendió su mano.

No di permiso a suposiciones.

—¡Él no es residente! —grité—. Lo agarré saliendo de mi edificio. ¡Lo conozco! Está detrás de algo. ¡Lo sé! ¡Sé que estaba aquí por algo! —seguí gritando como señor enfadado hasta que el oficial me llevó a un lado de la patrulla.

—Tranquilo —dijo poniendo su brazo firme sobre mi pecho empujándome contra el vehículo.

—Oficial, revise mis identificaciones. Yo vivo aquí en este edificio. En cambio, él no. Él no tiene nada que hacer aquí. ¡Pregúntele qué hace aquí!

Ambos volteamos a ver al hombre rubio que se encontraba junto al otro oficial que lo interrogaba sin ponerle un dedo encima. Ese fue el error de la autoridad, en un parpadeo el hombre rubio salió corriendo a toda velocidad dejando la escena atrás. El oficial pidió refuerzos desde la radio que colgaba sobre su pecho especificando la calle y las características del prófugo.

Los dos oficiales se quedaron a mi lado sosteniéndome cada uno de un brazo para que yo no fuera escapar. Los tres escuchamos la voz de otro oficial en la radio:

—Lo tenemos.

Los oficiales que me sujetaban se miraron sin decir nada, como si dudaran qué hacer conmigo.

—Si quieren puedo ir a declarar a la estación —dije antes de que me subieran al vehículo.

Sí… Ya me estaba acostumbrando a esas cosas.

Estaba en la misma oficina a la que acudí junto con Tim, el día que denuncié el allanamiento en mi apartamento. Me pidieron que contara lo que había sucedido hace minutos. Les dije que el extraño hombre rubio salió del edificio, lo reconocí por fotografías que había visto de él con un atuendo similar, no lo pensé dos veces y me lancé sobre él por detrás. Cuando quise dar el contexto de por qué lo hice, el oficial a cargo del registro me detuvo diciendo que se estaba redactando un reporte de lo ocurrido, no se estaba abriendo una investigación. La situación se manejó como una riña de calle que se desató entre dos personas. Ya lo presentía. No tenía pruebas para demostrar que aquel hombre estaba detrás de algo, ni siquiera sabía si mi vida estaba en peligro a su lado. Él no me agredió, ni siquiera cruzó palabra conmigo, me lancé a él sin más. En ese lugar nadie escucharía otra versión diferente a los hechos que se vivieron. Por eso recurrí a la única persona que, tal vez, sí le interesaría comprender la situación.

Llamé al hombre que desconfiaba de mí y yo de él.

—¡Alonso Rodríguez! —dijo Marcus ingresando en la sala—. Nuestra tercera vez juntos en tres días seguidos. ¿Ya se considera una relación formal?

—¡Marcus! —le gritó el oficial sentado frente a mí al verlo—. ¡Esperad fuera! No puedes entrar. Me sorprende que no te hayan quitado la licencia.

—No me pueden quitar una licencia que jamás he tramitado.

—¿Qué? ¿Cómo has…

—¡Tranquilo! —dijo Marcus al oficial—. Es broma. Esperaré afuera… Una pregunta, ¿dónde tienen al otro hombre?

—Detenido —respondió el oficial.

—¿Y cuando podré verlo? —preguntó Marcus acercándose hacia el escritorio donde nos encontrábamos el oficial y yo.

—¡Qué no, Marcus! ¡Así no funciona! Haz el favor de salir y esperar a Alonso en la sala. Estará contigo en un minuto.

Marcus obedeció sin decir ni una sola palabra más. El oficial continuó escribiendo el reporte a mano. Yo me quedé mirándolo en silencio hasta que me entregó mi copia del documento.

—Se nota que conocen al detective Marcus desde hace tiempo —dije doblando la hoja de papel por la mitad.

—Así son esos. Hacen tan buen trabajo que a la larga no te los puedes quitar de encima.

Salí de la oficina con la copia de mi reporte. Miré al detective Marcus en medio de la sala de espera observando una pintura colgada sobre la blanca pared. Al verme me sonrió. Ahí me convencí que la mejor decisión fue llamarlo camino a la estación. Él era el único en quien podía confiar…, al menos durante esa tarde.

Marcus se agachó a la mesita que estaba a su lado para tomar un vaso de cartón, de esos que te dan en las cafeterías cuando pides tu café para llevar. Cuando me entregó la bebida me pidió que lo acompañara afuera de la estación. La noche ya nos había alcanzado cuando estábamos en el exterior. Di un trago a mi bebida caliente, un conocido y amargo sabor entró en mi paladar.

—¿Le pusiste whisky a esto? —pregunté a Marcus.

—Traído desde Escocia —dijo mostrando su licorera en el interior de su chaqueta azul—. ¿No te gusta? Puedes dármelo…

—¡No! —retiré su mano de mi vaso—. Está bien —di otro sobro, ahora sí que lo estaba disfrutando—. ¿Qué pasará ahora? Ese hombre… Yo lo conozco. Bueno no lo conozco en persona, lo he visto en… —hice una pausa, no quería revelar cómo conseguí las fotografías del balcón de la habitación 414. Le prometí a Nathan, el recepcionista del *London Ambassador Hotel,* que sería nuestro secreto. Mentí diciendo—, en algún lugar lo he visto solo que no recuerdo dónde.

—De casualidad, ¿no se habrán visto en el *London Ambassador Hotel?* —dijo Marcus mirándome a los ojos sin inmutarse—. Tal parece que aquí iba a ocurrir lo mismo que en la habitación 414, una riña entre dos personas hasta que uno de los dos terminara inconsciente.

—¿Cómo sabes eso?

—O sea que sí estuviste involucrado.

—¡No, Marcus! ¡Escucha! Me llamaron autoridades desde Londres para que diera información sobre un hombre que apareció inconsciente en el balcón de esa habitación. Sí, yo estuve hospedado ahí, pero jamás había visto a ese hombre en mi vida hasta el día de hoy. Lo reconocí por… —no lo oculté más, decidí confiar en Marcus—. Por una fotografía que me enviaron de él tirado e inconsciente en el balcón de la habitación. Llevaba puesto un *hoodie* similar al que lleva puesto ahora. Pero no lo conozco, no sé ni como se llama ese hombre que está allí adentro.

—Oliver Oldman.

—¿Perdón?

—Oliver Oldman es el nombre de el sujeto que atacaste afuera de tu edificio. El mismo que encontraron inconsciente en la habitación 414 y que ahora está en una de estas salas siendo interrogado y dando su testimonio.

—¿Lo van a detener? ¿Qué hacía saliendo de mi edificio?

—No creo que la policía de Catalunya tenga la misma información que tenemos nosotros, ¿cierto? Entonces no, no encontrarán motivos suficientes para retenerlo en contra de su voluntad. Es ahí cuando entramos nosotros.

—¿Nosotros? —pregunté al mismo tiempo que la puerta de la comisaría se abrió cinco escalones arriba. Ahí estaba él.

—¡Oliver! ¿Qué tal? —le dijo Marcus mientras él bajaba por los escalones hacia nosotros—. Ya es tiempo de que dejemos el misterio a un lado y por fin nos presentemos —Marcus puso su mano en mi hombro—. Por ejemplo... Te presento a Alonso, Alonso Rodríguez.

Después de verlo por más de una semana a través de fotografías, la mirada de Oliver y la mía se cruzaron por primera vez.

15
OLIVER

¿Han visto la película de Sr. & Sra. Smith? ¿Recuerdan la escena en casa del matrimonio durante la cena? Cuando Angelina Jolie y Brad Pitt han descubierto que son asesinos a sueldo y deben aniquilarse el uno al otro. En la cena se vive una humorística tensión al no saber quién dará el primer zarpazo a su pareja, si Brad o Angelina, es hasta que una botella de vino tinto cae en la alfombra cuando ambos rompen con el hostil momento convirtiéndolo en una emocionante e hilarante persecución.

La escena se me vino a la cabeza cuando vi a Oliver sentado en el sofá de mi apartamento junto al detective Marcus. Yo me encontraba en la cocina sirviendo tres vasos con agua para cada uno de nosotros. Al igual que en la película, yo esperaba que uno de los tres saltara y atacara a los otros.

Oliver tenía una mediana caja de cartón sobre sus piernas. Ese paquete lo encontramos afuera de la puerta de mi apartamento cuando los tres volvimos al edificio. Oliver nos confesó que él lo había dejado en mi puerta a propósito.

Puse los vasos de agua sobre la mesita de la sala. Marcus fue quien comenzó la conversación.

—Oliver Oldman. Treinta y siete años. Nacido en Manchester, Inglaterra. Comunicólogo de profesión y dueño de un pequeño estudio de fotografía registrado en una residencia a las afueras de Londres. Eres trabajador independiente creando notas para periódicos digitales y contenido en revistas digitales; fotógrafo de medio tiempo para eventos sociales. Hace un par de semanas tu excompañero de oficina, Joseph Vanderpump, con quien trabajaste hace años en el periódico *Daily Entrepreneur UK,* te invitó a cubrir y realizar un reportaje sobre el evento que su empresa organizó en Edimburgo, la empresa se llama…, espera que lo tengo anotado…

—Patskin —interrumpí—. La empresa donde Joseph trabaja se llama Patskin —me senté frente a ellos en el sillón individual de la sala—. ¿Conocías a Joseph? —pregunté a Oliver—. ¿Sabes dónde está?

—Alonso…, no me quites el trabajo —dijo Marcus—. Ya me encargo.

Oliver seguía con la caja sobre sus piernas cubriéndola con ambos brazos como si dentro hubiera algo frágil, algo tan delicado que podría romperse al mínimo movimiento.

Marcus continuó:

—Esto es lo que sé, Oliver: Joseph te invitó como periodista al evento de la empresa Patskin, el evento que se llevó a cabo hace días en la ciudad de Edimburgo. Él quería que le dieras difusión al evento en los periódicos digitales para los que trabajas y así promocionar la empresa y la marca en Reino Unido. Se verían en Londres y tomarían todos juntos un vuelo hacia Edimburgo, incluyendo a un publicista mexicano: Alonso Rodríguez. ¿Estoy en lo correcto?

Los ojos de Oliver no se despegaron de Marcus.

—Sí —contestó Oliver—. Es verdad.

—El problema —siguió Marcus— es que el viaje no llegó a concretarse porque algo muy inusual ocurrió en el *London Ambassador Hotel.* Algo que nos gustaría saber ahora mismo. Oliver, ¿qué pasó en la habitación 414?

Oliver por fin dejó la caja a un lado, colocándola sobre el sofá. Se acercó a la mesita del centro para coger su vaso y beber agua. Luego comenzó:

—Sí, Joseph y yo nos conocemos desde muchos años atrás. Sí, trabajamos juntos en el mismo periódico, el *Daily Entrepreneur UK.* Quiero dejar algo muy claro: Joseph y yo nunca fuimos amigos. Imagino que les ha pasado, no haces amistad con toda la gente en una oficina y una vez que cambias de trabajo quienes no fueron importantes para ti vuelven a convertirse en extraños en la vida. Así me pasó con Joseph, nuestros caminos se separaron y corté comunicación con él. Fue hasta que Joseph me contactó por medio de mi sitio web personal cuando volví a saber algo de él, muchos años después de que él saliera del *Daily Entrepreneur UK*.

—¡¿Qué pasó en la habitación?! —casi grité. Mi desesperación estaba a tope. Marcus me desaprobó con la mirada.

—Oliver —dijo Marcus—, cuéntame más sobre tu relación con Joseph.

—No había relación. Joseph y yo hablábamos únicamente por e-mail sobre asuntos de trabajo —continuó Oliver—. Le dije que me gustaba mantener todas mis conversaciones relacionadas al trabajo en un mismo sitio como la mayoría de las personas de nuestra generación, no como ahora que se hace un uso excesivo de mensajes instantáneos en el celular. Acordamos que mi trabajo como periodista en el evento de Patskin sería remunerado, así que accedí. Cuando dependes de un sueldo de *freelancer* decir "NO" es inexistente. Joseph se comunicó conmigo por medio de llamadas para avisarme que estaba en Londres con un acompañante. Habíamos acordado vernos en el *London Ambassador Hotel* a cierta hora de la tarde, pero ese mismo día Joseph me mandó un mensaje de texto diciendo que "había un cambio de planes", que no era necesario ir al hotel. Pero yo ya me encontraba esperándolo en el lobby, así que respondí escribiendo eso, que ya estaba esperándolo… No recibí respuesta. Esperé y esperé, hasta que Joseph por fin llegó al hotel y me llevó directo a la habitación.

—Oliver, antes de que continúes… —dijo Marcus—, quiero preguntar: ¿se habían visto antes de ese encuentro en el hotel de Londres?

Yo tenía la respuesta. Ellos sí se habían visto antes en

Barcelona. Y tenía las pruebas: las fotografías de ambos en el celular de Joseph.

—Sí, nos vimos aquí en Barcelona semanas atrás —contestó Oliver—. Era la primera vez en muchos años que nos volvíamos a encontrar. Desde el primer momento que lo vi lo notaba muy distinto, no solo físicamente por el paso de los años, si no también en su forma de comportarse.

—¿Qué tan distinto? —preguntó Marcus.

—Vale, cuando trabajábamos juntos en el *Daily Entrepreneur UK*, Joseph era una persona demasiado introvertida, hablaba solo cuando se lo pedían o cuando en el equipo de redacción teníamos que discutir un tema en conjunto. Cuando me lo encontré en Barcelona, Joseph era otra persona. Hablaba sin parar y de una manera muy concreta, como su estuviera siguiendo un guion muy bien aprendido. No sé. Sentía que no era él quien estuviera hablando. Aunque todos cambiamos con el tiempo, pensé.

—¿Por qué se vieron aquí en Barcelona? —me entrometí en la conversación de nuevo.

—Por una nueva oportunidad de trabajo —contestó Oliver—. La primera vez que Joseph me contactó por medio de mi sitio web no fue para invitarme al evento en Edimburgo. Me contactó para hablarme de la empresa Patskin y de sus planes de expansión por el extranjero. A él le interesaba que yo formara parte del negocio para abrir una franquicia en Barcelona. Joseph me pagó un vuelo redondo y hospedaje en un hotel del centro para visitarlo y así poder hablar sobre un plan para convertirnos en socios.

—¿Así de sencillo? —preguntó Marcus—. ¿Cuánto tiempo duró esa visita?

—Casi nada. Un fin de semana —Oliver dio otro trago al agua—. Llegué un viernes por la noche y el domingo en la tarde ya estaba viajando de regreso a Londres. Ese sábado por la mañana estuvimos en su apartamento revisando todo lo relacionado con el negocio. Él trataba de convencerme para formar parte y hacernos socios de una franquicia que su empresa Patskin estaba abriendo en Barcelona. Me mostró todo: los beneficios, el plan de negocio, y hasta las ganancias estimadas. Por la tarde, cuando nos cansamos de hablar de negocios, salimos a dar una vuelta por el centro de ciudad y luego me invitó a cenar a un restaurante cercano a la zona de los muelles en la Barceloneta. En la cena Joseph me dijo que había organizado un desayuno con una tercera persona a la que quería que yo conociera. Un especialista en marketing que estaría a cargo del *branding* de nuestra nueva sucursal en Barcelona.

Lo supe de inmediato, el especialista en marketing era yo. Joseph quería que ambos nos conociéramos. Pero no llegué al desayuno porque una noche antes fue la reunión en casa de Willem. La misma noche que tuve mi *black out* por darle duro al tequila. Ahí comenzaron mis vagos recuerdos que terminan siempre con la puerta roja frente a mí y alguien saliendo al otro lado. Una sombra.

Oliver seguía hablando:

—Asistí al desayuno junto con Joseph. La persona especialista en marketing nunca se presentó. Y fue en esa mañana cuando Joseph me pidió una "pequeña" inversión para comenzar con nuestro proyecto: tres mil euros. Dijo que de no concretarse el negocio me los devolvería íntegros a mi cuenta… Accedí.

—¿Por qué le soltaste dinero? —pregunté.

—¿Por qué? Por necesidad —me contestó Oliver—. Invertir y generar más dinero. Existir en este mundo que cada vez es más complicado. Por todo eso y por estúpido. No vengo de una familia con dinero. Cada día pido al universo que lleguen proyectos que me ayuden a subsistir hasta el final de mes. Por eso cuando Joseph me contactó no dudé en escucharlo y venir a visitarlo, mucho menos en invertir. Creía que por fin había llegado mi oportunidad. La oportunidad de vivir pleno sin preocuparme de las deudas.

—Entonces —retomó Marcus la conversación—, le diste dinero.

—Sí. Después de nuestro desayuno Joseph me llevó al aeropuerto de Barcelona para tomar mi vuelo esa misma tarde a Londres. ¡Y! Fue en ese trayecto cuando me invitó a cubrir el evento de Patskin en Edimburgo, para darle difusión a la empresa en los periódicos digitales que trabajo. Cuando llegué a Londres accedí a transferir los tres mil euros a la cuenta que me proporcionó, la transferencia tardaría unos días en reflejarse. Nada parecía estar mal con su negocio. Todo lo que me mostró y explicó estaba muy bien planteado. Al menos así lo creía hasta que un mes después llegó nuestro segundo encuentro en el *London Ambassador Hotel*.

—Ahora sí… —dijo Marcus—, dinos todo lo que pasó en ese segundo encuentro.

—Cuando vi a Joseph por segunda vez, en el lobby del hotel, hablaba mucho pero no decía nada. Me dijo que fue a caminar por Hyde Park, que su gabardina estaba húmeda por la repentina lluvia, me preguntó si ya había comido y en dónde. Ahora puedo decir que estaba nervioso o ansioso por lo que iba a ocurrir… Luego subimos a la habitación.

—¿De qué hablaron cuando entraron en la habitación? —preguntó Marcus.

—Me habló sobre el ridículo e inesperado cambio de planes.

Cuando Oliver dijo eso me regresó al instante que Joseph me abandonó en Hyde Park. El día que los planes cambiaron para todos.

—Joseph me invitó a pasar al balcón de la habitación, él quería fumarse un cigarro —dijo Oliver, yo nunca vi a Joseph fumar antes—. Al salir sentí el frío golpear mis orejas, me cubrí la cabeza con la capucha de mi *hoodie* y me quedé de pie mirando la ciudad. Mientras Joseph fumaba me decía que los planes en nuestra "sociedad" no iban a funcionar. Que el mercado en Barcelona no era estable para el proyecto que tenía en mente y que ahora debíamos cortar cualquier pacto que había entre ambos.

—Me imagino que eso te molestó —dijo Marcus—. Tanto tiempo invertido para nada.

—¡Todo lo contrario! Fue un alivio, en Barcelona tomé una decisión precipitada. Moverme de casa para abrir un negocio en otro país sería una inversión muy arriesgada. El problema fue el viaje a Edimburgo. Como yo no era parte de la compañía tuve que pagar mis vuelos, hospedaje y una entrada al evento bastante costosa por asistir como invitado, ni siquiera tenía un pase de prensa; según Joseph, todos esos gastos se me regresarían con la factura que Patskin me pagaría por mis servicios. Y a eso hay que sumar los tres mil euros invertidos que transferí a Joseph por adelantado.

—Y, ¿discutieron por eso? —preguntó Marcus.

—Levanté la voz para decirle que yo había invertido dinero en el viaje y en el negocio, pero no discutimos. Necesitaba al menos que me regresara mi inversión y alguna parte de lo del viaje: vuelo, hotel, entrada. Todo el gasto lo había hecho por él. Casi seis mil euros.

—¿Qué dijo Joseph? —pregunté.

—Me dijo: no… Así de sencilla fue su respuesta. Fue ahí que me acerqué a él, lo tomé del brazo para exigir lo que me correspondía.

—¿Pelearon? —preguntó Marcus.

—No.

—Entonces —dijo Marcus—, ¿cuál es tu último recuerdo antes de que Joseph te hiciera perder el conocimiento?

—Ese es el detalle. Joseph no fue quien me dejó inconsciente… Alguien más me golpeó por detrás. Esa tarde había alguien más en la habitación 414.

16
LA CAJA

El agua ya no fue suficiente para quitarme lo seco de la boca. Vertí vino tinto en una copa de cristal y ofrecí un trago a los presentes. El detective Marcus se negó a beber, Oliver sí aceptó una copa.

Bebí mi vino solo en un rincón de la cocina. Si lo que Oliver decía era verdad, significaba que Joseph no estaba solo, alguien más podría estar acompañándolo en su huida. Oliver y yo no éramos muy distintos en esa situación, Joseph hizo lo posible para alejarse de ambos y escapar... ¿Por qué?

Dedicamos minutos de denso silencio mientras Marcus escribía notas en una pequeña libreta de pasta dura color azul que tenía sobre la mesa. Miré cómo Oliver se bebía su copa de vino sin quitar la vista de la caja de cartón que llevaba consigo. Me acerqué a su lado sentándome en el piso. Era mi tiempo de hacer las preguntas.

—Oliver, a mí me llamaron del hotel para decirme que encontraron a mi acompañante inconsciente en el balcón de la habitación, me preocupé porque pensé que se referían a Joseph. No pude responder nada concreto ni dar información a los oficiales porque no supe qué ocurrió. Pero dime, ¿qué pasó después de que despertaste?

Oliver dejó la copa casi vacía en la mesita de la sala y se giró hacia mí.

—Desperté dentro de una ambulancia. Sentía muchas manos tocándome la cara y el cuerpo. Cuando las puertas traseras del vehículo se abrieron me trasladaron hasta el interior de un hospital, a una habitación donde había al menos cinco o seis personas igual que yo siendo atendidas por los enfermeros; éramos separados por unas cortinas azules. En ese momento no tenía idea de qué me había ocurrido. Cuando tuve oportunidad busqué en mis bolsillos del pantalón mi celular y de inmediato llamé a mi familia, en menos de treinta minutos mi padre estaba conmigo.

—¿Avisaste a la policía o alguien más sobre lo que te hicieron? —preguntó Marcus.

—La policía ya estaba al tanto de lo ocurrido en la habitación. Los empleados del hotel fueron quienes me encontraron, llamaron a la ambulancia y a las autoridades. La policía confirmó que ya tenían manos puestas en la investigación. Y nada más. Joseph no me golpeó, por eso no fue el principal acusado. Pero nadie sabía nada de él. Y la verdad noté que por el momento no era la intención de nadie buscarlo.

—Por eso decidiste buscarlo por tu cuenta —aseguró Marcus sin quitar su mirada hacia Oliver.

—¿Qué? ¿Cómo? —pregunté a Oliver—. ¿Fuiste a buscarlo?

Y recordé el mensaje que me explotó la cabeza. El mensaje que Oliver mandó al celular de Joseph: *Voy por ti.*

—Lo primero que hice fue ir hasta Edimburgo —dijo Oliver—. Quería tenerlo cara a cara en el evento de Patskin. En un lugar público sería difícil que me atacaran de nuevo por la espalda. Pero Joseph jamás se presentó al evento. Pregunté a varios asistentes y organizadores del evento por él, pero nadie lo había visto, otros ni siguiera lo conocían. Entonces decidí buscarlo en donde sabía que estaba residiendo.

—Barcelona —dije.

—Cuando dije a las autoridades que Joseph estaba residiendo en España, me advirtieron que saliendo de Reino Unido no podían hacer casi nada, mucho menos brindarme seguridad. No me importó. Lo único que quería era encontrar a Joseph y encararlo. Demostrarle que no se podía burlar de mí sin afrontar consecuencias. Ya no era cuestión de dinero, era mi orgullo actuando.

Oliver agarró su copa y se bebió el último trago.

—Después de Edimburgo llegué a Barcelona y me fui directo a su apartamento. Nadie abrió. Volví a internar al día siguiente y no pude más. Entré en el edificio cuando un vecino salió. Forcé la puerta roja de su apartamento hasta que entré de golpe. No había nadie dentro. El lugar estaba casi vacío, sin libros, computadoras, televisor, revistas y otras cosas, como si alguien hubiera entrado a robarlo todo. Pero encontré esto bajo su escritorio —Oliver abrió por fin la caja misteriosa a su lado. De ella sacó una gorda carpeta con decenas de hojas—, son listas con nombres, documentos y contratos. Aquí viene información acerca del proyecto de expansión en el que Joseph se encontraba trabajando. Vienen contactos de personas en Alicante, Valencia, Santiago, Segovia, Córdoba, y también de aquí en Barcelona —Oliver tomó una de las hojas y me la entregó—. El primer nombre en la lista de Barcelona es el tuyo, Alonso —apuntó a la primera línea sobre las hojas, ahí estaba mi nombre y dirección.

—*Sooo.* ¿Viste mi dirección en Barcelona, mi nombre y viniste a buscarme? —pregunté.

—Vine a buscar a Joseph. Quería que me dieras información sobre dónde encontrarlo. En el documento tu nombre aparece junto con el mío, ¿lo ves? —dijo apuntando a la hoja—. Joseph tenía planeado que ambos trabajáramos juntos en el proyecto de expansión en la nueva sucursal de Barcelona. Ser socios de su empresa.

Mis ojos se quedaron fijos en la hoja. Mi nombre y el de Oliver juntos.

—Luego vine hasta aquí —continuó Oliver—. Cuando logré entrar en el edificio y vi que no estabas en tu apartamento me convencí que estaba en una búsqueda absurda. No tenía caso continuar gastando mi tiempo y mis pocos ahorros. Fui estafado por un hombre al que tenía años sin ver y que de la nada me contactó para hacer negocio juntos. Decidí que no me iba a involucrar más, así que opté por dejar esto en tu puerta —puso los papeles y la caja sobre la mesa—. Ya no los iba a necesitar... Creí que todo había terminado para mí, pero te me lanzaste por detrás. Igual que me atacaron en la habitación 414.

La historia se volvía a repetir para Oliver.

—¡Muy bien! Eso es todo por hoy —dijo Marcus levantándose de su asiento y guardando su libreta con apuntes en su chaqueta—. Gracias por tu tiempo Oliver. ¿Cuándo regresas a Londres?

—Tengo mi vuelo programado para mañana en la tarde.

—Bien. Entonces esto se convierte en la despedida para todos. Tengo el coche aparcado abajo, te llevo a tu hotel.

Marcus caminó hacia la puerta invitando a Oliver a seguirlo.

—¿Puedo usar el baño primero? —me preguntó Oliver.

—Claro, es la puerta a mitad del pasillo.

Oliver se encerró en el baño dejándonos al detective Marcus y a mí en la sala.

—Bueno. Parece que esto es más complicado de lo que parece —dije agarrando uno de los documentos sobre la mesa.

—No tanto. ¿Hay algo que quieras compartir que no me hayas dicho, Alonso?

—¿Yo? —pregunté—. Marcus, te he dicho todo lo que sé sobre Joseph. No sé nada más.

—Alonso, tu nombre aparece en esos documentos que trajo Oliver. ¿No tenías idea de lo que Joseph estaba haciendo aquí en Barcelona? ¿Por qué le pidió a Oliver dinero como inversión inicial?

—A ver, Marcus… Joseph me habló sobre la expansión de los centros clínicos y estéticos de Patskin en España, pero no concreté nada con él. Yo nunca firmé un contrato de acuerdos ni puse dinero de mi bolsa.

—Voy a ser sincero contigo, Alonso. Me resulta extraño que Oliver haya sufrido dos ataques y ¡vaya casualidad!, tú estabas cerca cuando ambos ocurrieron… Ahora solo estoy uniendo los puntos, me faltan pruebas.

—¿Pruebas? Marcus, ¡yo jamás le haría daño a nadie!

—Lo dice la persona que atacó a Oliver en la calle hace unas horas. No me extrañaría que fueras tú quien lo atacó en la habitación.

Marcus me arrebató la hoja que tenía entre los dedos y la colocó con los demás documentos metiéndolos de nuevo a la caja que se colocó bajo el brazo. Oliver salió del baño. Marcus se acercó hacia la puerta para abrirla de un jalón.

—Despídete de Alonso, Oliver. Te veo abajo para llevarte a tu hotel —dijo y se dirigió escaleras abajo con la caja.

Oliver y yo nos quedamos uno frente al otro.

—Esto es una locura —dije para cortar el silencio—. Cualquier cosa que esté tramando Joseph espero que no nos embarre a nosotros.

—Alonso…, ¿puedo preguntarte algo?

—A estas alturas, Oliver, pregunta lo que sea. Ya nada me sorprende.

—*OK*. ¿Sabes para quien trabaja Marcus?

—¿Marcus?

—Sí. Marcus es un detective privado, Alonso. Ellos no se levantan por las mañanas y deciden resolver misterios por su cuenta sin recibir remuneración a cambio. Son contratados por alguien externo, normalmente alguien del sector privado. ¿Te ha mencionado para quién trabaja?

—La verdad, no… Él no me ha dicho nada. No sé para quien trabaja.

Oliver se acercó a la puerta para asomar su cabeza hacia el pasillo, como para asegurarse de que Marcus no estuviera espiando desde fuera. Luego regresó a la sala y me dijo en voz baja:

—Todo lo que yo conté aquí ha sido verdad. Pero piensa, ¿qué tal si Marcus trabaja para Joseph y solo nos está monitoreando?... Cuando yo regrese a Londres contrataré a un abogado y le explicaré mi situación, no quiero que me vinculen con lo que sea que haya en esos documentos que se llevó Marcus. Te sugiero que hagas lo mismo.

Oliver salió del edificio sin decir nada más.

Yo me quedé solo en casa asegurando cada puerta y ventana, sabiendo que esa noche sería imposible dormir.

17
¿EN QUÉ PUEDO AYUDARTE?

La lluvia y el viento golpeaban tan fuerte los cristales de mi apartamento que parecía que se romperían en cualquier momento. El mal tiempo me permitió trabajar desde casa toda la mañana hasta la tarde como en el horario habitual de cada jueves. Habían pasado dos días desde el intenso interrogatorio entre Marcus, Oliver y yo en el apartamento. No le di más vueltas a los comentarios que ambos me hicieron antes de su partida. Marcus aún creía que yo ocultaba una conexión con Joseph. Oliver me aconsejó no confiar en Marcus. Cuando más cerca estábamos de la respuesta un nuevo muro de dudas se interponía. Era como si los tres estuviéramos caminando en un laberinto en el que cada quien buscaba su propia salida, mientras tanto nos encontrábamos en las intersecciones pidiendo ayuda por necesidad, aunque sin confiar en realidad.

Aproveché el resto de la tarde para llamar a mi familia por videollamada. Encontré a mis padres almorzando en la cocina de su nueva y remodelada casa, un sueño que mi madre tenía desde muy joven, construir la casa de sus sueños desde cero y ahora lo tenían. Ambos se colocaron frente a la pantalla del teléfono preguntándome: ¿Qué tal te va?, ¿cómo estás?... Les conté acerca de las nuevas propuestas de trabajo que llegaron a la agencia Isa Creativa gracias al evento que organicé para Alana. De lo personal y el drama en mi vida, como era de esperarse, no compartí mucho. Cuando eres una persona que vive una homosexualidad abierta en un mundo que no esta hecho para aceptarla debes de abrazar la amarga realidad como es, esquivando los golpes que la sociedad lanza hacia tu persona solo por existir. Lo que duele es cuando tu familia no te acompaña en esa realidad. Sí, mis padres quieren que yo sea feliz y viva mi vida, pero se les dificulta ser parte de ella, todavía no estaban en ese punto de aceptación y no sabía si algún día lo estarían. Pero ya no estaba en mí hacer algo para incluirlos; cualquier dolor o sufrir que sintieran por mi orientación sexual es y será de ellos, puedo comprender su angustia, mas no sumarla a mis emociones propias. Nadie es el bueno ni el malo en esta situación. Cada quien vive y experimenta la vida como cree y considera es correcto. No puedo cambiar su realidad y ellos no pueden cambiar la mía. Al entender eso he vivido con mayor paz. Sé que ellos me aman y yo a ellos. Lo malo era: ¡¿A quién verga le contaba lo que pasaba con Joseph?!

Traté de localizar a mi hermano Alberto, no entraban llamadas en su celular. No quise insistir, ¿qué le iba a decir? Ni siquiera yo sabía lo que pasaba con Joseph. ¿De qué huía? ¿En quien confiar? ¿En Marcus? ¿En Oliver? Necesitaba sacarlo. Hablar con alguien.

El foco se me prendió. Mi intención no era soltar toda la historia que había detrás de la investigación de Marcus ni hablar sobre lo que vivió Oliver, pero necesitaba que alguien me pusiera en mi centro antes de yo dar el siguiente paso, tomar la siguiente decisión. Me senté en el sofá de la sala con el teléfono en la oreja esperando a que Valeria, mi psicóloga, respondiera. Escuché su delicada voz en mi oreja.

—¡Buenas tardes, Alonso! No esperaba tu llamada. Dime, ¿en qué puedo ayudarte?

—¡Valeria! Me da gusto escuchar tu voz. Sé que he estado ausente estas últimas semanas, pero me gustaría agendar una sesión contigo.

—Claro, Alonso. ¿Qué día te gustaría agendar?

—¡Lo más pronto posible! Incluso si podemos conectarnos ahora mismo sería perfecto.

—Ahora estoy a tope, Alonso ¿te conté que estoy planeando mover mi consultorio? Y…, tengo pendiente revisar algunas notas de otros pacientes —Valeria hizo una breve pausa—. Pero vale… ¿Te apetece si hacemos una breve sesión virtual de treinta minutos?

—¡Claro que *yes*! ¡Me conecto enseguida!

Me senté frente a mi portátil y abrí la aplicación zoom. Valeria fue quien realizó el contacto entre ambos.

—¡Hola, Alonso! —me contestó Valeria sonriente.

Ahí estaba ella entre las paredes blancas y lisas, con sus reconocimientos y certificaciones colgando; la Palma Areca también estaba, seguía dudando si era de verdad o era de plástico; no había mucha iluminación; su cabello rizado lo llevaba recogido en una coleta.

—¡Valeria! Qué gusto verte de nuevo.

—Dime, Alonso. Lo siento que te apresure pero tengo el tiempo cortado. ¿En qué puedo ayudarte?

—Más que ayuda, quiero hablar con alguien sobre lo que me ha pasado en los últimos días. Como lo hablamos en otras sesiones, he tratado de ser el Alonso que toma las mejores decisiones, sin permitir que mis demonios del pasado se apropien de ellas. A eso le he llamado: sobrias intenciones. Ser moderado, discreto y sencillo antes de cada decisión, porque antes de decidir debo medir mis intenciones para más o menos predecir cuál será el resultado.

—Bien… Entiendo… ¿Y qué ha pasado estos días?

—Es… Es Joseph… Él y yo terminamos. Me ha dejado y ha desaparecido sin más. Al principio pensé que fue por una discusión absurda de pareja, pero se ha ido presentando información ligada a su desaparición que supuestamente revela la verdadera razón por la cual se fue. Es muy largo para contar en una breve sesión. Llevo cargando con esto desde hace semanas y quiero sacarlo con alguien de confianza.

—Haces bien en llamarme, Alonso. ¿Por qué dices que te dejó?

—Tuvimos una pequeña discusión en un viaje que hicimos a Londres. Él se enteró de varias cosas que ocurrieron en mi pasado.

—¿Qué cosas? ¿De lo que viviste hace años con tus exparejas?

—Sí, sobre eso y… Bueno, no fui muy sincero con él. Y tampoco he sido muy abierto contigo con respecto a un tema que necesito sacar...

Le conté a Valeria TODO acerca de mi pasado, sobre como mis ebrias decisiones hicieron que terminara sobre un charco de vino y sangre al lado del joven muerto. Yo era consciente de que esa vivencia me perseguiría de por vida, las notas de lo ocurrido estaban publicadas en varios periódicos impresos y digitales de México. El tiempo me había ayudado a sanar, aceptar mis errores, pero sobre todo comprender que la premeditación de la maldad de otros nunca será mi culpa. Después le dije lo ocurrido en la segunda temporada de mi "serie documental"; TODO, desde Joseph abandonándome en Hyde Park hasta Oliver saliendo de mi apartamento diciendo que no confiara en Marcus, el detective que se llevó los documentos de Joseph.

—Alonso… —dijo Valeria soltándose el cabello—. Mira…, no sé si en este preciso momento soy la mejor persona con la que debas hablar. Estás compartiendo aspectos de carácter legal e incluso confidenciales. Yo no puedo aportarte más que herramientas para lidiar con el estrés que imagino te pueden generar estas situaciones. ¿Dices que el hombre, Oliver, entró en casa de Joseph y se llevó una carpeta con documentos?

—Sí. Marcus los tiene ahora.

—¿Y tú alcanzaste a verlos? ¿Tienes idea de lo que son? ¿Sabes en qué se te está involucrando?

—No. No le di importancia, la neta. Aunque mi nombre estuviera escrito en la Constitución Mexicana yo jamás la he firmado, por eso no creo que haya problemas. ¿Tú crees que debería preocuparme?

—No lo sé. Te digo que no soy la mejor para hablar de asuntos legales. Entonces…, solo para aclarar, los únicos que tuvieron acceso a esos documentos fueron Oliver, Marcus y tú, ¿cierto?

—Sí. Oliver los sacó y los trajo directo a mi apartamento para que yo los tuviera a la mano antes de que él volviera a Londres, él ya debería estar de vuelta en su país. Luego Marcus guardó los documentos en una caja y se los llevó con él.

—Vale, Alonso. Ahora escucha…, lo mejor que te puedo recomendar es que no hables con nadie más sobre esto. Te explico… Si te das cuenta, toda esta narrativa está llena de supuestos. Marcus DICE que es detective y por eso está investigándote muy de cerca; Oliver CUENTA que fue atacado por una tercera persona en la habitación del hotel de Londres, pero nadie puede comprobar eso, y ahora te mete en la cabeza que Marcus podría estar trabajando para Joseph. Si pones todo desde mi perspectiva que estoy fuera de todo ese embrollo, ¡a ti no te ha pasado nada! No debes preocuparte por cosas de terceras personas que no te involucren, así que por eso es mejor que dejes las cosas pasar. Ignora lo que pase entre todos ellos. Tú sigue viviendo tu vida, que ya bastante tienes cargando con tu pasado y tus problemas. Si Marcus, Oliver o incluso Joseph quieren entrometerse en tu existir, ¡no se los permitas!

Me quedé reflexionando.

—*Like always*, Valeria. Tienes razón.

—Me gustaría quedarme hablando contigo un poco más, pero tengo otras sesiones programadas hoy. ¿Te parece si hacemos otra sesión durante las siguientes semanas? Para que podamos platicar con más tiempo.

—¡Sí! Claro —dije—. Me encanta hablar y sacar todo contigo.

—¡Perfecto! Te mando la información con las próximas fechas que tengo disponibles. ¡Hasta luego! —Valeria desconectó la llamada.

En la cafetera de la cocina quedaba café para una taza. Saqué dos rebanadas de pan integral las cuales tosté y unté con mermelada de fresa. En un *bowl* pequeño puse unas uvas verdes. Coloqué la taza de café, los panes y la fruta sobre la mesita de la sala.

Me senté en el cómodo sillón individual viendo hacia la ventana admirando la lluvia caer. Feliz y convencido que tomar terapia siempre es y será una buena opción.

Y un día después de la tormenta, cuando menos piensas sale el sol. Así lo dijo la filósofa Shakira. Y era verdad. El sábado el cielo amaneció casi despejado con el sol entrando por la ventana de mi habitación. Me levanté mirando la hora en mi celular: 12:45. Salí de mi habitación con el aparato en mi mano hacia la sala. En la mesa seguía los platos sucios de la noche anterior junto a copas de cristal y botellas de vino tinto que bebí en compañía de Helena y Gilberto, que me visitaron para pasar juntos una noche de viernes viendo películas. Entré al baño. Sentado en la taza miraba en el celular la aplicación para pedir comida a domicilio. Mi antojo por comer alitas picantes del KFC despertó conmigo.

El timbre sonó de repente. Esperé a que volviera a escucharse para descartar que fuera el cartero o alguien queriendo dejar un paquete en los buzones del edificio. Al tercer intento me acerqué al teléfono intercomunicador, miré la pantalla que conecta con la cámara exterior, reconocí al detective Marcus parado afuera del edificio. Levanté el teléfono para que escuchara mi voz en la bocina exterior.

—Marcus…, ¿en qué puedo ayudarte?

Lo vi acercando su rostro a la cámara y a la bocina.

—¡Alonso! Me alegra escucharte. ¿Esta todo bien? ¿Tú estás bien?

—Estoy bien… ¿Qué pasa? ¿Por qué estás aquí?

—Debo darte noticias. ¿Estás solo? Déjame entrar…, por favor.

Recordé las palabras de Valeria: "Si quieren entrometerse en tu existir, ¡no sc los permitas!".

—Ahora no es buen momento, Marcus. T-e-engo-o-o compro-mi-sos —noté que la voz me temblaba al mentir.

—Alonso. Lamento si dudé de ti o te hice pasar un mal rato. Pero es importante que hablemos ahora mismo en privado.

—Marcus, ¿qué pasa?

—Déjame entrar y te cuento. Es algo muuuuy serio. Por favor.

Me cansé.

—Marcus, ya estoy harto de toda esta mierda de misterio. O me dices qué pasa y considero si te dejo pasar, o das la media vuelta y me dejas en paz.

Marcus se quedó en silencio, lo vi mirando hacia ambos lados de la calle como si cuidara que nadie estuviera cerca escuchándolo. Luego se acercó de nuevo a la bocina.

—Tengo contactos en Londres con los que trabajo en conjunto en la investigación de este caso. Me llamaron esta madrugada. El caso de Joseph ha escalado a otro nivel, se ha vuelto más complicado de lo que creíamos.

—¿Qué tan complicado? —pregunté.

—Alonso… Ayer por la noche encontraron a Oliver Oldman muerto en su propia casa.

18
MENTE CLARA

Si has pensado alguna vez que el universo conspira en tu contra, ¡no estás loco! Hay una estrellita allá arriba que no soporta tu existencia. Y la que me odiaba a mí, me había perseguido por varios años, modificando la posición de cada cuerpo en el espacio para hacerme la vida imposible.

Escuchar que Oliver murió en su casa me dejó helado. No lo encontraron inconsciente como la última vez en la habitación 414, sino muerto, sin vida, sin alma. La imagen que me llegó a la cabeza fue la misma de mi pasado, cuando encontré al joven tirado en el piso de mi cocina, sobre un charco de sangre y vino, solo que esta vez tenía el rostro de Oliver, el hombre que cinco noches atrás estuvo en mi apartamento. La voz de Marcus seguía hablándome al oído por la bocina del teléfono. Yo no sé si me encontraba en México o en España porque mi pasado me alcanzaba de nuevo.

El sonido de tres golpes en la puerta me sacó de mi cabeza y me regresó al apartamento. Colgué el teléfono en la pared y caminé nervioso hacia la entrada. Vi el rostro amplificado de Marcus por el efecto de ojo de pescado que produce la mirilla en la puerta, su ancho cuerpo se veía diminuto en medio del pasillo. Vi su brazo distorsionado golpear de nuevo la madera. Quité el seguro de la cerradura y abrí la puerta. Nuestras miradas húmedas se encontraron entre el pasillo y mi apartamento. Marcus extendió sus brazos por encima de mis hombros y me agarró con ternura escondiéndome en su pecho.

—Pensé que te habían hecho algo a ti también. ¿Estás

bien? —dijo acariciando mi nuca con sus dedos—. ¿Ha venido alguien más a verte?

Me separé de él. Su comportamiento me dejó sin palabras. No habíamos compartido tanto tiempo juntos como para que se preocupara tanto por mí, así como un padre con su hijo o como si fuera mi hermano mayor; tampoco convivió mucho con Oliver.

—No ha venido nadie a verme —contesté—. Solo unos amigos la noche de ayer, pero he estado solo durante toda la mañana.

—Bien, bien. Yo…, estaba…,

El rostro rosado de Marcus se comenzó a poner pálido. Miré como sus dedos temblaban. La tela de su camisa gris estaba mojada de sudor bajo sus axilas.

—¿Quieres pasar? —dije haciéndome a un lado dejando el pasillo descubierto.

Marcus entró directo a sentarse en el sofá de la sala. Sacó su celular y su cartera de las bolsas del pantalón y los dejó en la mesita al frente.

De la cocina llevé una jarra con agua, dos vasos de cristal, un cartón de jugo de naranja, galletas de avena y dos piezas de pan dulce que tenía guardadas en la alacena. Marcus tomó una galleta de la mesa, sus dedos temblaban haciendo que las migajitas se espolvorearan sobre la mesa y el suelo hasta llegar a su boca. Tomó la jarra de agua por el mango para servirse en un vaso, su tembloroso puño hizo que se derramara líquido fuera del cristal y cayeran gotas por la mesa, bebió con el mismo nerviosismo. Marcus se recostó en silencio en el largo sofá mientras yo me comía un pan dulce y me bebía una taza de café. Pasaron al menos cuarenta minutos antes de que Marcus volviera a sentarse. Pasó un pañuelo sobre sus lagrimales, lo escuché sorber su tristeza y recobró el color rosado de sus mejillas. Me senté a su lado. Marcus comenzó a hablar en un tono muy diferente con el que solía hablarme. Esa vez era sereno, casi vulnerable.

—Nadie te prepara para aceptar que en un caso existe la

probabilidad de que alguien se muera. Policías, inspectores, hasta operadores en líneas de emergencia tratan de evitarla. Cuando trabajamos en un caso, acontecimiento o persecución, lo menos que esperamos es que alguien pierda la vida en el proceso y frente a nosotros. Hay compañeros que lo llevan mejor que yo. Se concientizan que es parte del trabajo. Los operadores en líneas de emergencia escuchan con frecuencia los gritos de súplica de las víctimas hacia sus agresores justo antes de morir, hasta que su último suspiro los apaga para siempre. He querido dejar el negocio. Dedicarme a otra cosa. Pero no soy vendedor, me hace falta ser menos ético y más egoísta. Eso nunca va a pasar, me gusta lo que hago y soy muy bueno en ello. Debo aceptarlo. Solo necesito tiempo y espacios como este que me acabas de regalar —Marcus agarró mi mano—, un espacio para digerir los hechos. No soy un detective como esos que salen en las series y películas. No cargo pistola ni estoy en forma, ¡mira esta barriga! —se puso las manos sobre su abultado vientre—. Mi especialidad son las investigaciones comerciales tales como fraudes, estafas, falsificaciones, robos. Es indispensable detenerse un momento a reflexionar. Al menos en mi profesión.

—Te entiendo —fue lo primero que se me ocurrió decir.

—Yo sé que me entiendes, por eso me siento seguro de compartirlo contigo. Eres buena persona, Alonso.

—¿Lo dices porque te ofrecí agua y las galletas? —sonreí.

—No —me sonrió de vuelta—. Cuando dije que me gusta lo que hago y soy muy bueno en ello no lo dije por engreído ni por subirme a un pedestal. Desde la última vez que nos vimos me dispuse a investigarte más a fondo sobre tu estatus laboral y financiero. Junté mis contactos al otro lado del Atlántico y pude comprender quién eres. Sé de dónde vienes y me adentré de lleno a tu pasado, Alonso. Conozco el contexto y los hechos de lo que viviste en Monterrey hace años y el tiempo que llevas aquí en España. No hace falta que hablemos de eso. Tú has pasado por momentos difíciles en la vida y sin embargo has sobresalido para encontrar tu propio lugar en el mundo. No le has hecho daño a nadie.

—¡Gracias a Dios te diste cuenta! —dije alzando los brazos.

—Nuestros caminos se han juntado en una vereda empedrada llena de mierda, Alonso. Así que te propongo algo: salgamos de ella y continuemos cada quien con nuestras vidas. Dime, ¿estamos juntos en esto?

Haría lo que fuera con tal de evitar un futuro similar al de Oliver.

—Sí, Marcus. ¡Estoy hasta la madre de todo este pedo!
—Bien, pues comencemos a aclarar todo… Desde el principio

19

EL PRINCIPIO

Cuatro meses antes

Cientos de personas a mi alrededor disfrutaban el concierto, yo a duras penas veía las cabezas del grupo tocando música en vivo sobre el escenario al extremo opuesto de la Plaza de la Virreina en el barrio de Gracia. Me faltaba el aire. No podía respirar entre la multitud saltando al ritmo de la música y cantando en conjunto el coro de la canción que yo desconocía. El calor del verano se esparcía a lo largo de mi espalda, una esponja de sudor era mi playera manga corta. Las puntas del cabello negro sobre mi frente eran cataratas que bañaban mi rostro. Di el último trago a mi cerveza. Ya no me quedaban recursos para resistir el bochornoso ambiente.

—¡Voy por agua! —grité a Willem que se encontraba a mi lado—. O por otra cerveza, lo primero que encuentre. ¿Tú quieres algo?

Willem me miró desde arriba por su estatura de casi dos metros.

—No, *baby*. Estoy bien —me contestó—. ¿Quieres que vaya contigo?

—No, quédate aquí con tus amigos. Voy rápido.

Como la proa de un barco, mi mano derecha navegaba metiéndose entre el pecho, espalda y hombros de decenas de personas. Me abría paso entre el montón de gente hacia algún extremo de la plaza donde la aglomeración se dispersara. Era difícil avanzar con mi estatura mexicana promedio, que en Europa era ser bajito. Mis hombros se metían tímidos entre la gente al ritmo de mis cortos pasos.

Cuando pude caminar con libertad sin rozar con pieles ajenas me dirigí hacia una de las calles que rodeaban la Parroquia de San Juan Bautista de Gracia. Respiré. Estiré mis brazos hacia los lados y hacia arriba, destensando mis músculos del encierro. Con la sed todavía en mi boca buscaba un supermercado entre las calles del barrio. Después de una corta caminata encontré una tiendita en una esquina, el letrero iluminado con la leyenda *Supermercat* resaltaba por encima de las puertas de vidrio de la entrada, una pequeña rampa descendía hacia el interior del reducido espacio donde se encontraban los refrigeradores con bebidas. Tomé una botella de agua. Di media vuelta hacia los *snack* y agarré una lata de Pringles sabor original. Regresé hacia la rampa donde iniciaba la larga fila para pagar. Un hombre rubio se colocó detrás de mi sosteniendo dos latas de Red Bull, una en cada mano. Cuando llegó mi turno de pagar el encargado de la caja me habló en un idioma que yo desconocía.

—¿Qué? —pregunté.

El cajero volvió a hablar en el mismo idioma, yo seguí sin responder. No entendía.

—¿No eres de Pakistán? —por fin me habló en español.

—No, no. Soy de México —dije entre risas al entender la confusión por mi físico.

—¡México! ¡Mi amigo! —me sonrió—. ¿No tequila? —apuntó a la botella de agua que llevaba en la mano.

—No, gracias. Hoy no.

Pasó mis cosas por el lector de la maquina hasta que apareció el precio final en la pantalla: 2,80 €. Metí mi mano en el bolsillo izquierdo de mi short donde normalmente llevo mi cartera y…, no estaba. Busqué en mi bolsillo derecho donde llevaba mi celular…, no estaba ni el celular ni la cartera. En mis bolsillos traseros…, nada. Palpé una vez más por encima de todos los bolsillos. Me habían robado.

—¡Chingado! —dije en alto frente al cajero.

Miré hacia el piso por si acaso durante mi andar había

dejado caer mis cosas. Nada. Vi al hombre rubio detrás de mí colocar sus latas de Red Bull sobre el mostrador. Lo sentí como un acto de presión para que me apresurara a pagar.

—Lo siento mucho —dije al cajero—. Cancela mi compra. Se han llevado mi cartera y teléfono.

El cajero hizo una mueca de pena. Antes de que cancelara mi compra el hombre rubio a mis espaldas habló en un español perfecto con acento extranjero.

—¡No! Déjalo —el hombre rubio acercó sus dos latas de Red Bull hacia mi botella de agua y mi lata de Pringles—. Yo lo pago…, luego puedo ayudarte.

—¡No! No te preocupes —dije—. Mejor me voy, me urge llegar a casa para hacer llamadas y cancelaciones.

—Por eso lo digo. Déjame pagar esto y luego puedo prestarte un teléfono para que hagas tus llamadas —insistió—. Me ha pasado también a mí.

Accedí a que el rubio pagara por mí, tomamos nuestras cosas y ambos salimos del supermercado hacia la calle Gran de Gracia. Allí por fin nos presentamos, su nombre era Joseph, originario de Inglaterra, pero asentado en España desde hace algunos años. Recién se había trasladado de Madrid a Barcelona para acondicionar la nueva ubicación de su negocio, al cual nos dirigíamos esa noche.

Desde que lo vi me pareció guapo, mas no sabía si él me encontraba atractivo a mí también. Me daba vibras heterosexuales, pero al mismo tiempo parecía estar interesado en mí de otra forma, aunque probablemente solo estaba siendo amable por mi situación de recién robado.

Continuamos caminando y platicando por un par de minutos hasta llegar a una puerta enrollable de metal al exterior de la planta baja de un edificio. Joseph sacó una llave de su bolsa, se agachó y empujó la puerta de metal hacia arriba. Un pequeño local de puertas de vidrio y escaparates con molduras de madera blanca apareció frente a nosotros. Joseph ingresó primero y encendió las luces. Desde el exterior pude ver el espacio en remodelación. Las grises paredes estaban siendo pintadas de blanco, las latas de pintura estaban en el piso junto a un rodillo. Una escalera de tijera estaba pegada a una pared. Joseph dejó sus latas de Red Bull sobre una mesa mediana color negro, ahí estaba una computadora portátil abierta y un teléfono fijo. Lo vi acercarse a la puerta.

—Pasa…, Alonso. Puedes usar mi laptop para lo que necesites. También está el teléfono si requieres hacer llamadas.

—Gracias.

Entré al local de aquel desconocido con la tranquilidad de que todo lo que ocurría ahí dentro se veía claramente desde el exterior, sobre esa calle no dejaban de transitar grupos de personas. Joseph se sentó en una silla en una esquina del local. Yo me senté frente a la computadora y rápido ingresé a las páginas de mis compañías bancarias. Tomé el teléfono fijo a un lado de la computadora e hice varias llamadas. Cancelé una tarjeta **GOLD** Premium que mi familia en México me había proporcionado para su uso en el extranjero en caso de emergencias, hice lo mismo con mis otras tarjetas personales de crédito y de débito que se encontraban en la cartera extraviada y finalicé con la tarjeta adicional de la agencia Isa Creativa, esa que utilizaba para pago a proveedores, renta de espacios y para pagar mis comidas en horario laboral. Aprendizaje: cuando salgas lleva solo una tarjeta y algo de dinero en efectivo. Con mi celular no pude hacer mucho. Sin un soporte en "la nube" mis fotos y videos se perderían, la única solución fue entrar a mi cuenta de Instagram desde el navegador de la computadora y avisar a mi familia sobre lo ocurrido, también puse a Willem en contexto porque seguro estaría buscándome entre la multitud en el barrio de Gracia por no regresar.

Joseph se acercó arrastrando su silla cuando cerré su laptop sobre la mesa, se sentó frente a mí.

—¿Se solucionó todo?

—Eso parece.

—Me alegro.

—Joseph, mil gracias en verdad. Me ahorraste tiempo y sobre todo el esfuerzo de conseguir un teléfono o celular para hacer llamadas. Lo que me da rabia es el proceso que se viene para tramitar una nueva identificación y recuperar los plásticos de mis tarjetas. ¿Sabes qué es lo peor? ¡Tenía un ticket nuevecito con diez viajes para el transporte! Quien haya metido la mano en mis bolsillos se sacó la lotería.

—Yo no soy de salir mucho, pero me pasó lo mismo una vez que fui con unos amigos a una discoteca, por fortuna solo tenía una tarjeta de crédito y una identificación a punto de vencer, tenía que hacer el trámite de renovación tarde o temprano. Y ya era una cartera muy vieja, quien me la quitó me hizo un favor porque ya era hora de cambiarla.

—Me acabas de dar otra razón para enojarme, ¡mi cartera era nueva!

—¿Era costosa?

—La verdad nunca gasto dinero en cosas de lujo, pero esa cartera fue un regalo de mis amigos por mi cumpleaños. Todos pusieron dinero para dármela.

—Bueno lo material va y viene. Y por la cara de sorpresa que pusiste en el supermercado me imagino que te la quitaron sin que te dieras cuenta.

—¡Así fue! Pasé por una multitud de gente, seguro pasó ahí. Por suerte no hubo violencia... En fin. Gracias por dejarme usar el teléfono y tu portátil. ¡Te debo una!

—No fue nada.

Me levanté mirando el espacio donde nos encontrábamos. El local tenía un pasillo que se extendía hacia el interior donde vi al menos tres puertas que daban hacia otras habitaciones.

—¿Qué pondrás aquí? ¿Un bar o algún café?

—No, no. Nada que ver con bebidas o comidas. Estoy acondicionando este espacio para que sea una nueva sucursal de servicios para la empresa en la que trabajo. Son centros clínicos. Este espacio es pequeño, aunque es un buen comienzo para expandir el negocio en Barcelona. Todavía queda mucho por hacer pero no me quejo. Siempre que veo una oportunidad para hacer dinero la tomo antes de que alguien más lo haga.

—Pues… te deseo buena suerte, Joseph —extendí mi mano hacia él—. Muchísimas gracias de nuevo por ayudarme.

—*Actually*… —puso sus dedos sobre mi mano—. Me dijiste que me debías una, ¿recuerdas?

—Sí… Sí que lo dije.

—Bien, creo que me la cobraré esta noche. ¿Me dejas invitarte una copa?

—Oh… Eso no me lo esperaba.

—Anda, vamos. ¿O qué harás? ¿Irte? Te recuerdo que no tienes tarjeta de transporte. Tampoco tienes dinero para comprar una.

Parecía que el destino me había hecho una jugada perfecta.

—*OK*. ¡Pero yo elijo el lugar!

—Excelente. Cerramos aquí y nos vamos.

De vuelta en la calle, Joseph bajó la puerta enrollable asegurándola con candados. Nos dirigimos de nuevo al centro del barrio de Gracia evitando la concentración de gente en las distintas plazas donde se ofrecían conciertos y donde jóvenes se sentaban libremente a beber entre amigos. Dimos vuelta en la calle Francisco Giner, en medio del barrio de Gracia llegamos a la puerta del bar *La Gracia Latina*. La música tropical llegó a nuestros oídos, Joseph se detuvo antes de que entráramos.

—¿Quieres entrar aquí? —me preguntó examinando el interior del bar a través del cristal. El lugar estaba casi a reventar.

—¡Claro! Hay promoción de 2x1 en mojitos. Sé que me quieres invitar los tragos pero tampoco quiero abusar de tu buena voluntad. Además, conozco a la *bartender*.

—¿No se te hace muy ruidoso para solo tomar unas

copas?

—¡Justo por eso hay que entrar! Es viernes en la noche, dan clases de bachata gratis.

—No lo sé, Alonso… Te digo la verdad, yo tenía ganas de conversar contigo para conocerte un poco más. Creo que eres una persona muy interesante.

—¿Interesante? ¿Por qué lo dices? Apenas y hemos conversado. No sabes de dónde vengo ni a qué me dedico.

—Mi intuición nunca falla.

Su intuición quería algo, pero mis ganas de bailar querían bachata.

—Mira… Entramos, nos tomamos un mojito, si no te gusta el lugar nos salimos y vamos a donde tú quieras. ¿Te parece?

Joseph y yo miramos hacia el interior, toda la gente bailaba muy pegada en la pista.

—Es que…, Alonso, yo no sé bailar.

—¿Eso es todo? ¡Para eso estoy yo! ¡Vamos!

Me acerqué a la puerta donde un joven nos brindó el acceso a ambos. Con tan solo poner un pie dentro sentí la sabrosa vibra latina con todo y su picor saliendo de las bocinas en forma de letra y música: ♪Procura coquetearme más, y no reparo de lo que te haré♪

—♪¡Procura ser parte de mí!♪ —canté—, ♪y te aseguro de me hundo en tiiiii♪

—*What?* —gritó Joseph mientras caminábamos entre la gente.

—♪Es un dilema del que tú ni yo podemos escapar♪ —seguía cantando mientras mis pies se movían libres sobre la pista de baile.

Rodeados de otros bailarines que disfrutaban la música, Joseph me miraba bailar. Él volteaba para todos los lados como si le diera vergüenza que alguien nos estuviera juzgando por armar show en la pista. Me acerqué a su oído:

—Aquí a la persona que no baila, ¡la sacan! —mentí.

Joseph empezó a mover sus arrítmicos hombros y daba pasitos de izquierda a derecha sobre el mismo sitio. Comenzó a soltarse, a disfrutarlo, ahora sonreía y pretendía conocer las canciones moviendo la boca sin formar ninguna oración. Me pisó en más de una ocasión cuando sus zapatos por fin se desclavaron del suelo, también pisó a la pareja que bailaba a nuestro lado. Cuando vi que su técnica no mejoraba lo acerqué conmigo al área de bebidas. Joseph ordenó dos mojitos al llegar a la barra, casi nos bebimos el primero de un solo trago, al poco tiempo pedimos el segundo. Ambos sudábamos como si hubiéramos hecho una clase de spinning por más de cuarenta minutos.

—Nunca había venido a un lugar latino antes, me está gustando más de lo que esperaba —dijo Joseph con la bebida en su mano.

—¿En serio? Este lugar me encanta porque tiene súper buenas *vibes* latinas. Se unen géneros y sobre todo culturas: cubanas, dominicanas, colombianas y más. Yo siempre que puedo invito a mis amigos a venir.

—¿Entonces somos eso?

—¿Qué cosa? —pregunté dando un sorbo al mojito de fresa.

—Amigos. ¿Somos amigos?

—¡Claro! Por eso vinimos aquí, Joseph.

Los dos terminamos nuestra bebida y regresamos a bailar un poco más antes de que Joseph preguntara si podíamos irnos. Accedí sonriendo y me adelanté a la puerta. Joseph se quedó atrás cuando salí hacia la calle, lo esperé unos minutos hasta que por fin salió del bar sosteniendo dos vasos de plástico, un mojito para cada uno.

Anduvimos por las calles de Gracia muy despacio con nuestras bebidas en la mano sin dirección alguna. La noche y el camino eran largos, lo suficiente para hablar de nuestro pasado, presente y futuro. A qué nos dedicábamos antes: yo, publicista; Joseph, periodista. Qué hacíamos ahora: yo, trabajar de publicista; Joseph, empleado de centros clínicos internacionales. Qué esperábamos del futuro: yo, no sabía; él, me lo contaría en nuestro segundo encuentro.

Sin buscarlo llegamos hasta el local de Joseph. El portón de metal estaba corrido hacia abajo como lo habíamos dejado. Del bolsillo de su pantalón negro Joseph sacó un papel, era un ticket de transporte con varios viajes de sobra.

—Toma —me lo entregó—. Es para que puedas tomar el autobús nocturno de regreso a casa.

—¡No te apures! —le dije—. Me puedo ir caminando. El camino es largo pero no haré más de cincuenta minutos.

—¡Llévatelo! —insistió—. Tus pies te lo van a agradecer después de bailar tanto.

Tenía razón, comenzaba a sentir ardor y cansancio en las plantas. Agarré el ticket y lo guardé en mi bolsillo.

—Antes de irte…, Alonso… ¿Podrías darme tu número?

Yo pensé que jamás me lo pediría. Se lo dicté y Joseph lo guardó en los contactos de su celular.

—Te confieso una cosa —dijo Joseph—, no soy creyente de la suerte ni tampoco del destino. Estoy convencido que uno es responsable de forjar su propio camino para obtener lo que quiere. Pero hoy pongo una excepción a mi regla. ALGO nos puso en el camino del otro.

—¿Destino o casualidad? —pregunté dando el último trago a mi bebida.

—¡Qué importa! —dijo agarrando mi cara con ambas manos.

Y en medio de esa calle bajo la luz de los faroles nos despedimos juntando nuestros labios.

Un beso con sabor a mojito.

20
IRREGULARIDADES

Sentados en el sofá de mi apartamento, Marcus colocó su libreta con apuntes sobre la mesita al frente de nosotros.

—Vale, Alonso. Te explico. Joseph llegó a España hace poco más de tres años para trabajar en un proyecto de expansión de la empresa Patskin, hacer crecer la empresa a nivel internacional. El proyecto se inició hace ocho años con la apertura del primer centro en Madrid y continuó así hasta abrir la segunda sucursal en esa misma ciudad, esto para abastecer la exigente y gran demanda que generaba el primer centro clínico ubicado en el centro de Madrid. La apertura del segundo centro clínico fue un proceso relativamente rápido, se tenía la inversión necesaria para reclutar empleados, encontrar un establecimiento con localización prometedora y abastecer el centro clínico con el equipamiento necesario. Una vez que la segunda sucursal quedó en completo funcionamiento, el equipo de Patskin decidió probar suerte en el país vecino y se aventuró a abrir una nueva sucursal en Lisboa, la cual se mantiene en operación atendiendo tratamientos de pacientes y agendando futuras citas a nuevos clientes en Portugal —Marcus cambió de página en su libreta—. Después de la apertura de la sucursal en Lisboa se registra que Joseph regresa a su natal país, Inglaterra, y continúa como empleado de la empresa Patskin en el área administrativa como responsable de la cadena de suministro de las sucursales localizadas en la ciudad de Londres y Manchester. Meses más tarde Joseph es transferido de nuevo al corporativo de Patskin con sede en Madrid para cubrir el mismo puesto de abastecimiento para las dos sucursales de Madrid y la que se encuentra en Lisboa.

Toda esa información ya la sabía, Joseph me la contó varias veces cuando empezamos a salir. Luego Marcus dijo el detalle que hicieron que las cosas se pudieran interesantes:

—Joseph trabajó para Patskin de forma ininterrumpida desde su ingreso al corporativo…, hasta que desapareció un día antes del congreso de la empresa en Edimburgo.

El mismo día que me dejó a mí en Hyde Park; el día que Oliver quedó inconsciente en la habitación 414. Después de ahí no hubo quien localizara a Joseph.

—Entonces… —miré a Marcus—, imagino que alguien te contrató para buscarlo, ¿cierto? —pregunté. Ambos comíamos unos sándwiches de jamón y queso que acababa de preparar.

—No exactamente —dijo Marcus después de tragar un bocado—. Yo fui contratado hace poco más de cinco meses para investigar algunas discrepancias en los movimientos de la empresa en relación a la cadena de suministro de las sucursales en Madrid y Lisboa.

—O sea…, ¿en el área donde trabajaba Joseph?

—¡Eso mismo! —se metió a la boca lo que quedaba de su sándwich.

—Marcus…, tengo que preguntar, quiero que me respondas con la verdad si es que estamos juntos en esto… ¿Para quién trabajas? ¿Quién te contrató?

Marcus dio un sorbo a su vaso con agua.

—A mi oficina ha llamado el Dr. Gordon.

—¿Gordon? O sea, ¿Patrick Gordon? ¿El fundador de los centros clínicos de Patskin?

—El mismo. ¿Lo conoces?

—No en persona. He leído algunos artículos sobre él mientras investigaba un poco más de la empresa cuando Joseph me invitó a formar parte de ella; también investigué un poco sobre él cuando Joseph desapareció. Fuera de eso el Dr. Gordon es un desconocido para mí.

—Entiendo. Te lo confieso entonces: el Dr. Gordon fue quien me contactó gracias a las referencias y mi experiencia de años en este tipo de casos en España.

—¿Qué tipo de casos?

—Yo no me dedico a investigar asesinatos, crímenes de odio, secuestros... Estoy enfocado en casos relacionados a fraudes, estafas, conflictos de interés; temas relacionados a irregularidades financieras, movimientos de mercancías sin registro, filtración de información, y demás. No suelo salirme de esa línea de investigación.

—Espera, dices que, ¿la desaparición de Joseph tiene que ver con un tipo de fraude?

—Todavía no lo tengo claro, aunque tienes que saber esto: hay algo extraño en los movimientos administrativos de la cadena de suministro este último año. No mucho tiempo después de que Joseph se incorporara de lleno en las oficinas de Madrid.

—¿Qué tipo de movimientos?

—Al parecer la compañía facturaba siempre el mismo monto por materiales de laboratorio, mantenimiento y maquinarias que se mandaban a los centros clínicos de Madrid y Lisboa. Pero este año la mayoría de los proveedores cambiaron. Según me dijeron, en la administración se buscaba reducir costos, Joseph se hizo cargo de ello. Se cambió casi toda la cadena de suministro, desde proveedores de materiales quirúrgicos, material desechable sanitario, cremas y productos de cuidado facial, ¡todo! En ese momento parecía estar todo en orden, pero desde su sede en Reino Unido el Dr. Gordon no se fiaba de movimientos ni cambios repentinos en la administración. Para no invalidar la confianza entre él y sus empleados, no perjudicar las operaciones internas, ni meter a autoridades externas sobre flujos de efectivo de la empresa, el Dr. Gordon me contactó para investigar los extraños movimientos y en específico a Joseph.

—¿Qué? ¿Por qué? Digo..., al final Joseph hizo lo

necesario para reducir costos, ¿no es así?

—Sí que lo hizo. El problema era que, así como se redujeron costos, se redujo la cantidad de materiales y productos que llegaban a abastecer los centros clínicos en Madrid y Lisboa. Hubo un pequeño retraso de entregas lo que provocó que se aplazaran citas de pacientes a principios de año. Joseph aseguró que era un retraso "momentáneo" mientras se ajustaba la nueva logística con los nuevos proveedores. Pero a la fecha se registran retrasos de al menos 15% de los materiales y productos pagados.

—¿Y eso es extraño?

—Si la empresa Patskin está invirtiendo de su bolsa para tener esos materiales a tiempo y siguen sin llegar, tú dime: ¿dónde están?

Empezaba a comprender. Marcus continuó.

—Mi trabajo comenzó mudándome de Barcelona a Madrid para investigar a Joseph de cerca. Al principio nada parecía extraño, él asistía a las oficinas de Patskin en horario habitual de lunes a viernes. Aquí va lo interesante, los fines de semana Joseph salía de la ciudad, lo sé porque lo seguí en más de una ocasión hasta la estación Madrid Puerta de Atocha, no pude seguir sus pasos más allá de los puntos de control. Hasta que un jueves por tarde, cuando Joseph salió de las oficinas de Patskin, lo encontré "por sorpresa" en un restaurante en el barrio Castellana de Madrid. Esa noche se reunió con dos mujeres jóvenes, rondaban tu edad, entre treinta y treinta y cinco. Ambas tenían un acento andaluz.

—¿Como el del Gato con Botas de Shrek?

—¿Qué?

—Nada —mi estúpido impulso como siempre interrumpiendo—. Joseph se reunió con dos mujeres, ¿y?

—Se dieron cita en el restaurante, yo me senté a una mesa no muy alejado de ellos, los tres celebraban el inicio de un negocio en la ciudad donde eran originarias, Córdoba. Ya te imaginarás qué negocio abrieron, ¿verdad?

—¿Una nueva sucursal de Patskin?

—Eso creía yo. Cuando terminaron de cenar Joseph se ofreció a pagar la cuenta, las mujeres se despidieron y se retiraron llamándolo: socio. Él se quedó solo en la mesa terminando su bebida, fue ahí que aproveché para preguntarle sobre aquel trato que habían cerrado y del cual yo estaba "interesado". El primer acercamiento debía ser corto y casual sin dejar lugar a la sospecha. Me presenté como un financiador de proyectos en desarrollo y emprendimientos en crecimiento. A Joseph se le iluminaron los ojos al escuchar: financiador. Le pedí que me mandara más información sobre su empresa o proyecto, que podríamos hablar más adelante para agendar una cita. Le pasé mi número personal y me despedí de él —Marcus desvió su mirada hacia un rincón de la sala—. ¿Tienes tequila?

Me acerqué al estante de metal en una esquina del apartamento donde se encontraba una botella de Maestro Doble Diamante. Agarré dos *caballitos* y vertí tequila en ambos. Partí un limón a la mitad y volví a sentarme junto a Marcus. Dimos un pequeño trago al vasito.

Lo que Marcus decía por fin explicaba por qué aparecía su número y su nombre en el celular de Joseph cuando lo encendí por primera vez. Marcus y Joseph habían tenido contacto antes de que yo los conociera.

—¿Te reuniste con Joseph después? —pregunté.

—No. Me dijo que me enviaría la información del negocio por e-mail y que si me interesaba podríamos agendar una cita más adelante porque para ese entonces él se encontraba abriendo otro emprendimiento en Barcelona, motivo por el cual había arreglado papeles en su trabajo para trabajar temporalmente de manera remota. Decidí seguirlo a esta ciudad para comenzar con la investigación. ¡Mejor para mí! He residido aquí casi toda mi vida.

Dimos otro pequeño trago al tequila.

—Cuando llegué a Barcelona lo primero que hice fue localizar dónde se estaría quedando Joseph. No fue difícil.

Gracias al apoyo del Dr. Gordon, el personal de Recursos Humanos de Patskin me facilitó la dirección del apartamento que Joseph alquiló de manera temporal. El mismo en donde tú y yo nos encontramos hace unos días. Es cuando lo vi entrar en acción. Le seguí los pasos por semanas hasta que lo encontré alquilando un local en el Barrio de Gracia.

—Sí. Yo estuve con él ahí la primera noche que lo conocí.

—¿Tuvisteis sexo en el local?

—¡NO! —grité—. ¡Solo estuve ahí!

Ambos nos fundimos en risas. Acabábamos de poner una pizca de alegría sobre la extraña masa de incoherencias que estábamos intentando descifrar. Brindamos por tercera vez y nos terminamos los primeros chupitos de tequila.

—Marcus, ¿desconfiaste de mí desde el principio?

—No te voy a mentir. Tú eras mi siguiente *target*. Es de suponer que cuando alguien planea algo no suele trabajar solo. Por motivos de cercanía, los primeros sospechosos son los compañeros de trabajo, amigos y parejas de los involucrados. Necesitaba conocerte un poco más para averiguar qué se traía Joseph entre manos.

—¿Y qué encontraste?

—Al principio nada, todavía no podía ligar los retrasos y falta de materiales y productos solicitados por Patskin con los movimientos y traslados de Joseph afuera de la empresa. Lo único que sabía era que se hizo socio de dos mujeres de Córdoba y alquiló un local en el barrio de Gracia en Barcelona. Pero luego, ambos fuisteis a Londres y de los dos volvió solamente uno. Tú, Alonso Rodríguez, eras el nuevo objetivo. Aunque no tardé mucho en darme cuenta de que eras igual que los otros: una pieza en el rompecabezas que Joseph armaba. Todo gracias a que Oliver tomó los documentos que necesitábamos para empezar a entender lo que Joseph se tiene entre manos.

—¡¿Y?! ¡¿Qué es?!

—Todavía no lo sé a ciencia cierta. En la información que

Joseph me compartió acerca del negocio dijo que Patskin estaba abriendo franquicias por toda España. Lo que necesitamos ahora es recolectar pruebas para corroborar cuál es el truco en el negocio que está emprendiendo Joseph.

—¿Y cómo las conseguimos? ¿Hay alguien más investigando este caso?

—Mientras no haya afectados por las acciones de Joseph nadie se mete en la investigación, ni siquiera Patskin como empresa está poniendo las manos todavía, así evitan envolverse en un problema mediático, soy el único involucrado aquí en España por parte del Dr. Gordon. En Reino Unido ya se están tomando medidas legales para prevenir cualquier problema, están intentando localizar a Joseph. Por eso me enteré de inmediato sobre lo que pasó con Oliver, él fue la última persona que vio a Joseph antes de desaparecer. Él era una pieza clave en los involucrados.

—¡Oliver! —grité—. Oliver salió afectado, ¿no es una prueba para darnos cuenta que algo está mal y recibir apoyo de las autoridades?

—Oliver fue encontrado en su casa a las afueras de Londres, en otro país a kilómetros de aquí. Investigar la causa de la muerte y el responsable es trabajo de las autoridades de Reino Unido; ahora, ligar su muerte con un caso que se desarrolla aquí en España sin las pruebas necesarias es prácticamente imposible.

Serví más tequila en nuestros vasitos.

—Pero Marcus, ¿por qué no encararon a Joseph desde un principio? Si el Dr. Gordon tenía las sospechas de que algo iba mal, ¿por qué no confrontarlo para que confesara? Se habrían ahorrado mucho tiempo y..., y Oliver..., ya sabes..., podría seguir siendo Oliver.

—No lo hicimos para evitar justo lo que Joseph está haciendo ahora: escapar y ocultarse. Sin pruebas contundentes que lo delataran por desviar recursos de la empresa para sus propios intereses, no se le podía dar un despido justificado y nos arriesgábamos a que huyera con los bienes robados, que aún no tenemos certeza dónde se encuentran. Necesitábamos tenerlo bajo lupa. Y con respecto a Oliver..., todavía no podemos asegurar que Joseph estuvo involucrado en eso. Así que es tarea de nosotros dos saber qué hay detrás de todo este lío.

Ambos nos mantuvimos pensativos por un momento.

—Bien... —dije antes de beberme el *shot* de un trago—. ¿Por dónde comenzamos?

Marcus también se bebió su tequila.

—Según los documentos que Oliver trajo aquí a tu apartamento hace días, Joseph también está alquilando un local en la ciudad de Valencia y tiene contratos de trabajo con otras personas. ¿Te apetece hacer un viaje exprés y conocer quién está a cargo del local?

—¿Por qué mejor no llamamos por teléfono al establecimiento y hacemos las preguntas que queramos?

—Hoy en día nadie atiende a extraños al teléfono por más de dos minutos, es mejor ir y verlo con nuestros propios ojos para sacarnos de dudas. Por tu propia seguridad no me gustaría dejarte solo aquí después de lo que ha pasado con Oliver.

El pensar que alguien pudiera entrar a mi apartamento (otra vez) me erizó la piel.

—¿Cuándo podemos irnos? —pregunté.

—Si quieres, ¡hoy mismo!

21

VALENCIA

Iba en el asiento copiloto del auto de Marcus, él conducía por la carretera de Barcelona a Valencia. Los nervios me recorrían el cuerpo no solo por el inesperado viaje sino por la alta velocidad a la que íbamos. Marcus quería llegar a Valencia ese mismo día antes del anochecer para encontrar el negocio abierto en sus horas laborales. El sol del atardecer descendiendo en el despejado cielo nos golpeaba cada vez más en los rostros. Sobre el asiento trasero estaba mi mochila de viaje con un neceser que armé de forma exprés y un cambio de ropa por si regresábamos al siguiente día. No buscamos ni reservamos un hotel antes de salir de mi apartamento, acordamos que buscaríamos un alojamiento cuando llegáramos a la ciudad o bien regresaríamos esa misma noche a Barcelona.

Sobre mis piernas llevaba mi libreta abierta de textos personales que no comparto con nadie. Una pluma de tinta negra bailaba entre mis dedos. Yo era el único en el auto que podía escuchar los susurros de las hojas en blanco repitiendo el mismo nombre: Joseph… Joseph… Joseph. Fue tanta su insistencia que comencé a escribirlo por encima del papel y sin orden:

Joseph   *Joseph*   *Joseph*
     Joseph
   Joseph   *Joseph*
Joseph   *Joseph*   *Joseph Joseph*
    Joseph
Joseph   *Joseph*   *Joseph*
     Joseph   *Joseph*

Él era el responsable de que yo estuviera metido en un auto rumbo a otra ciudad para resolver su pinche misterio. Seguí inmortalizando su nombre con tinta negra hasta que en el papel solo quedó un pequeño espacio en blanco en la esquina inferior derecha. Di punto final con la frase:

> *Escribí tu nombre hasta*
> *que la hoja se congeló por*
> *el frío de tu indiferencia.*

Sentí un calambre en los dedos como si mi mano se hubiera congelado también. Solté la pluma, cayó entre el borde de mi asiento y la puerta del copiloto, traté de rescatarla metiendo mi mano por debajo del asiento, mis dedos sentían el tubito de plástico de la pluma pero me era imposible rescatarla entre los fierros del asiento donde se ocultaba.

—¿Qué buscas? —preguntó Marcus girando un poco la cabeza para verme.

—Mi pluma —contesté con la cabeza pegada al cristal de la ventana—, se cayó y estoy tratando de conseguirla.

—¿Por qué no escribes tu notas del trabajo en el celular como la mayoría de los jóvenes?

Me cansé de buscarla. Recargué mi espalda en el asiento. Cerré mi libreta y la puse dentro de la guantera frente a mí.

—No son apuntes para el trabajo, son textos personales. Los escribo cuando estoy pasando por un momento bajo o cuando mis niveles de estrés o depresión están al límite.

—¿Así te sientes ahora?

—Marcus… Vamos rumbo a Valencia sin puta idea de qué vamos a encontrar al llegar. Prácticamente estoy escapando de mi apartamento para salvar mi vida. Si no se me hubiera caído la pluma por debajo del asiento estaría frenético escribiendo sin parar hasta terminar una primera novela.

—*OK.* Mejor hablemos de otra cosa para aligerar el viaje.

¿Has visto la serie Juego de Tronos?

Las casi cuatro horas de camino se me hicieron cortas gracias a las conversaciones con Marcus sobre series, música y películas. Hicimos una parada rápida para ir al baño y comer. En el último tramo del camino me la pasé leyendo los primeros capítulos de un libro recomendado por el Reese's Book Club: *Lo último que me dijo* de Laura Dave. El título me puso a pensar: "¿Qué fue lo último que me dijo Joseph? Ah, sí…: ¡NO ME BUSQUES". Y en cambio ahí estaba yo haciendo lo opuesto. Cerré mi libro cuando vi que entrábamos en el tráfico de la ciudad.

Marcus conducía entre las calles del centro de Valencia como un chofer principiante de Uber, fiándose que el GPS en su teléfono nos llevaría por la mejor ruta hacia el destino final. La voz del aparatado dijo que en trescientos metros giráramos a la derecha y llegaríamos nuestro destino. Marcus decidió aparcar en un estacionamiento que apareció a mitad de una calle, una casa colonial con el garaje abierto y un letrero en la pared con los precios de estancia por auto. Marcus se acomodó en un espacio demasiado estrecho entre otros dos autos. Según el tablero del auto la hora de nuestra llegada fue: 17:46. Caminamos a la salida del estacionamiento hacia las calles de Valencia siguiendo la ruta final que indicaba el GPS del celular de Marcus. En el corto paseo me dediqué a observar las pintorescas calles del centro de Valencia.

—Calle del Conde de Altea —dijo Marcus mirando el letrero en una esquina—. Esta es la calle del establecimiento solo falta encontrar el número.

—*OK*. ¿Cuál es el número que buscamos? Oh…, mira —apunté a un local en la planta baja de un edificio cruzando la calle frente a nosotros.

Ambos miramos un pequeño establecimiento con aparador y puerta de vidrio. Sobre el cristal del aparador con letras de vinilo adhesivo estaba tatuado el nombre del negocio: *PS – Tratamientos Estéticos.* Debajo del nombre aparecían los diferentes servicios de depilación láser que ofrecían junto con sus precios. Nos acercamos para ver más de cerca el interior del establecimiento, pudimos ver a una mujer detrás de un escritorio mirando la pantalla de una computadora.

—*PS*, ¿se refiere a Pat-Skin? —pregunté—. Así como el nombre original de la empresa.

—No lo sé —respondió Marcus sin quitar la vista del establecimiento—. ¿Has visto fotos de los centros clínicos que tiene Patskin en todo Reino Unido, Madrid y Lisboa?

—Sí. Son enormes. Además tienen muchos más servicios. Se venden como centros que ofrecen medicina estética corporal y facial, tratamientos y diagnósticos personalizados para cada paciente, e incluso cuentan con su propia boutique de productos destacados. A simple vista y basándome en la información del cristal, este negocio ofrece únicamente depilación laser.

La mujer en el interior levantó la mirada.

—Ya nos vio —dije—. ¿Qué hacemos?

—Improvisar —Marcus empujó la puerta de cristal con el brazo y entró en el local.

Sentí cómo mis manos comenzaron a sudar. Giré mi cuerpo hacia la calle dando la espalda al establecimiento. Respiré, conté hasta diez y di la media vuelta para alcanzar a Marcus. Lo encontré presentándose con la mujer de la recepción, una mujer rubia de cara lavada que a mi parecer pasaba de los cincuenta. Me puse frente a ella mientras Marcus continuaba con nuestra presentación.

—Mira, él es mi compañero… ¡Oliver! —dijo Marcus apuntándome, ¿no se le pudo ocurrir otro nombre? ¡Por respeto al difunto!—. Yo soy Patrick —continuó—, trabajamos con Joseph en la cadena de suministro.

—¡Por fin! ¡Ya era hora! —gritó la mujer levantándose de su asiento—. ¡Joder! Llevo dos semanas intentando comunicarme con Joseph o con alguno de sus socios. ¡No podemos seguir trabajando así! Nos hemos metido en decenas de problemas con pacientes por falta de materiales. Ya se acerca el final de mes y estamos a nada de generar pérdidas. Y nos estamos quedando sin recursos para pagar sueldos.

—Comprendemos la situación, estamos trabajando en ello —Marcus sacó su libreta y un lápiz para apuntar—. ¿Qué es lo que les falta exactamente?

—¡Qué no falta, señor! —gritó ella—. Los suministros llegan muy contados. No se nos dan extras para mantenerlos como inventario en almacén a pesar de que ya hemos pagado por ellos. ¡Tenemos que hacer maravillas con lo que tenemos!

—Explica eso de "maravillas" —dijo Marcus.

La mujer miró hacia el exterior como si se asegurara que nadie fuera a entrar y bajó el tono de voz.

—No podemos dejar de atender a pacientes que ya tienen pactada una cita, sobre todo porque ya pagaron por adelantado todo el tratamiento de depilación. Me da vergüenza decirlo pero tengo que hacerlo para que nos entiendan… Hemos reutilizado el gel de aloe para tratamientos después de aplicarlo en la piel de los pacientes, nos hemos visto en la necesidad de recolectarlo sin que ellos lo noten y meterlo de vuelta en los envases, eso lo hacemos para tener reservas y atender a los otros pacientes que llegan en las siguientes sesiones.

Creí que esa imagen sería la más desagradable e insalubre de la conversación…, me equivoqué.

—También dejaron de mandar la ropa interior para mujeres que se depilan el área de bikini, las que son desechables… Hemos tenido que reciclar algunas porque no tenemos suministros, la mayoría de las clientas no quieren realizarse el tratamiento si no tienen algo con qué cubrir sus partes íntimas. Sé que estamos mal, pero intentamos sostener este negocio con lo que tenemos. No podemos darnos el lujo de perder dinero.

—¿Por qué no compran más materiales por su cuenta? —

pregunté—. ¿Por qué esperar a que Joseph o su equipo se los de?

—¡¿Con qué dinero, nene?! —me gritó la mujer—. ¡Joseph no nos ha mandado nada! Tenemos que pagar el alquiler del local y tengo sueldos pendientes de las chicas que trabajan aquí. He puesto de mi propio sueldo para estirar lo más que puedo la deuda pero no me va alcanzar para sobrevivir al final del mes. Tuve que anunciar a mis empleadas que comenzarían a retrasarse los pagos. ¡Necesito que Joseph de la cara! Que cumpla con los acuerdos que pactamos y se ponga al día con los pagos, ¡hoy mismo! Si no lo hace voy a tener que llamar a las autoridades para que vengan aquí y os obliguen a vosotros dos a cumplir.

—Vale, no compliquemos las cosas. ¿Cuál es su nombre? —preguntó Marcus.

—Leticia.

—Vale, Leticia. ¿Podemos sentarnos un momento? —Marcus apuntó a la pequeña sala de espera a nuestro lado.

Los tres nos colocamos en los asientos alrededor de una mesa con revistas.

—¿Cómo empezó a formar este negocio? —preguntó Marcus—. ¿Qué acuerdos eran los que tenía con Joseph?

No sé si fue la desesperación por encontrar una solución o solo quería ser escuchada, pero Leticia se abrió con ambos diciéndonos todo acerca de su relación laboral con Joseph. Se conocieron hace poco más de diez meses en un simposio para negocios emprendedores en la Ciudad de las Artes y las Ciencias, ahí en la ciudad de Valencia. Leticia y su hermano estaban iniciando un negocio de venta de cremas para el cuidado de la piel, eran productos orgánicos que ambos comenzaron a comercializar en línea aunque con muy pocas ventas por la falta de inversión y falta de conocimiento del mercado. Fue en la comida de *networking* organizada por el simposio cuando Joseph se acerco a ellos para escuchar acerca de su proyecto y él compartirles el suyo: centros clínicos bla, bla, bla, bla, la misma mierda que repetía Joseph siempre. Leticia y su hermano vieron una fabulosa oportunidad de crecimiento porque con un establecimiento propio venderían sus cremas directo al consumidor final y brindarían otros tipos de servicios con respecto al cuidado de la piel. Un ganar-ganar para ambas partes. Joseph se encargaría de montar el establecimiento con el equipo, maquinaria y los suministros necesarios, mientras que Leticia y su hermano deberían de dar una inversión inicial de 10,000 € cada uno, así Joseph aseguraría la renta del local por los primeros meses antes de recibir visitas. Una vez establecido el negocio se acordó que todos los tratamientos de los pacientes se cobrarían por adelantado, asegurando así sus sesiones futuras sin cobros extras. El dinero de cada tratamiento llegaba a Joseph de forma directa, él administraba los gastos relacionados con: pagos de renta de piso, sueldo a empleados (incluyendo a Leticia y su hermano) y abastecimiento del inventario necesario para adecuada operación del local. Leticia junto con su hermano se encargarían de la atención a pacientes en la sucursal, agendar citas y hacer el cobro total de los tratamientos. Los hermanos jamás esperaron que el dinero que los abastecía para seguir laborando desaparecería sin previo aviso.

—Estamos con el agua al cuello con las deudas que no paran de acumularse. No tenemos comunicación con Jospeh, ha dejado de responder nuestros e-mails y su número de teléfono está fuera de servicio. Os lo repito, si no me ayudáis voy a verme obligada a llamar a la policía. Os tenemos grabados a los dos con nuestras cámaras de seguridad internas. No os vais a escapar de aquí.

—Leticia, nada nos gustaría más que ayudarte y sacarte de sus problemas con tan solo tronar los dedos —le dijo Marcus—, pero esto será un proceso largo.

—¿Un proceso largo? ¡¿De qué hablas?! ¡Necesitamos el dinero ya!

—Empezaré por presentarme como es debido…, mi nombre es Marcus Madrigal y soy detective privado. Ni mi compañero ni yo trabajamos con Joseph en la cadena de suministro de los centros clínicos.

—¡Joder! —gritó Leticia pegando un brinco de su asiento—. No me jodáis más por favor. ¿Sois de la policía? ¿Las empleadas me están demandando? Por favor, entended que no he pagado a mis empleados por todo lo que les acabo de contar. ¡Ayudadme, por favor! No soy ninguna estafadora.

—Tranquila, Leticia, tranquila —dijo Marcus levantándose junto a ella—. No hemos venido aquí a juzgarte, estamos tras la pista de Joseph Vanderpump, que lleva desaparecido más de dos semanas... Leticia, para ayudarte necesitamos que tú nos ayudes a nosotros. ¿Tienes algún contrato o documento que dé fe y legalidad de lo que Joseph se comprometió a ofrecer?

—¡Y tanto que lo tengo!

Leticia caminó hacia el pasillo a un lado de la mesa de recepción. Marcus y yo nos quedamos solos en la salita de espera.

—¿Fue buena idea decir quién eres? —susurré a Marcus—. No sabemos si lo que nos dice es verdad, ella podría estar detrás de toda la mierda de Joseph.

—Muy buena intuición, Alonso. Aunque lo importante ahora es acercarnos lo más que podamos a Joseph, después de ahí las cosas caerán por su propio peso. A mi parecer, lo que Joseph creó aquí con Leticia y su hermano es lo mismo que hizo con las mujeres de Córdoba; y presiento que era lo mismo que quería hacer con Oliver y contigo.

—Te refieres a, ¿abrir una nueva sucursal?

—Peor..., convertirlos en un eslabón más de su cadena.

22

JOSEPH

Tres meses antes

Comencé la carrera, cinco kilómetros de terracería a los pies del Parque Natural de Collserola. Un camino plano que similar a una serpiente avanza en ondas por la orilla de la montaña. Bajo los precipicios a mi izquierda la ciudad de Barcelona se extendía por kilómetros y kilómetros hasta encontrarse con el mar azul. El naranja del atardecer predominaba en el cielo. El calor y la sombra de los árboles de la orilla en el bosque eran mi compañía durante el trayecto. Mi respiración se aceleró a los quince minutos de trote constante. No me detuve. Nunca he parado cuando de llegar a mi meta se trata. Cinco kilómetros. En los auriculares se reproducía mi lista de reproducción dedicada a Jesse & Joy y entre jadeos cantaba: ♪si tú te vas y yo me voy, ¿con quién se queda el perro?♪ El volumen moderado de los audífonos me permitía escuchar el golpeteo del viento contra las ramas de los árboles, los timbres de las bicicletas avisando su paso, conversaciones sin contexto de personas yendo y viniendo por el camino. El ruido natural cambiaba en cada nuevo kilómetro, salvo un sonido que se mantenía constante. Retiré el auricular de un oído y lo escuché con más claridad, pasos acelerados se iban acercando por detrás. Mantuve el ritmo y la mirada hacia enfrente mientras me hacia a un lado dejando el camino libre al corredor que iba apresurado. No se me adelantó, su andar seguía tras de mí, en el suelo podía ver su sombra proyectada cerca de la mía. Sus pisadas me desesperaron tanto que sentí una incómoda presión por alejarme. Coloqué mi auricular de vuelta en mi oído y aceleré el paso. Trotaba por el camino terroso ahora con la respiración medio cortada, sudando de la cabeza a los pies. Puse atención, los pasos tras de mí seguían acechándome cada vez más y más cerca, los sentía pisándome los talones. Volteé sobre mi hombro izquierdo cuando el corredor se emparejó a mi lado izquierdo. Lo primero que vi fue la frente despejada de Joseph por su cabello colocado hacia atrás por el viento y su velocidad. Me sonrió al verme y pasó de largo dejándome atrás. Sus largas piernas bajo *short* negro avanzaban rápido por la vereda; sus tonificados brazos, expuestos por su playera sin mangas se movían con el ritmo acelerado de su andar. Comencé a desacelerar mi trote cuando a lo lejos lo vi por fin parar. Se detuvo en la punta de un mirador con una vista de 180 grados de Barcelona. Caminé hacia él. Joseph realizaba estiramientos de piernas y brazos, su blanca piel estaba roja de calor y cansancio. Me sonrió al verme.

—Pensé que serías más rápido —dijo Joseph poniéndose de cuclillas para estirar los músculos de sus piernas.

—¡Me agarraste desprevenido! Cuando te dije que vendría a correr por mi ruta habitual jamás pensé que te vería aquí.

—Siempre que algo se relacione con el ejercicio o con el trabajo yo estaré presente —dijo levantándose—. Nunca había venido a este lugar. ¡Las vistas son impresionantes! Yo siempre voy a correr a orillas de la playa.

—Bueno llevas poco aquí en Barcelona, es normal que quieras estar junto al mar.

Nos acercamos al borde del camino para sentamos sobre la tierra, con los pies casi colgando montaña abajo. Admiramos el atardecer mientras nuestros cuerpos se enfriaban y recuperábamos la energía desbordada.

—¿Qué tal el trabajo? —pregunté—. ¿Sigues acondicionando el espacio en el barrio de Gracia?

—Voy lento. Durante el día tengo que estar conectado

para estar en reuniones con todos mis compañeros de la empresa. Las sucursales en Madrid y Lisboa tienen mucha demanda y se genera mucho tráfico de pacientes, eso retrasa el otro proyecto.

—Oye, quería preguntarte. ¿Qué haces en tu trabajo exactamente?

—Un poco de todo. En resumen, mi equipo y yo tenemos que estar al día con los requerimientos de cada una de las sucursales en Madrid y Lisboa manteniendo los estándares de calidad en cada uno de los centros, además de atender las tiendas boutique que hay dentro de ellos. Se mueve mucho dinero en venta de productos, me atrevo a decir que en España y Portugal representa el 30% de las utilidades de Patskin. Por eso solo dedico las tardes al proyecto de expansión.

—¿Estás tú solo en eso? Me refiero al proyecto de expansión.

—Por el momento sí.

—¿Por qué? No hay nadie en el equipo que te apoye en eso.

—Pues… sí, hay uno que otro compañero que me ayuda en ocasiones.

Joseph se quedó mirando la ciudad en silencio. Yo lo miré a él, su cabello rubio ondulado, su alargado rostro sin barba, su nariz medio alargada, las arruguitas a un lado de sus ojos. A mí me encantaba.

—*You know*, Alonso. A veces uno debe demostrar de lo que está hecho y seguir adelante con su plan de vida, aunque nadie confíe en ti —dijo Joseph—. Tengo este proyecto en la cabeza desde hace años, confío en él. Desde pequeño quería hacer algo similar, pero cada oportunidad me la han ido arrebatando de las manos. Espero el día en donde la gente se arrepienta por no haberme dado su confianza… Y espero también que tú no seas uno de ellos —dijo sonriéndome.

—Yo te deseo todo el éxito —dije para no involucrarme

en la conversación de su negocio.

Saqué mi celular de la *cangurera* ajustada sobre mi abdomen. Miré la lista de mensajes sin leer en mi WhatsApp, Tim me recordó su fiesta de cumpleaños, el evento se llevaría a cabo ese mismo día en el *rooftop* de un edificio que rentó por internet en donde su atractivo principal era su cercana vista hacia la Basílica de la Sagrada Familia.

—Joseph, ¿puedes ver la Sagrada Familia desde aquí?

Él entrecerró los ojos y la buscó desde lo alto. No tardó, las torres de la Basílica destacaban entre los edificios de la ciudad.

—Es enorme. ¿sabes que no he ido a visitarla? —dijo él—. El trabajo me consume la semana.

—¡Pues estás de suerte! Porque hoy la verás de cerca.

Bajamos la montaña por una de sus veredas hasta pisar el asfalto de la primera calle que se puso en el camino. Estaba medio oscurecido cuando llegamos a la calle Atenas donde se encontraba el edificio de mi apartamento. Al entrar nos despojamos de las prendas sudadas…, más no dejamos de transpirar. Nuestros cuerpos jadeantes se unieron en mi habitación.

Los labios de Joseph me recorrían el cuello. Húmedos besos sin emoción como si me acariciara la piel con un hielo que se derrite al contacto con la piel. Nuestras bocas se encontraron y probé el sabor dulce de su lengua; eso era su boca, un dulce que me gustaba probar pero que botaría al irse su sabor. Se colocó sobre mí y nuestras miradas se encontraron; no había nada en sus ojos, creo que tampoco había nada en los míos. No transmitíamos nada. Éramos dos cuerpos dándose placer el uno al otro. Sé que ambos lo sabíamos, pero no decíamos nada. La calentura entre él y yo se sentía tan bien que separarse era imposible; su cuerpo era azúcar que no podría dejar de tragar. Me colocó de espaldas, mi pecho sobre el colchón, acarició mi culo desnudo con su erección. Frotó la cabeza de su pene sobre mi orificio intentando entrar sin ejercer mucha presión mientras se daba placer a sí mismo. Sus ganas se corrieron antes de penetrar. Sentí el calor de su viscosidad caer sobre mis glúteos. Me giré para verlo de frente. La sábana me limpió los restos de Joseph bajo mi espalda. Joseph se recostó a mi lado y se quedó mirando como me daba placer por mi cuenta hasta acabar.

Lo invité a que juntos entráramos en la regadera, una invitación de la que me arrepentí al sentir el agua helada sobre mi piel porque Joseph no toleraba el calor en su cuerpo al ducharse. Limpiamos el sudor y otras secreciones sobre nuestros cuerpos. De vuelta en la habitación, le presté a Joseph algunas de mis prendas para asistir al evento de Tim. Cogió unos pantalones de vestir y calcetines cafés, una camisa blanca de manga larga. La ropa le quedaba un poco corta y ajustada por ser un pelín más alto que yo; quería prestarle unos zapatos formales pero casi nadie tiene pies tan pequeños como los míos, así que se puso de nuevo sus tenis negros deportivos marca Nike.

—Parezco una broma —se dijo mirándose en el espejo de la habitación—, nunca uso ropa formal con tenis deportivos. No es lo propio.

—¡No pasa nada! Con mis amigos nadie se fija en eso.

—Yo sí me fijo. Yo veo cada detalle de las personas antes de relacionarme con ellas.

—¿En serio?

—Claro, ¿por qué crees que salgo contigo?

—No lo sé... Tú dime, Joseph.

Se miró una vez más en el espejo sin responder.

—*OK*, una noche llevando esta ropa no me hará daño —dijo agarrando su celular y cartera de la mesita de noche—. Vamos y terminemos rápido con esto.

Horas después tenía en la boca el amargo sabor de un barato y pésimo Gin-Tonic que me mareó en los primeros tragos, dejé la copa sobre una de las barras de bebidas en la terraza, pero ese no fue el único disgusto de aquella noche. Tim estaba a mi lado bebiendo una cerveza directo de la botella, Willem se encontraba frente a nosotros abriendo una botella de vino blanco. Los tres nos sentamos a orillas de la terraza con nuestras bebidas en mano, la Basílica de la Sagrada Familia resplandecía entre la noche y ante nosotros por los reflectores de cálida luz que la iluminaban. De los veinticinco invitados a la reunión quedábamos solo nosotros tres… Todo por culpa de Joseph.

—Tim, *I'm sorry* —dije—. En verdad, lo siento. No pensé que Joseph iba a comportarse así. Llevó saliendo con él un mes, creí que era tiempo y buena idea traerlo aquí para que lo conocieran. Es claro que me equivoqué.

—*Don't you worry*, Alonso —Tim me calmó—. Nos queda menos de una hora para que se acabe el tiempo de la renta. Su comportamiento sirvió para que desalojáramos con tiempo a los invitados antes de que nos cobraran tiempo extra.

—¡No! No lo justifiques —se metió Willem—. Joseph cortó la música a mitad de mi presentación de *Crazy in Love*. Beyonce estaría enfurecida si supiera lo que pasó.

—Sí, pero Joseph tenía razón —dijo Tim—. Estábamos haciendo mucho ruido con la música y el karaoke. Era cuestión de tiempo para que un vecino se quejara y llamara a la policía. Es casi la una de la madrugada.

—Sí, Tim eso lo entiendo —hablé—. Pero no te paras y cortas en seco la música. Lo normal sería bajar el volumen y decir a todos que bajen la voz. ¡Qué hueva que por su pinche imprudencia se hayan ido todos!

—Tampoco te sientas tan mal, Alonso —dijo Tim—. Muchos de mis amigos se van a levantar temprano para correr el maratón de Barcelona. Otros tienen mascotas en casa que deben sacar a pasear y al *pipí*… Ahora que lo pienso…, los treintas son muy raros, aun sin tener hijos nos llenamos de responsabilidades.

—En fin. Esto debo recompensártelo —dije dándole un trago al vino de Willem—. La noche todavía es larga. ¿Qué tantas ganas tienen de seguir la fiesta en otra parte?

—¡Yo me apunto! —contestó Willem.

—*OK.* Terminemos esta botella y luego vayamos a perdernos por la ciudad. Tan perdidos que Joseph no pueda encontrarnos.

—No creo que Joseph nos busque porque es claro que no le gusta salir —dijo Willem.

—Y le tiene miedo a la policía—dijo Tim.

Y sí… Ambos tenían razón.

23
LA CADENA

Saldríamos de regreso a Barcelona en una hora.

Marcus se encontraba en la regadera de la habitación donde nos hospedamos por una noche, después de nuestra visita exprés al centro de depilación de Leticia. Me senté sobre el sofá donde dormí con la cobija todavía cubriéndome las piernas. La cama matrimonial donde durmió Marcus ya estaba tendida y hecha. "A la espalda más joven le toca dormir en el sofá", dijo Marcus al entrar en la habitación. No se lo negué. Marcus condujo toda la tarde en carretera, lidió con el problema de Leticia y me regresaría de nuevo a Barcelona. Marcus necesitaba un buen descanso de todos nosotros.

El día anterior Leticia nos proporcionó el documento con todos los acuerdos que ella y su hermano pactaron y firmaron con Joseph, acerca de cómo trabajarían y se desarrollaría el *business*. Después de que Marcus miró los papeles preguntó a Leticia sobre el tipo de negocio que era su clínica de depilación laser, ella estaba convencida que era una nueva franquicia perteneciente a Patskin. Una sucursal que ofrecía servicios especializados en una de las áreas de la empresa, en su caso depilación. Marcus tomó el papel y dio sus datos personales a Leticia, le recomendó contactar a un abogado a la brevedad y ponerlo al día de su situación. Marcus estaría en comunicación con ella para darle seguimiento a la investigación. Después de ahí nos fuimos a buscar el hotel.

Yo no iba a bañarme, no me tocaba lavarme el cabello…, y era domingo. Es inevitable no bañarse los domingos. Me acerqué a la mesa circular en una esquina de la habitación donde tenía mi mochila de viaje y el neceser. Saqué prendas limpias y me cambié en medio de la habitación. Rocié un poco de loción sobre mi ropa y esperé sentado en la cama a que Marcus desocupara el baño para lavarme la cara. Salió con su mismo pantalón café y una playera interior blanca sin mangas; secaba su corto cabello café/rojizo con una toalla. Marcus se sentó del otro lado de la cama para calzarse. Entré en el baño con el neceser en mano, miré en el espejo mi brillante rostro por la grasa acumulada, me lavé bien y apliqué mi crema facial. Afuera Marcus hablaba por teléfono, en su conversación privada escuché que le decía a alguien: vuelvo pronto, te extraño, te quiero, y chao. Me encontré con él de nuevo en la habitación, él se abrochaba el último botón de su camisa.

—Llevamos tanto tiempo juntos hablando sobre mi ex que no hemos hablado de ti, Marcus. ¡No sabía que tenías pareja! —dije guardando todas mis cosas en la mochila de viaje—. ¿Cómo se llama?

—¿Ahora tú también juegas al detective?

—Chismoso…, soy chismoso. Así que cuéntame todo, ¡con detalles!

Marcus me miró muy serio mientras se acomodaba las mangas de la camisa y se ajustaba su cinturón por debajo de su barriga.

—Se llama Rafa, es Capricornio, nacido en Zaragoza. Nos conocimos hace veinte años en un foro de internet para los clubs de fans de Madonna, posiblemente seas muy joven para saberlo, pero hace años los foros eran como nuestras redes sociales.

—¡Awww! Qué bonito. Sí. Sí me tocó hablar por foros de internet, pero no tanto. ¿Contactaron por mensajes directos?

—En nuestro club se organizaban eventos y reuniones en puntos públicos de las ciudades, principalmente en Madrid que era donde la mayoría de los fans se concentraban. Yo tendría veintiún años cuando viajé por mi cuenta a Madrid para encontrarme con el grupo de fans en el Parque de El Retiro. Ahí conocí a Rafa, no nos hemos separado desde entonces.

—Awww, ¡qué bonito, Marcus! ¿Y están viviendo juntos?

—Sí. Vivimos en Barcelona con nuestra bebé Tona, una perrita que adoptamos hace dos años.

—¿Y llevan juntos veinte años? Tienes que darme clases o compartirme el secreto de su relación.

—No hay secreto como tal. Lo que me funciona es poner las cosas en una balanza, pesar lo positivo de estar juntos contra lo negativo. Si la balanza se carga al lado positivo significa que vale la pena corregir lo poco negativo, pero si es lo contrario sería tiempo de considerar terminar, no se puede vivir infeliz.

—Los admiro. Lo máximo que yo he durado con alguien creo que han sido seis meses. A veces por mi culpa y otras por…, bueno no tengo por qué contártelo, ¡lo estamos viviendo! —me coloqué la mochila de viaje sobre la espalda—. ¿Por qué siempre soy yo el de la mala suerte?

—Por pendejo.

—¡Marcus!

—¡JA! Desde hace días quería usar esa palabra pero no encontraba el momento adecuado. Tenemos un amigo mexicano en nuestro club de fans de Madonna que nos enseñó la correcta forma de hablar de vosotros—Marcus metió sus pertenecías a sus bolsillos del pantalón y se acercó hacia mí—. Ya estoy listo, ¿nos vamos?

Marcus cerró la puerta de la habitación. Caminamos hacia las escaleras del edificio y bajamos hasta el área de la recepción del hotel. La mujer en la mesa nos invitó a pasar hacia el área del restaurante, a un costado de la sala de espera. Marcus y yo entramos y nos colocamos en una mesa pegada a una ventana. La ciudad de Valencia amanecía tranquila en un domingo por la mañana. Ordenamos un almuerzo ligero: dos tazas de café, agua, pan tostado y fruta. Dirigí la mirada al televisor a espaldas de Marcus mientras esperaba a que mi café se enfriara un poco. Se sintonizaba Canal 24 horas, un canal abierto de la televisión española donde se transmiten solo noticias. En el foro de televisión se hablaba de las altas temperaturas que se registraban en la costa mediterránea de España a pesar de estar a mitad del mes de octubre, aparecieron imágenes de la actividad en las playas en donde todavía había mucha gente tomando el sol como si fuera temporada de verano.

—Es increíble el cambio climático que estamos viviendo —dije sin quitar la vista de la pantalla.

Marcus tomó su silla y se colocó a mi lado para que ambos pudiéramos ver la televisión.

—Leí que el cambio climático es inevitable —continué—, ha ocurrido desde hace miles de millones de años, la diferencia es que hoy el cambio está acelerado por culpa del mal uso de recursos naturales. No soy experto en el tema, solo te digo lo que vi.

Nos quedamos viendo las noticias sintonizándose una tras otra, hasta que una repentina imagen de dos mujeres en la pantalla hizo que Marcus derramará su café sobre su camisa cuando iba a dar un trago.

—Cuidado —dije. Agarré una servilleta sobre la mesa—. Toma, límpiate.

—Espera —dijo Marcus con la mirada clavada en la noticia.

El reportaje se transmitía en directo desde el centro Córdoba. Más de treinta personas protestaban frente a un negocio, entre ellas personas vestidas con uniformes sanitarios y batas blancas de médicos, el grupo era liderado por dos mujeres que eran entrevistadas por los reporteros. En la barra de los titulares se leía: *Centro Clínico en Córdoba cierra sin previo aviso.* Las mujeres líderes de la manifestación hablaron frente a las cámaras de Canal 24 horas:

—Hace dos días llegamos a trabajar a nuestra sucursal para dar servicio a nuestros clientes. Lo que encontramos fue el establecimiento saqueado, sin la mayoría de los equipos y materiales para los tratamientos médicos que realizamos. Hoy como responsables del negocio estamos dando la cara, junto con nuestros empleados de la clínica y algunos clientes que tienen tratamientos ya pagados, ¡exigimos una respuesta a la empresa Patskin! Hemos sido víctimas de un fraude.

Las imágenes siguieron proyectándose en la pantalla. La voz del hombre dando las noticias comenzó a narrar:

—Así es como más de quince empleados, que atendían a más de trescientos clientes en la sucursal de tratamientos estéticos, se quedaron sin trabajo debido al cierre imprevisto de una supuesta sucursal perteneciente a Patskin, una empresa internacional enfocada en brindar tratamientos de medicina estética. Según informan las dueñas del negocio, Estela del Rosal y Dania Coronado, ellas firmaron un contrato por más de treinta mil euros por la adquisición de una franquicia afiliada a dicha empresa, además de invertir importantes cantidades de dinero por alquiler de espacio, adquisición de equipo y pago a empleados.

Las mujeres regresaron a la pantalla, hablaba Estela del Rosal:

—Estamos indignadas y hacemos una denuncia pública contra la empresa Patskin y sobre todo a la persona responsable con la que teníamos trato: Joseph Vanderpump.

En la pantalla se vieron imágenes de un edificio corporativo en Madrid. Se escuchó al hombre de las noticias hablar:

—La empresa Patskin, que cuenta con sus oficinas en Madrid, no ha dado declaraciones sobre el cierre de esta pequeña sucursal en Córdoba, a pesar de que sus dos centros clínicos en la ciudad siguen en abiertos.

El noticiero pasó a una nueva nota. Marcus y yo dejamos de ver la TV.

—Hora de irnos —dijo Marcus.

—Wey, es una locura. ¡¿Qué está pasando?!

—Te lo cuento en el camino.

Marcus conducía por la carretera de regreso a Barcelona. Yo en mi teléfono buscaba por todos los portales de internet alguna noticia con más información sobre el cierre repentino de la sucursal de Patskin en Córdoba.

—Alonso, saca tu libreta y algo para escribir —dijo Marcus—. Necesito plasmar mis ideas.

Así lo hice. Cuando puse la pluma sobre el papel Marcus comenzó a explicar:

—Bien. Te diré todo lo que sé en voz alta para dejarlo sobre la mesa. Joseph llega a trabajar a España por parte de la empresa Patskin, la cual solo tiene tres sucursales fuera del Reino Unido: dos en Madrid y una en Lisboa. En los documentos que Oliver extrajo del apartamento de Joseph en Barcelona estaban contratos iguales al que nos entregó Leticia el día de ayer en su centro de depilación. Leticia y las mujeres en Córdoba aseguran que ellas adquirieron una franquicia afiliada a Patskin. Yo revisé ese documento que firmaron y te puedo decir que no es un contrato de afiliación a una franquicia, sino un contrato de prestación de servicios. Leticia, las mujeres de Córdoba y quienes estén involucrados, ¡no tienen participación en el negocio! No son propietarias de ninguna sucursal porque jamás adquirieron la franquicia.

—¿El negocio no es de ellas? O sea, son como empleadas contratadas para ser las gerentes de la sucursal.

—Afirmativo. Según los documentos de Leticia y los que Oliver robó de su apartamento, Joseph vendía franquicias a nombre de una empresa llamada PT Care, haciendo una falsa referencia a su asociación con Patskin. Pero Patskin no está afiliada a la AEF, la Asociación Española de Franquicias. Las sucursales que ellos tienen en Madrid y Lisboa son parte de la misma compañía, no son franquicias. ¡Patskin no vende franquicias!

—¿Por eso Joseph salía cada fin de semana a otras ciudades? ¿Para vender franquicias falsas a diferentes clientes?

—Eso parece.

Tomé mi libreta para seguir escribiendo. Marcus habló:

—El modo de operar de Joseph durante este tiempo ha sido: llegar a una nueva ciudad y rentar un local; acondiciona por su cuenta un pequeño centro clínico, pero para eso necesita materiales, productos e inversión; los materiales y productos sabemos de dónde los consigue.

—Los recursos desviados de Patskin.

—Así es. Como Joseph trabaja en el departamento de Cadena de Suministro, encontró proveedores que le brindaran mayor cantidad de productos por el mismo precio y así desviar recursos a su nueva y pequeña sucursal.

—¡A qué pinche viejo! —grité.

—El tema más grave es la inversión inicial que pide a sus "socios", ahí comienza su estafa... Joseph busca a personas con un perfil emprendedor, que estén interesadas en establecer un negocio o invertir para hacer crecer su dinero. Entabla una relación de confianza y es ahí cuando les ofrece un contrato por franquicia de Patskin que va sobre los 30 mil euros. Esto da confianza a los adquisidores de la falsa franquicia porque al estar "afiliados" a Patskin creen que forman parte de su cadena se suministro, lo que les asegura un abastecimiento casi ilimitado. Ese dinero Joseph lo usa como inversión inicial para desviar recursos y montar el negocio, además del monto extra que les exprime a sus socios por renta de los locales de los cuales pide meses de anticipo. Luego se contrata al personal necesario. Joseph deja el negocio montado y se traslada a otra ciudad y comienza de cero.

—¿Así de simple?

—Bueno, es obvio que no trabaja solo. Y una cadena así no dura para siempre.

—¿Y todo por unos cuantos euros extra? Lo que le dan de inversión por la franquicia se lo debe gastar en traslados, rentas, equipo, proveedores. ¿Qué beneficio le da?

—El detalle es, según nos lo dijo Leticia, Joseph es quien

recibe TODOS los pagos adelantados de TODOS los clientes por tratamientos estéticos de las clínicas. Dinero que debería ser destinado hoy para pago de renta del local, sueldo a empleados y abastecimiento de productos.

—A ver, dame un segundo —procesé la información—. Entonces, Joseph tiene el dinero de los clientes que pagaron por los tratamientos adelantados y además la inversión de los falsos contratos por afiliación de franquicias.

—En los documentos que tenía Joseph aparecen contratos de personas en Alicante, Valencia, Santiago, Segovia y Córdoba. Si cada contrato por adquisición de franquicia esta sobre los treinta mil euros y en cada sucursal se atienden tratamientos por sesiones que costaron entre 500 a 1000 euros para más de trescientas personas en cada sucursal, estimo que la cifra por la que Joseph está estafando está por encima del millón y medio de euros.

—¡A la verrrrrrga! —grité—. ¿Cómo?

—Estoy suponiendo. Pero eso explicaría por qué Joseph ha desaparecido de la nada dejando que las sucursales cierren por falta de recursos. Al irse cerró la línea de abastecimiento, dejó sin empleo a mucha gente, sin tratamientos a pacientes y con deudas a los que invirtieron en el proyecto. Y…, ahí ya habría un motivo.

—¿Motivo?

—Un motivo por el cual Oliver ya no está… Oliver robó la evidencia de todo. Eso podría ser un inicio para investigar la causa de su muerte, analizar si Joseph estuvo involucrado en ello. Pero necesito más información.

—No puedo creerlo... No puedo… —el estómago se me salía por la boca—. Para el auto, ¡para ya! —bajé la ventana del auto y vomité mi repudio hacia Joseph.

Marcus se orilló y ambos bajamos de su auto. Caminé hacia el prado seco que se extendía a un lado de la carretera. Doblé mi cuerpo y escupí lo último que me quedaba dentro. Marcus se puso a mi lado, puso su mano sobre mi espalda. Comencé a llorar de pura rabia.

—¡Pinche Joseph!... Joseph quería hacer lo mismo conmigo —dije limpiando la saliva que goteaba de mis labios—. Él quería que yo formara parte de su cadena junto con Oliver. ¡Nos quería estafar a ambos!

—Tal vez no es el mejor momento para decirlo… Creo que con ustedes dos Joseph tenía un plan diferente.

Me enderecé para ver a Marcus a los ojos.

—¿Qué dices?

—Creo que Joseph quería incriminarlos a ambos. Convertirlos en el último eslabón de la cadena.

Los responsables de la estafa.

24
EL MAL EXISTE

El mal existe. Existe en nosotros. Nadie, repito, nadie es un ser de bondad. Si pudiéramos introducir la mano en nuestro pecho, arrancharnos el corazón y exprimirlo, veríamos como la espesa y oscura tinta de maldad chorrea y se escurre entre los dedos, mucha o poca pero ahí estaría nuestra maldad mezclada con la sangre, ensuciando el piso donde cae, manchándolo igual que nosotros hemos manchado con nuestros actos la vida de personas que nos rodean, incluso a aquellas que amamos. El mal existe. Existe fuera de nosotros. Si pudiéramos introducir la mano en el pecho de otros, arrancarles el corazón y exprimirlo, veríamos como la espesa y oscura tinta de maldad chorrea y se escurre entre los dedos, mucha o poca pero ahí estaría su maldad mezclada con la sangre, ensuciando el piso donde cae, manchándolo igual que ellos han manchado con sus actos la vida de quienes los rodean, incluso de quienes aman. El mal no dejará de existir. Basta con que una gotita de maldad brote del corazón para que se expanda por tus venas e invada tu cuerpo, tu ser. El mal no dejará de existir. Basta con que una gotita de maldad brote en el corazón de otros para que se expanda por sus venas e invada su cuerpo, su ser. Y es así. Los corazones puros no existen, y si algún día arrancas uno, lo exprimes y lo único que vez es la pureza del rojo entre tus manos, es porque ese corazón jamás ha palpitado.

Dejé de escribir. El odio corría en mis dedos.

Entrabamos a la ciudad de Barcelona a pasados minutos del medio día. Marcus conducía lento. Llegaríamos a mi apartamento a recoger unas cosas antes de nuestra siguiente parada. Con la noticia nacional del cierre repentino de la falsa sucursal de Patskin en Córdoba, era cuestión de tiempo para que las demás personas, empleados y clientes estafados en otras ciudades alzaran la voz uniéndose en protesta y levantando denuncias, incluidos Leticia y su hermano. Marcus tenía la información suficiente para que el Dr. Gordon tomará cartas sobre el asunto acerca de los negocios fantasmas que Joseph comenzó a montar desde hace varios meses atrás. En una corta llamada con el asistente del Dr. Gordon, Marcus concretó una cita con él en las oficinas de Madrid. La noticia causó tal revuelo que el mismo Dr. Gordon viajaría a España para atender el caso y aclarar ante la prensa la falsa conexión de las franquicias con la empresa. Yo lo acompañaría, no porque Marcus me invitara sino porque se lo pedí. En ese momento, más que nunca, quería encontrar a Joseph. Tenerlo cara a cara.

—Ir a Madrid no nos acercará a Joseph —dijo Marcus—. No es tonto. Te aseguro que donde sea que se encuentre está al tanto de las noticias en España. La cifra oficial de personas estafadas saldrá a la luz cuando se terminen de acumular las denuncias.

—Ya lo sé, Marcus. Sé que Joseph no va a estar en Madrid. Estoy seguro que no está en España. Pero mientras escribía en mi libreta pensaba en lo que me dijiste, que Joseph quería convertirnos en el último eslabón de la cadena para incriminarnos a Oliver y a mí. Eso me tiene enfurecido, tanto que quisiera verle la cara y romperle los dientes de un putazo.

—Alonso, lo que dije fue solo una teoría. Aunque, poniéndonos en los zapatos de Joseph, sería una buena salida. Él quería que lo acompañaran al evento de Patskin en Edimburgo, presentarlos ante todas las personas que pertenecen a la empresa y frente a miles de empleados de otros centros clínicos. ¿Para qué? Para cuando este escándalo se hiciera público ustedes dos fueran exhibidos como responsables. Sin más negocios abriendo en España y ustedes dos siendo "socios" de Joseph con su último centro en Barcelona, la culpa caería en ustedes. Lo extraño es, ¿por qué no siguió con ese plan?, ¿por qué desaparecer del mapa de la nada?

Entramos en el tráfico de la ciudad de Barcelona.

—Marcus, no sé si esta pregunta ha pasado por tu mente: ¿quiénes más están del otro lado de la cadena? Las estafas las inició Joseph, pero me resulta increíble que él haya tejido los hilos por su cuenta. Alguien más tuvo que asesorarlo o estar con él en el proceso. Si nos vamos hacia atrás en la cadena, hacia el primer eslabón, tal vez podemos dar con Joseph de algún modo. Por esa razón quiero ir a Madrid.

—Vaya, dos días a mi lado y ya piensas como detective.

—Pienso en cómo no salir perjudicado en todo esto. Yo no decidí involucrarme, no era mi intención involucrarme.

—Bienvenido a la vida. No podemos controlar las acciones de otras personas, pero si nuestras reacciones hacia ellas.

—Pufff. El problema es que no sé reaccionar ante lo desconocido. Improviso.

Marcus me dejó en la entrada de mi apartamento antes de marcharse. Regresaría en menos de una hora para irnos a la estación de trenes y tomar uno directo a Madrid.

Me entró un ridículo miedo casi inocente por quedarme solo en los pasillos del edificio, como cuando por la noche vas por agua a la cocina y al apagar las luces sientes que una entidad maligna te persigue hasta que logras llegar al refugio de tu cama. Así de aliviado me sentí cuando cerré la puerta al entrar a mi apartamento.

Di una rápida inspección para ver que todo estuviera en orden. A pesar de estar ausente tan solo una noche sentía como si hubiera salido por una semana entera. Fui a mi habitación, saqué del closet mi maleta de mano color celeste, regresé la mirada hacia el interior y ahí estaba también guardada la maleta que Joseph había dejado en la habitación 414 con todas sus pertenencias. Quería agarrarla y lanzarla por la ventana, prenderle fuego o ponerla sobre la vía de un tren y escuchar el crujido del plástico cuando la maquina pasara sobre ella, imaginando que lo que se ha triturado es la cabeza de Joseph.

Cerré la puerta del closet y me tranquilicé. Comencé por empacar lo necesario para el viaje que no sé si duraría un día, una semana, o más. En la mochila puse mis cosas del trabajo: laptop, libreta de apuntes; metí una nueva lectura para el viaje: *La mujer en la ventana* de A. J. Finn. Ya tenía todo, excepto el permiso para faltar al trabajo.

Con una copa de vino en mi mano y el celular en la otra hice lo que todo empleado odia más en el mundo: hacer una llamada en domingo.

La videollamada nos conectó. Isa contestó:

—¿Alonso?

—Hola… Isa… ¿Cómo estás?

Me pidió que le diera un minuto. La miré levantarse de su cama dejando su celular boca arriba sobre alguna superficie plana. Su rostro regresó a la pantalla.

—Hola, Alonso. ¿Pasó algo?

—Isa… Todo está en orden. Lamento la molestia de llamarte un domingo por la mañana.

—Y por videollamada, ¿no podías mandar un mensaje?

—Perdón. Quería verte a la cara porque necesito pedir un permiso de último minuto. Surgió un imprevisto y en verdad requiero trabajar a distancia.

—Ah… ¿Por cuánto tiempo?

—Si es posible…, toda la semana que viene.

—¿Por qué esta petición? Alonso, tenemos en la agenda las presentaciones de las nuevas campañas para los clientes que nos contactaron a partir del evento de Alana. Tenemos únicamente esta semana para terminarlas. No quiero aparecer frente a ellos con un trabajo a la mitad y sin correcciones, me conoces y sabes que yo no trabajo así…

—¡ISA! —le grité, jamás lo había hecho, ella me miró callada—. Perdón… Mi trabajo habla por mí. Sabes que jamás pondría una excusa para no terminar mis deberes a tiempo. Ahora es demasiado complicado explicarte TODO lo que ocurre. Nunca te he pedido nada. Por favor, ¿me puedes permitir hacer *home office* esta semana? Tengo…, tengo que ir a Madrid por unos días. No sé cuando volveré a la ciudad.

Miré a Isa caminar en su apartamento en silencio. De pie, colocó el celular en una superficie vertical y lo dejó estable mientras ella acomodaba una silla frente a él. La miré acomodarse el cabello por detrás de las orejas mientras sacaba una libreta de su bolso de oficina.

—Vamos a estar en comunicación constante —dijo mirando a la pantalla—. Y todos los días haremos una reunión virtual por la tarde para mirar los avances de cada proyecto.

—¡Por su puesto! Cuenta conmigo.

—Y Alonso, cualquier situación que esté pasando contigo no es de mi incumbencia, me basta con que logremos resultados en los próximos proyectos. La agencia y yo no estamos en condiciones de perder clientes. Mucho menos dinero. Te lo voy a confesar, yo también tengo asuntos personales que cubrir. Estos proyectos marcarán el futuro de la agencia. Los necesito.

—¿Hay problemas con la ejecución de las campañas de la agencia? Te aseguro que nada de eso va a pasar. Clientes anteriores han dado unas muy buenas reseñas acerca de nuestro trabajo… O, ¿hay algo más en lo que debo estar enterado?

—Como dije, lo que esté pasando contigo no es de mi incumbencia; así igual, lo que pase en mi vida no debería interesarte. Haz lo que tengas que hacer siempre y cuando me presentes tu trabajo y propuestas a tiempo. Hablaremos mañana por la tarde para discutir los avances y preparar la presentación final que presentaremos a nuestros primeros clientes. Hasta entonces.

—Sí. Hablamos mañana. Gracias.

Isa desconectó la llamada.

Terminé la copa de vino. Maté el tiempo de sobra, antes de la llegada de Marcus, lavando y secando trastes que llevaban más de dos días apilados unos sobre otros. La tarde iba cayendo lenta frente a la ventana de la sala. Así pasó la hora que dijo Marcus tardaría en volver. Siguió la hora y media. A las dos horas decidí llamarlo a su número personal. La llamada me mandó directo al buzón de voz. Volví a intentar. Mismo resultado. Traté de comunicarme enviando mensajes a Marcus. Ninguno llegó.

Marcus no respondía. No tenía otra forma de comunicarme con él. Abrí la ventana que da hacia la calle Atenas. No vi el auto de Marcus por ninguna parte. Cerré la ventana y me senté en el sofá. Mis dedos apretaban con fuerza el celular. Deseaba recibir noticias de Marcus.

Un sonido. Un mensaje entró en mi teléfono. Leí el nombre de Marcus con su mensaje:

Sal de ahí

Escribiendo...

Corre

25
ROSTRO EN LA MULTITUD

Salí como se les dice a los pasajeros de un avión en caso de emergencias, dejando mis pertenencias atrás. No tardé nada en asegurar la puerta una vez que salí del apartamento. Rápido pisé cada peldaño a una velocidad que nunca había experimentado. Intentaba aspirar suficiente aire a mis pulmones para no desmayarme. En la planta baja del edificio vi la puerta de cristal que da hacia la calle, mis piernas temblaban con cada paso hasta que por fin jalé la puerta para salir. No hallaba a nadie, ni siquiera a mi sentido común. ¿Hacia dónde ir? ¿Qué hacer? Avancé calle arriba a ritmo de caminata deportiva sin mirar atrás. Cubrí la mitad de mi rostro, desde el mentón hasta la nariz, con el cuello de mi suéter negro pensando que era mejor no ser reconocido, ocultar mi imagen. No sabía qué peligro me esperaba ahí fuera. "Sal de ahí, corre", eran mis únicas indicaciones.

Las manos temblando. El sudor frío en la frente. No había tiempo. El cuerpo se me erizó al escuchar el pitido de un auto y mi nombre en un grito. Giré la vista hacia la izquierda dónde el auto se estacionó a mi lado. Lo reconocí.

Marcus abrió la puerta del copiloto desde dentro y yo subí al instante. Cerré la puerta de golpe antes de gritarle a Marcus que arrancara. ¡Que nos fuéramos!

—¿Y tus pertenencias? —me preguntó—. ¿No llevas maleta?

—¿Qué? Marcus, ¡vámonos ya!

—¿No preparaste maleta para Madrid?

—Me escribiste que saliera del apartamento, ¡me dijiste corre!

—Sí, escribí "sal de ahí", porque ya voy en camino, "corre", porque ya estoy llegando.

Me contuve... Tres... Dos... Uno...

—¡ERES UN PENDEJO! —grité antes salir del auto y azotar la puerta.

Marcus me acompañó hasta el apartamento explicándome entre risas su retraso. Aprovechó la llegada a casa para cambiarse de ropa, darle de comer a su perrita Tona y dar un breve resumen a su novio Rafa sobre el caso de Joseph, motivo por el cual nos tendríamos que mover a Madrid; todo lo anterior pasó mientras su celular (apagado) se recargaba en una esquina de la sala. No fue hasta que se encontraba a pocos minutos de recogerme cuando volvió a encender su aparato para mandar sus breves y potentes mensajes, tan potentes que me hicieron batir mi propio record de velocidad.

Cuando terminé de agarrar mis pertenencias y asegurar por segunda vez la puerta de mi apartamento salimos en su auto hacia la estación de trenes.

Desde el celular alcancé a comprar dos plazas en línea para el tren directo a Madrid desde la estación de Sants en Barcelona. Estacionamos el auto en el Parking Saba, muy cercano a la estación. De la cajuela sacamos nuestras maletas. Marcus viajaba ligero con tan solo una bolsa de viaje sobre el hombro izquierdo. Las rueditas de mi maleta de mano se deslizaron por el piso del estacionamiento, pasando por el pavimento de la calle al exterior, hasta ingresar a la estación de trenes. Sobre el área de los controles de seguridad estaba la pantalla con la información de los viajes vespertinos, nuestro número de tren aparecía en las últimas filas de información con estatus *a tiempo*, salida programada a las seis y media de la tarde. Luego de la inspección de las maletas bajamos hacia la zona de las vías donde nuestro tren ya estaba próximo a partir. Entramos en el Coche 3 rumbo a nuestros asientos donde acomodamos las maletas de mano en los compartimientos disponibles sobre nosotros y coloqué mi mochila de trabajo bajo el asiento frente a mí. Le pedí a Marcus que me permitiera viajar en el asiento pegado a la ventana. El tren avanzó puntual a la hora de salida, llegaríamos a nuestro destino en menos de tres horas. Marcus reclinó su asiento hacia atrás y cayó rendido apenas el tren salió de Barcelona.

Bajé la mesita para comida en el respaldo del asiento delantero y sobre ella puse mi laptop. Ingresé mi contraseña en la pantalla de inicio. Los documentos y archivos en los que me encontraba trabajando para la agencia de Isa aparecieron frente a mí. Aproveché el tiempo del viaje para adelantar los pendientes antes de la junta con Isa al día siguiente. Tenía que cumplir con mi parte del trato al permitirme trabajar fuera de la agencia. Los pueblos y valles pasaban a mi lado bajo el atardecer que de vez en cuando desaparecía por los túneles en nuestro camino. La señal de internet y la red móvil eran deficientes en largos tramos del camino, eso me obligó a poner de lado los temas laborales. Con el portátil abierto y los dedos sobre el teclado me cuestionaba qué sería mejor para pasar el tiempo: leer o escribir.

Abrí un nuevo archivo de Word. El cursor parpadeaba insistente como si me pidiera que le contara algo, ¡lo que fuera! Y así comencé a escribí parte del texto que meses más tarde sería leído y compartido por cientos de miles de personas. Pero dentro de ese vagón mis ojos fueron los únicos que lo miraron. Un ejercicio de relajación, un acomodo de pensamientos e ideas que volaban en mi cabeza y se iban convirtiendo en letras al paso del parpadeante cursor. Escribía los hechos, todo lo relacionado con la desaparición de Joseph…, incluyendo sus víctimas…, incluyéndome a mí.

El tren llegó a la estación de Atocha en el centro de Madrid. Los pasajeros abordo se levantaron de sus asientos antes de que se abrieran las puertas del tren para ser los primeros en bajar. Marcus y yo esperamos a que el ajetreo de la gente cesase.

El frío seco de Madrid fue lo primero que sentí al bajar del coche. Un delicioso clima otoñal que no se siente en Barcelona por los picos de humedad y los bochornos repentinos del mes de octubre. Marcus y yo salimos de la estación rumbo a la parada de taxis, agarramos uno para dirigirnos al hotel sobre la calle Alcalá que Marcus ya conocía de otros viajes. Nos registramos en la recepción y subimos a la habitación. Nuestra segunda noche compartiendo dormitorio, solo que esta vez cada quien tenía su cama individual. Marcus me dejó por un momento solo en la habitación mientras bajaba al lobby por algo de cenar, ya pasaban de las diez de la noche y ninguno de los dos habíamos hecho una pausa para comer. Marcus tardó al menos veinte minutos en regresar con una bolsa de papel del KFC, dentro había una cubeta con doce piezas de pollo para compartir, papas fritas y dos refrescos. Nos sentamos en el piso de la habitación.

—Entonces. ¿Cuál será nuestro plan de mañana? —pregunté sacando la primera pierna de pollo de la cubeta.

—Mañana tú te quedas aquí en el hotel trabajando en tus deberes. Yo iré a las oficinas corporativas de Patskin para dar mis conclusiones finales acerca del caso a los ejecutivos y al equipo directivo. Todo lo que hemos recolectado se deja como evidencia para que el departamento legal de la empresa tome decisiones sobre qué hacer con Joseph y los posibles involucrados. La lluvia de demandas será inevitable. Quédate tranquilo Alonso, no hay nada en tu contra que te haga parte del problema, yo me encargaré de aclararlo. Después de esa junta mi trabajo con la empresa y con el Dr. Gordon termina, todo queda en manos de las autoridades correspondientes y del equipo legal de Patskin.

Seguimos comiendo en silencio. Encendí el televisor de la habitación en un canal para infomerciales donde se anunciaba una nueva aspiradora con impactante poder succionador que puede usarse para recoger polvo y restos de comida de cualquier superficie. Cambié de canal buscando alguna película, en la cadena Neox apareció: Rápidos y Furiosos no sé qué número, perdí la cuenta desde la cuarta película. Creía que el estímulo de la televisión me ayudaría a relajarme y olvidar el motivo del viaje. No fue así.

—Se escucha muy bien todo, pero no me da nada de paz —dije—. Joseph sigue sin aparecer y luego está lo que pasó con Oliver, ¿no te han mandado más información sobre cómo ocurrió? ¿Qué pasó en su casa?

—No tengo todas las respuestas, Alonso. Quisiera, pero no las tengo. Recuerda que Oliver conversó con las autoridades de Londres cuando lo atacaron en la habitación 414, él fue el último en tener contacto con Joseph, por eso el equipo legal del Dr. Gordon tuvo acceso a su información cuando Patskin inició la búsqueda de Joseph por Reino Unido.

—O sea, el equipo de Patskin en Londres te dio la información de Oliver.

—Así es. Cuando Oliver se fue de Barcelona, después de nuestra reunión en tu apartamento, me comuniqué con el Dr. Gordon para darle los detalles de nuestra conversación. Él fue quien se encargó de vigilar a Oliver a su llegada a Reino Unido. Luego, la noticia de Oliver apareció en los medios locales. Tú mejor que nadie sabes que los medios de comunicación últimamente se centran más en crear morbo en lugar de adentrarse en la investigación y los hechos reales. Cuando el nombre de Oliver salió en los medios el Dr. Gordon se comunicó conmigo, no me dio información de más porque su equipo de investigadores no se lo permitió, solo me confirmó lo que sabemos..., Oliver fue encontrado muerto en su casa.

La cubeta de comida se vació. Ahora solo bebíamos los refrescos en lata.

—A veces quisiera estar muerto también —afirmé—. Todo sería más sencillo.

—No digas eso ni de coña, Alonso. La vida no es sencilla, eso no significa que no valga la pena vivirla. Además no estas solo, me tienes a mí. Me ayudaste a avanzar en la investigación. Tienes un talento natural para expresar lo que sientes y piensas de forma clara y concisa, como si las palabras fueran el don con el que naciste.

—Hubiera preferido nacer con una melodiosa voz. ¿Me has escuchado cantar? Amo hacerlo pero me escucho horrible.

Apagué el televisor. Recogí los restos de comida, empaques de papel y las latas. Metí todo en la bolsa de papel que después tiré en el cesto de basura. De mi maleta saqué mi ropa para dormir, Marcus hizo lo mismo antes de meterse al baño de la habitación para cambiarse de prendas. Ya vestidos y preparados para dormir me quedé mirando hacia el techo hasta que mis ojos se fueron cerrando por el cansancio.

—Marcus…

—Dime.

—¿Crees que mañana sea el final de nuestros problemas?

—Eso espero.

"Eso espero", repetí en mis sueños.

Amanecí con más energía que de costumbre. A las ocho de la mañana ya me encontraba frente a mi laptop trabajando y bebiendo un cappuccino que compré en la cafetería frente al hotel cruzando la calle. Marcus, sentado en su cama bañado y perfumado, revisaba los documentos que presentaría en su junta con los ejecutivos del corporativo de Patskin. Ambos deseábamos que la información les fuera útil para frenar la estafa en la que se habían involucrado cientos de personas en España.

—Pues venga —dijo Marcus metiendo sus documentos en un maletín—. Me voy. No sé cuánto tiempo voy a tardar ahí dentro. La reunión puede extenderse horas o puede que me ocupen por tan solo unos minutos.

—*OK.* Yo me quedaré aquí trabajando. Tal vez salga a dar una vuelta por el centro o a comer algo en algún restaurante. Digo, aprovechando que estamos en Madrid.

—Bien. Ve y anda con cuidado. Te mantendré informado cuando me desocupe, incluso podríamos vernos fuera de las oficinas corporativas para ir a tomar algo por la tarde, conozco restaurantes mexicanos muy cerca que preparan unas excelentes margaritas.

—Todavía no son ni las nueve de la mañana y ya quiero probar una.

Marcus salió de la habitación. Yo me quedé trabajando toda la mañana hasta las doce. En comunicación por mensajes y correos electrónicos con Isa se concretó la primera junta a las cuatro de la tarde para revisar los avances del proyecto. Me daba tiempo para salir a dar una vuelta y comer con Marcus. Me vestí con mis ropas deportivas, una ligera sudadera gris de manga larga y pantalones tipo maya que se ajustaron a mis delgadas piernas. Saqué de mi maleta una *cangurera* azul en donde metí mi celular y cartera, coloqué las cintas sobre mi cadera y las ajusté hasta escuchar el clic del cinturón cerrarse. Salí del hotel con dirección al Parque de El Retiro en el centro de Madrid, para ello tuve que caminar y agarrar el metro de la estación Ventas hasta la estación Retiro. Al salir del subterráneo me encontré calle abajo la Puerta de Alcalá, para mi mala suerte en remodelación. Me adentré en el hermoso parque con un clima fresco y un día medio nublado.

Comencé a correr por la orilla del parque evitando las grandes masas de personas caminando en los puntos emblemáticos cercanos al estanque. La respiración constante en cada paso, la mirada hacia enfrente sin ver a nadie más que no fuera el verde de los árboles y los jardines. El ambiente me transportó de nuevo a Hyde Park en Londres, de vuelta al principio. A mi mente de nuevo regresaba Joseph. Cuatro meses de la vida es corto tiempo para conocer a alguien, demasiado corto para enamorarse. Es ahí que me puse a discutir conmigo, yo y mi ser: ¿por qué no dejamos ir a Joseph? ¿Qué nos mantiene unidos a él? Yo argumenté que estábamos rehusados a aceptar que perdimos el tiempo al lado de alguien que no nos quiso jamás, que era más fácil fingir que nada en nuestra realidad estaba ocurriendo y todo estaba igual como cuando estaba él; mi ser comentó que estábamos arrepentidos por no haber visto las señales de nuevo, volvíamos a caer en el bucle de las amistades peligrosas; y todos concordamos conmigo.

No medí el tiempo ni conté los kilómetros, mis pies simplemente decidieron parar. Terminé mi recorrido sentándome bajo la sombra de un árbol recargando mi espalda en su tronco. Miré a varios grupos de personas sentados en los jardines conviviendo abrigados bajo el sol que se asomaba por las nubes. No pensaba en nada. Sobre mi abdomen colgaba la *cangurera*, dentro se oía mi celular recibiendo una llamada. Abrí la cremallera y saqué el aparato, era Marcus. Me dijo que la junta directiva se encontraba en un pequeño receso antes de dar por terminada la sesión. Me pidió que nos viéramos afuera de las oficinas corporativas. Marcus me mandó la dirección por mensaje del edificio corporativo Torre Castellana. Miré la ubicación en mi celular y me concentré en llegar lo más rápido posible. Salí del Parque de El Retiro y tomé un autobús que media hora después me dejó a dos calles del edificio donde se encontraban las oficinas de Patskin. Caminé pensando que vería a Marcus esperándome a las afueras del edificio. No fue así.

Sobre una gran explanada de concreto rodeada de edificios se encontraban al menos cien personas reunidas en lo que parecía una manifestación. Algunos medios de comunicación tenían sus cámaras de video sobre trípodes filmando al grupo, a un lado de las cámaras estaban dos reporteros, reconocí los colores y logotipos de las televisoras en el cuerpo de sus micrófonos, eso sería una noticia nacional. Una fila con diez agentes de seguridad protegía la entrada al edificio corporativo Torre Castellana, donde las oficinas de Patskin se encontraban. Desde lejos leí algunos mensajes sobre las pancartas que sostenían decenas de personas. Los mostraban a las cámaras: *Soy emprendedora, no una estafadora. Pagué para dar un servicio, no para cometer un delito.* Me acerqué lento al grupo por un costado de la explanada para ver de frente la mayoría de sus caras. Reconocí a las dos mujeres que Marcus y yo vimos por televisión días atrás, ahora estaban respaldadas por muchas más personas que juntas alzaban gritos en contra de la empresa Patskin. Me quedé observando al grupo sin moverme ni acercarme al ojo de las cámaras de televisión, no quería que mi rostro apareciera en la pantalla. En medio de las pancartas, gritos y manos al aire vi a Joseph, no a él en realidad sino a una fotografía de su rostro en gran tamaño impresa en una lona blanca, sobre su cabeza estaba escrito el mensaje: *¡EL delincuente es ÉL!* Y debajo de la fotografía su nombre en letras mayúsculas impresas en tinta roja: *JOSEPH VANDERPUMP.*

Me acerqué un poco más a las puertas del edificio, rodeando la manifestación, para así encontrarme con Marcus. Tenía los ojos puestos en la entrada donde los agentes de seguridad estaban plantados como árboles al piso. Más personas con pancartas se fueron uniendo a los y las manifestantes, casi todos aseguraban que fueron clientes estafados por cantidades en tratamientos que superaban los mil euros. Los reporteros en el lugar se acercaron en varias ocasiones a tomar declaraciones de los afectados.

Al otro lado de los gritos de los manifestantes, las pancartas, la lona con la fotografía de Joseph y los reporteros, distinguí otro rostro familiar. Un rostro en la multitud. Esa cara no era una foto impresa en una pancarta, era una persona real. Sus ojos estaban clavados en mí. Se abrió paso entre la gente sin soltarme la mirada. Se fue acercando hacia mí. Yo lo había visto antes. Sabía quién era pero no recordaba su nombre. Lo había visto una vez en toda mi vida. Un hombre alto y moreno con el cabello negro despeinado. Sus rencorosos labios rodeados de una mediana barba negra arreglada y delineada. Un hombre demasiado guapo y perfecto incluso acercándose con tanta rabia hacia mí. Por fin salió de la masa de gente dejando a los manifestantes y las cámaras atrás, caminaba hacia donde yo estaba parado. Llevaba las manos en los bolsillos de su chaqueta de mezclilla. Su cabello negro cubriendo parte de su rostro. Estaba cerca. Se detuvo a tres metros de mí.

—Todo es tu culpa —dijo alto para que yo lo escuchara—. Todo esto es tu culpa. Nos arruinaste... ME arruinaste.

Recordé su nombre... Asís… El novio de Isa.

Su mano derecha salió del bolsillo de su chaqueta sosteniendo un arma. Me congelé al verlo apuntando. No a mí…, a él mismo. A su cabeza.

Cerré los ojos.

Mis oídos se abrieron. Escuché:

Gritos

Pasos

Un disparo

.

26
COBARDE

Abrí los ojos. Vi el arma caer cerca de la punta de mis pies. Percibí el olor de la pólvora saliendo desde el cañón hasta la boca de la pistola. Asís se encontraba en el piso sometido por dos policías, gritando desesperado al no poder moverse. Mis ojos se fueron por todas partes. No había sangre. Asís no tenía heridas. No había rastros de la bala perdida, que en menos de una hora sería encontrada por autoridades cerca de un muro de concreto a orillas de la explanada. Los agentes procedieron a esposar a Asís y trasladarlo al interior de una patrulla a mitad de la calle. Bastaron cinco minutos para que las cien personas que se encontraban protestando desaparecieran del lugar, incluyéndome. Caminé solo con las piernas temblorosas hacia la calle más cercana que me alejara del edificio corporativo y de la explanada donde se efectuó el disparo. La respiración se me cortaba, traté de aspirar aire a través de la garganta, grandes bocanadas una tras otra. Mi cuerpo sudaba mares como si acabara de correr y no hubiera parado por horas. "Aléjate. Aléjate lo más que puedas", me repetía para impedir que frenara el paso. De pronto, un apretón sobre en mi codo izquierdo, una voz me habló al oído.

—Camina —dijo Marcus—. Vámonos de aquí.

Anduvimos por más de treinta minutos hasta que llegamos a la Plaza de Toros de Las Ventas. Estábamos ya cerca de nuestro hotel pero no quería caminar más, no podía. Me senté en una banca a un costado de la Plaza de Toros con las manos cubriéndome la cara. Mis lágrimas salieron. Me acosté completo sobre la banca con mis piernas apoyadas en el descansa brazos, mis pies volando hacia uno de los costados. Marcus se quedó parado a mi lado sin hablar. Dejó que me quebrara.

La muerte estuvo frente a mí y no hice más que cerrar los ojos. Esperar a que llegara sin defenderme, ni siquiera meter los brazos, levantar el pecho, ¡hacerle frente! Fui un pinche cobarde.

—¿Qué chingados pasó? —pregunté todavía acostado en la banca, llorando sin control—. Esto es demasiado, Marcus. No puedo vivir así. Yo mañana mismo me regreso a México. A la chingada mi vida, mi trabajo, ¡a la chingada todo!

Sería un pinche cobarde de nuevo, como cuando me fui de México dejando todo atrás. Lo más sencillo. Agarrar tus *chivas* e irte lejos. MUY lejos.

Marcus levantó mis piernas del descansa brazos de la banca, las hizo a un lado para sentarse conmigo.

—Alonso, ¿qué recuerdas de lo que acaba de pasar?

—¡¿Es neta, Marcus?! —me levanté de la banca—. ¿Tienes que hacer esto ahora? No soy parte de tu puta investigación para que me interrogues cada vez que se te hincha el huevo. Piensa tantito, ¡por amor al prójimo!

Piensa en el puto cobarde.

Marcus se levantó también. Se colocó frente a mí poniendo sus manos sobre mis hombros y obligándome a que lo mirara a lo ojos.

—¡Alonso! —me zarandeó—. Necesitas decírmelo ya. Si no lo haces tu mente va a borrar todo recuerdo. Así suele funcionar el cerebro ante un repentino evento que te deja en estado de shock.

Si no le hubiera hecho caso a Marcus probablemente mis recuerdos jamás hubieran sido contados por nadie. Le dije lo que recordé: vi al hombre acercándose hacia a mí entre la masa de personas hasta que quedamos uno frente al otro. Luego… se apuntó con la pistola a él mismo. Justo en la cabeza.

—¿Quién era ese hombre? ¿Lo conoces?

—Asís. Ese hombre se llama Asís. Es o fue novio de mi jefa… Isa. Lo vi por primera y única vez en la fiesta de Alana en el restaurante The Wild. El mismo día que tú y yo nos conocimos —volví a sentarme en la banca—. No hablé con él, ni siquiera tengo su contacto. Solo sé que Isa lo invitó como su acompañante al evento. Eso es todo.

Marcus volvió a sentarse a mi lado y me contó su parte de los hechos:

—Cuando salí del edificio lo único que vi fue a ese hombre en el suelo después de escuchar el disparo. Supongo que algún elemento de seguridad ya tenía puesto el ojo en él, por eso lo derribaron antes de que apretara el gatillo. ¿Hablaste con él durante la manifestación?

—¡No! Él se acercó y me…, me gritó que todo era mi culpa. Que yo lo arruiné todo.

Marcus sacó su libreta de siempre para copiar mis palabras en papel. Luego continuó:

—En la reunión de hoy con el Dr. Gordon y su equipo legal, el nombre de Joseph saltó por todas partes. Él es el principal sospechoso de estafar a todas esas personas en la manifestación de hoy. Aunque es lógico que no trabaja solo, debe haber otros elementos que siguen en el anonimato trabajando a espaldas de él. Es probable que Joseph sea un peón en este juego manejado por otras personas, Asís podría ser uno de ellos. Eso lo descubriremos más adelante ahora que se encuentra detenido. Lo que me pregunto ahora es: ¿su plan era pegarse un tiro desde el principio?

—Claro que era su plan, Marcus. ¿No es obvio?

—Yo pienso que no. Más bien, creo que su plan era que tuvieras el mismo fin que Oliver. Quería deshacerse de ti.

Mi piel erizada.

—¿Por qué no lo hizo?

—Si Asís está involucrado en el fraude de los falsos centros clínicos de Patskin, ver la polémica en medios y las protestas en contra de Joseph seguro le causo una especie de ataque o trastorno. No soy experto, solo deduzco que ese sería un motivo para acabar con su vida en lugar de la tuya, antes de que su nombre saliera a relucir como lo hizo el de Joseph.

—¿Y? ¿Me vino a buscar a Madrid para acabar conmigo? No le encuentro sentido. Sería más lógico que hubiera escapado como Joseph.

—No tiene sentido ahora, por eso hay que preguntarnos: ¿quién de las personas que conoces sabía que vendrías a Madrid?

—Nadie. No le dije a nadie de mis amigos que vendría, ni siquiera a mi familia. Solo en el trabajo le dije a…

No ocupé decir su nombre, Marcus supo a quién le había dado mi ubicación.

—¿A qué hora tienes la junta con Isa el día de hoy?

Miré la hora en mi celular.

—En menos de dos horas —dije sosteniendo el aparato con mi mano temblorosa.

—Vale. Vamos a comer algo y ahí planearemos nuestro siguiente movimiento. Voy a necesitar de toda tu ayuda, Alonso. ¿Crees poder recuperarte del susto y hacerlo?

Adiós al pinche puto cobarde.

—Hagámoslo.

Mi computadora portátil frente a mí, sobre una mesita, con la cámara descubierta lista para transmitir. Me encontraba en el interior de nuestra habitación de hotel, a un lado de la ventana para tener buena iluminación. Faltaban cinco minutos para ingresar a la sesión con Isa. Conecté mis audífonos alámbricos a la laptop, en mi oído derecho me puse el audífono con el micrófono y Marcus tenía puesto el otro para escuchar la conversación. Él estaba a un lado mío, su cara no apareció en la pantalla del portátil cuando probamos la cámara antes de conectarnos con Isa. El estaría en "modo incógnito" durante la reunión.

Respiración profunda.

—Tranquilo —dijo Marcus—. Tú puedes.

Solté el aire.

La hora llegó. Isa apareció en línea.

—Hola, Alonso. ¿Cómo vas con todo?

Me concentré en analizar el espacio desde donde Isa transmitía, a sus espaldas se veía la pared de cristal con papeles adhesivos que utilizamos en nuestras reuniones presenciales: la sala de juntas. Isa se encontraba en las oficinas de la agencia Isa Creativa.

—¿Alonso? ¿Me escuchas? —preguntó Isa—. Mi audio está activado, ¿me escuchas?

—Sí. Te escucho—contesté.

Miré de reojo a Marcus, él levantó su pulgar. Sin hablar movió sus labios pidiéndome que continuara.

—Isa, he terminado la primera propuesta en la que sugerimos al cliente realizar un estudio de mercado previo para garantizar que el segmento al que quiere dirigir el producto sea el adecuado, nosotros… —Marcus movió su mano a la altura de su cuello, una señal para que cortara el rollo. Necesitaba ir al grano—. Sabes Isa, quisiera hablar primero de otro tema que me tiene dando muchas vueltas.

—¿De qué se trata? —preguntó ella.

—Me pasó algo muy loco el día de hoy aquí en Madrid. Resulta que iba caminando por la calle y de la nada me encontré con alguien, una persona que tú conoces muy bien.

—Ah… ¿Y?

—¿No quieres adivinar a quién me encontré?

Mis manos empezaron a sudar. Contuve el ritmo de mi respiración.

—Alonso, conozco a mucha gente. ¿Alana? No sé. Soy mala adivinando.

—Es curioso que menciones a Alana, ¿sabes? Porque a la persona que me encontré lo vi por primera y única vez en el evento de Alana en el restaurante The Wild. Y si mal no recuerdo, fuiste tú quien lo invitó al evento gracias a una de las invitaciones que yo te di, ¿recuerdas? Llegaste a mi escritorio a rogarme que te diera una de mis invitaciones extra.

—Alonso, ¿quieres que te devuelva el favor que me hiciste? ¿Es eso de lo que quieres hablar?

—No, Isa… No es de eso de lo que quiero hablar.

—¿Entonces? ¿Podemos seguir con lo que tenemos en la agenda?

—Isa, la persona que me encontré aquí en Madrid fue: Asís. Me dijiste que era tu novio y que por eso lo llevaste al evento de Alana.

—¿Y? Asís y yo tenemos mucho de no vernos. ¿Podemos continuar con lo que en verdad importa?

"Dios, ponme las palabras correctas en la boca", pensé.

—¡ISA! —grité al fin—. Asís me interceptó en la calle con un arma en la mano.

—Pero, ¿qué dices?

—Lo que escuchaste. Tengo suerte de estar vivo y presente en esta transmisión contigo. Lo mínimo que me merezco es una explicación. ¡HABLA!

—Sabes qué…, no dejo que nadie me hable así, Alonso. Así que adiós.

—¡Ni se te ocurra terminar la videollamada! —dije golpeando la mesa con el puño.

—¿O qué? ¿Vas a despedirme? Soy tu jefa, ¿recuerdas? Así que rebaja tu tono.

—Si abandonas la videollamada lo único que provocarás es que dos agentes entren por ti…, por ser cómplice de un intento de homicidio.

—Pero, ¿qué?

—Asómate a la ventana que da hacia la calle —dije en el tono más serio que pude.

Isa se levantó desapareciendo del foco de la cámara, en la pantalla se quedó la silla vacía y el fondo de cristal con papeles adhesivos. Segundos después Isa apareció de nuevo a cuadro.

—¿Quiénes son esas personas?

—Son contactos de mi compañero, el detective Marcus

—Marcus se puso a mi lado dejando que mi cámara lo grabara. Ahora ambos estábamos en videollamada con Isa.

—Señorita Isa, mi nombre es Marcus Madrigal. Tenemos una carpeta abierta en donde se vincula su nombre con el del ahora detenido: Asís. Su interrogatorio se llevará a cabo el día de mañana en alguna comisaría del centro de Madrid, así que si no quiere verse involucrada será mejor que hable ahora o voy a tener que pedir a mis compañeros que la esperen fuera y la escolten a la comisaría más cercana.

Los "compañeros" a los que Marcus se referían eran su novio Rafa y Willem mi amigo. Quienes aceptaron vestirse con chaqueta de carga, pantalón negro y gorra, simulando ser parte de la guardia urbana de Barcelona. Teníamos todas las de perder si Isa no mordía el anzuelo.

—¿Asís está encerrado?

—Detenido —dijo Marcus—, detenido y en espera de su declaración.

—Isa, por favor. —dije en moderado tono de voz—. ¿Qué sabes de Asís?

Isa se quedó en silencio por unos segundos antes de que sus ojos se llenaran de lágrimas y dijera:

—Hablaré si me aseguran que el hijo de puta de Asís se quedará encerrado. Me jodió bien, ¡y no solamente el coño!

27
PENDEJAS

Marcus y yo estábamos fuera de la investigación y aún así queríamos meternos en el pantano para embarrarnos de lodo hasta la cintura.

Acompañé a Marcus al siguiente día a una de las comisarías del centro de Madrid donde él creyó tendrían detenido a Asís. Según Marcus, Asís entraría a detención preventiva ya que los hechos para demostrar que cometió un delito no eran del todo claros. El único elemento clave que podría meterlo en problemas era la pistola en su mano. Sin la correspondiente autorización o licencia de posesión de armas, Asís podría recibir cargos relacionados por tenencia ilícita, lo que le costaría hasta tres años encerrado. Aunque a eso habría que sumarle un delito mayúsculo de estafa del cual nadie estaba enterado, solo Marcus y yo.

En conversación con Isa el día anterior nos confesó su verdadera relación con Asís. Y es que contrario de ser una unión repleta de clichés románticos, fue una total pesadilla para Isa y su cuenta bancaria.

"Es sencillo encontrarse, lo difícil es conectar", así dijo Isa después de varias citas fallidas que se pactaron en plataformas como Tinder, Bumble, Happn... e incluso en las que se venden como exclusivas para empresarios, personas famosas y personalidades influyentes en redes sociales. Isa, una empresaria dedicada al cien en su trabajo dándose tiempo para conocer a alguien con quien compartir un momento y darse cariño. Ella fue de cita en cita, conociendo hombres con vidas interesantes, pero no lo suficiente como para decidirse a formalizar una relación. "Había tres cosas que buscaba en un hombre: que fuera guapo, que su edad estuviera por arriba de los cuarenta y que ganara igual o mejor que yo", nos dijo Isa durante la videollamada. Y hace como cuatro meses, en uno de esos tantos deslices de pantalla apareció a color la foto de Asís en un perfil de Bumble. Una fotografía sin camisa que dejaba al descubierto su torso entero, se veía un muscular abdomen y el tatuaje de la cara de un león rugiendo sobre su pectoral izquierdo; sobre su pubis depilado sostenía con una mano una toalla blanca que ocultaba la entrepierna; su cabello húmedo estaba peinado hacia atrás y su barba era tan larga que le cubría toda la quijada; no sonreía, su aspecto serio y su mirada seductora atraían más que su estructural cuerpo. Pude ver la fotografía completa cuando Isa me la mandó al correo personal para agregarla como parte de mi futura investigación. ¡Y vaya foto!

El perfil de Asís en Bumble cubría dos de los requerimientos de Isa: hombre guapo de cuarenta y dos años. Isa entró al perfil para ver la información de Asís, ahí es donde leyó: *Cofundador de Da Agency*. Luego de investigar un poco en internet, Isa descubrió que se trataba de una nueva agencia de bienes raíces que conectaba a clientes con proveedores de servicios para comprar y vender propiedades; la agencia ofrecía socios especializados en reubicaciones, inspecciones, hipotecas, seguros y mucho más. En la parte de agentes encontró la fotografía de Asís, ahora vistiendo traje negro y camisa blanca, el cabello negro recogido hacia atrás, la barba delineada y recortada como si se hubiera pasado la rasuradora en el nivel uno. Su apellido también apareció: Medarde. Isa no perdió el tiempo y se lanzó a buscarlo en la plataforma LinkedIn, ahí apareció Asís Medarde, cofundador de Da Agency en España. Es ahí que regresó al perfil de Bumble en donde por fin decidió hacer *match* y comenzar el encuentro casual. Que de casual no tendría nada.

Asís tomó la iniciativa para hablar desde el principio de

la relación. Las primeras citas tuvieron lugar en el Hotel El Palace Barcelona, en el centro de la ciudad. Según Asís ahí se estaría hospedando por algunas semanas para visitar e inspeccionar propiedades en venta a las afueras de la ciudad y recibir a clientes interesados en los servicios de Da Agency. Desde que Isa lo conoció no tuvo que sacar dinero de su bolsa, Asís pagaba desde el gasto más mínimo, hasta las botellas de vino y champán que pedían al cuarto en las noches y madrugadas que pasaban juntos. De acuerdo con Isa, en más de una ocasión compartieron viajes relámpago por la Costa Brava, en donde Asís pasaba por ella a bordo de su supuesto Lamborghini para visitar propiedades que Da Agency tenía en su carpeta para futuras ventas.

Isa estaba viviendo un sueño.

Hubo un corto tiempo de la relación en donde tuvieron que poner alto a sus recurrentes encuentros porque Asís debería viajara a Londres por asuntos de trabajo. Él le prometió que regresaría pronto a Barcelona para verla de nuevo y quedarse por tiempo indefinido. Una propuesta que a Isa le pareció excelente. Ella rehusaba a perder a su *match* perfecto.

"Asís regresó de Londres una semana antes del evento de Alana", mencionó Isa. Fue ahí cuando ella pidió una de mis invitaciones personales para entregársela a quien ya consideraba su pareja formal y exclusiva. Yo accedí a entregársela. El día del evento nos encontramos todos bajo el mismo techo del lujoso restaurante, pero Asís se fue antes de que comenzara la verdadera fiesta.

El reclamo de Isa al día siguiente fue inevitable, había gastado su invitación en una persona que no le interesaba estar dentro de la celebración, pero cuando confrontó a Asís cara a cara se tuvo que contener. Según contó Isa, Asís se encontraba en un momento de crisis. Da Agency tenía varios proyectos en mesa con clientes, de los cuales el socio de Asís había hecho la maldad de llevárselos a otra agencia de bienes raíces mucho mejor posicionada para la cual llevaba trabajando más de seis meses a espaldas de Asís. Asís Medarde no solo se habría quedado sin clientes de la noche a la mañana, sino que también debiendo pagos hacia sus socios especializados que perderían su deliciosa parte del pastel en el negocio.

"Imagina esa cara masculina tan perfecta llorando frente a ti", dijo Isa en la videollamada y continuó: "no pude decirle que no a lo que me pidió". Que resultó ser un falso préstamo de 110.000 € por medio de una transferencia interbancaria con motivo de inversión en Da Agency para futuros beneficios en propiedades a nombre de Isa Creativa. Un dinero que Isa jamás volvería a ver porque, así como se fue su lana…, Asís desapareció.

Sin hacer el cuento más largo, Asís ya no estaba en la app de citas ni en LinkedIn; en internet no había nada de él, nada de su supuesta empresa Da Agency la cual su dominio en Internet aparecía como sitio no encontrado. Y algunos dirán que Isa fue una PENDEJA por confiar y darle todo al hombre, pero ella no alucinó nada de lo que vivió ¿cómo podría? ¡Ella vio todo! Los lujos, los autos, las propiedades, todo lo que rodeaba a Asís era una estructura firme, aunque fuera construida de mentiras. ¿Y cuántos de nosotros no nos hemos envuelto en una falsa idea o fachada de amor que no nos deja distinguir las intenciones de los demás? Yo, por ejemplo, en el pasado no pude ver más allá de las intenciones de Ricardo, Miguel y Francisco, provocando que no le diera la importancia a mis decisiones. Decisiones que fueron tomadas por el ebrio Alonso, al que alguna vez también le dijeron o pensaron que era un PENDEJO.

Y sí, a Isa la apendejaron los falsos lujos y la inventada vida que Asís construyó.

"No tenía forma de comunicarme con él", continuó Isa. "Me dejó a mi suerte. Estuve así las siguientes semanas, esperando algún mensaje o llamada de él. Quise denunciar, ¡meterle una demanda a ese hijo de puta! ¿Pero qué iba a decir? Nadie me obligó a prestarle el dinero, yo misma autoricé y firmé en el banco para que se hiciera la transferencia de fondos a la cuenta que me proporcionó, además no sabía si el nombre con el que se presentó era real. Entonces enfoqué mi energía en lo que en verdad importaba: mi trabajo. Recuperar lo que ya estaba perdido". Isa limpió sus lágrimas, se acomodó el cabello y volvió a poner la pose erguida de jefa que la caracterizaba. "Fue hasta el día de ayer por la noche cuando recibí un presunto mensaje de Asís en mi teléfono que dice así…", vimos a Isa sacar su teléfono y ponerlo frente a ella para leer: "¿Quieres tu dinero de vuelta? Dime dónde puedo encontrar a Alonso Rodríguez". Isa nos miró de nuevo a través de la pantalla. "El mensaje me llegó horas después de que me dijeras que te irías a Madrid… Alonso, siento mucho por lo que tuviste que pasar, pero yo no tuve nada que ver en ello, simplemente respondí a su mensaje escribiendo: lo encontrarás en Madrid. Jamás pensé que te iría a buscar. Nunca consideré posible que me devolviera el dinero, pero no perdía nada con contestar. Eso es todo. No sé nada más de Asís". La videollamada terminó, así como mi contrato de trabajo en la agencia Isa Creativa días después.

En la comisaría de Madrid, Marcus y yo éramos dos personas más entre el montón de gente que entraba y salía. Me pidió que me sentara en la sala de espera mientras él buscaba la manera de conseguir al menos quince minutos a solas con Asís. Sin éxito, Marcus vino a sentarse a mi lado.

—Creo que no lo tienen en esta comisaría —dijo Marcus.

—O tal vez Asís Medarde no es su nombre real.

Marcus se pasó las manos por la cara.

—Lo que no encuentro es la conexión que tiene Asís contigo, Alonso. ¿Por qué Asís se empeñaría en encontrarte y por qué se involucró con Isa?... A no ser…

Marcus se quedó pensativo, sacó su libreta y miró sus apuntes. Daba vuelta de un lado a otro a las hojas blancas como si buscara el dato que le aclararía las ideas.

—¿Cuándo me dijiste que conociste a Joseph? —me

preguntó.

—Fue como…, hace poco más de cuatro meses, en unas fiestas en el Barrio de Gracia.

—Vale. Y según nos contó Isa, ella conoció a Asís por una app de citas por las mismas fechas, hace cuatro meses.

—Si, eso dijo ella.

—Alonso, cuando conociste a Joseph, ¿hablaste con él acerca de tu trabajo?, ¿de tu vida el México?, ¿de Isa y su negocio?... Lo que quiero saber es, ¿hablaron de dinero?

—No. Bueno…, el día que lo conocí me habían robado la cartera.

—¿Y?

—Él se ofreció a prestarme su teléfono para que hiciera unas llamadas, fuimos a su local en el Barrio de Gracia, se sentó frente a mí y…Y me escuchó cancelar mis tarjetas personales de crédito y de débito que se encontraban en la cartera extraviada. Y… Escuchó cuando tuve que cancelar la tarjeta adicional de la agencia Isa Creativa, esa que utilizaba para pago a proveedores, renta de espacios y para pagar mis comidas en horario laboral. Y pues sí…, Joseph escuchó todo.

—¡Joder, Alonso! ¿Tu familia jamás te enseñó a no compartir nada con extraños?

—…

—Vale. Eso podría explicar un poco por qué Isa y tú fueron el target. La pregunta es: ¿Joseph y Asís se conocían? ¿Trabajaban juntos?

—O sea, crees que Joseph se encargó de engañarnos a Oliver y a mí. Y…, ¿Asís se ocupó de estafar a Isa?

—Eso tendría algo de sentido. Si unimos los casos sería una manera fácil de conseguir dinero para invertir y abrir la siguiente falsa franquicia de Patskin en cualquier ciudad de España. Y por alguna razón que seguimos sin resolver, Asís te culpa por poner fin a su fraude.

Marcus se levantó de la silla.

—¿A dónde vas? —le dije levantándome también.

—Voy a intentar convencer a los encargados que me dejen ver a Asís o como sea que se llame ese hombre. Tú espera aquí.

—*OK.*

—Y por favor Alonso, por lo que más quieras, ¡no hables con extraños!

Traducido al mexicano me dijo: ¡no seas pendeja!

28
VIAJE AL PASADO

Bip-bip. Avancé arrastrando mi maleta de mano. *Bip-bip*. Mi boleto y pasaporte entre los dedos. *Bip-bip*. El corazón palpitando más fuerte en cada paso rumbo a un viaje al pasado. *Bip-bip*.

Marcus fue el primero en entregar su documentación a la empleada de la aerolínea. Ella pasó su boleto por el lector hasta que se escuchó de nuevo el escandaloso *Bip-bip*.

—Bienvenido, disfrute su vuelo —le dijo a Marcus y luego a mí.

Un día antes no se nos permitió ir más allá de la recepción de la comisaría. No teníamos nada que nos respaldara. Marcus había cumplido con su labor al descubrir que parte de los recursos de la empresa Patskin eran dirigidos a las falsas franquicias en España y se defraudo a más de una centena de clientes; el departamento legal de la empresa sería el encargado de llevar el caso de ahí en adelante. Lo que sí supimos por parte de los contactos de Marcus era que el detenido se negaba a hablar. No había pruebas que lo ligaran al presunto fraude de las franquicias de Patskin. Y lamentablemente para todos los involucrados el sospechoso principal seguía prófugo: Joseph.

En el tablero de la investigación éramos cartas que ya se habían tirado y no tenían otro uso. Eso motivó a Marcus a seguir investigando por su cuenta.

Al salir de la comisaría fuimos a dar un largo paseo al Parque de El Retiro para que Marcus pudiera aclarar sus ideas. Nos sentamos en una de las cafeterías que te encuentras de repente al caminar sin rumbo por los grandes jardines y caminos del parque. Pedimos dos cafés, Marcus un expreso y yo uno con leche. Sobre la mesa Marcus daba vueltas a sus apuntes mientras ambos escuchábamos desde mi celular la grabación de la videollamada que tuvimos con Isa. Pregunté a Marcus si no fue ilegal grabarla sin autorización, a lo que contestó con un sonoro ¡SHHH! mientras tomaba apuntes del relato de Isa. De pronto escuchamos en la conversación la palabra LONDRES saliendo de la boca de Isa para referirse a Asís en una ocasión: "Asís regresó de Londres una semana antes del evento de Alana". Extraña coincidencia… Joseph, Oliver y yo estuvimos también en Londres una semana antes del evento de Alana. Marcus leyó sus apuntes y recitó parte de la declaración de Oliver, la conversación que tuvimos los tres en mi apartamento: "Joseph no fue quien me dejó inconsciente… Alguien más me golpeó por detrás. Esa tarde había alguien más en la habitación 414".

Y surgió un nuevo indicio. Una pista para encontrar la unión entre Asís y Joseph.

En el avión me tocó estar en el asiento que menos me gusta, a un lado del pasillo. Marcus se sentó a pocas filas atrás de mí. Estar separados nos salió más barato por ahorrarnos el monto extra de la selección de asientos. En el trayecto de Madrid a Londres quise calmar mis nervios escuchando música, ponerme mis audífonos y cerrar los ojos dejando que la música en modo aleatorio hiciera su magia; eso no es posible en el asiento del pasillo, porque dos o tres veces los pasajeros a mi lado me pidieron permiso para cruzar e ir al baño. En la última hora del vuelo me dispuse a leer la novela que compré en una tienda de las salas de abordaje: *Escrito en el agua* de Paula Hawkins. En la tienda Marcus se atrevió a insinuar que no me comprara el libro si todavía no terminaba el último que empaqué para el viaje. Se notaba que no era lector, LEER libros y COMPRAR son dos universos distintos.

Di un brinco sobre mi asiento cuando las llantas del avión

tocaron la pista en un aterrizaje brusco y agitado. Llegamos a la ciudad de Londres alrededor de mediodía. En las afueras del Aeropuerto de Londres-Gatwick pagamos por un taxi compartido para diez pasajeros que eventualmente nos estaría dejando en nuestro hotel. Dos horas y media más tarde estábamos a las afueras del *London Ambassador Hotel*.

De vuelta al pasado.

La letra de la canción *Journey to the Past*, de la película Anastasia e interpretada por Liz Callaway se vino a mi cabeza:

> *Heart don't fail me now*
> *Courage, don't desert me*
> *Don't turn back now that we're here*

Una suplica al corazón y al coraje para seguir adelante.

> *People always say*
> *Life is full of choices*
> *No one ever mentions fear*

Porque nadie dijo que regresar al pasado diera tanto miedo.

Sentí la mano de Marcus encima de mi hombro. Su calor era una señal para recordarme que no estaba solo en ese viaje al pasado.

> *Let this road be mine*
> *Let it lead me to my past*
> *And bring me home*
> *At last*

El camino sería mío para guiarme al pasado hasta llegar de nuevo a mi hogar. Aunque tuviera semanas preguntándome en silencio: ¿qué es hogar para mí?

Entré al hotel bajo el ala de Marcus como si fuéramos una pareja en su primer día de vacaciones por Inglaterra. No pude evitar enfocar la mirada directo hacia la mesa de recepción para buscarlo. Ahí estaba Nathan al otro lado, usando sus mismas gafas negras y sonriendo a un grupo los huéspedes. Nathan, la persona que me hizo llegar las fotografías de Oliver en el balcón de la habitación 414.

Marcus y yo nos posicionamos al final de la fila esperando ser atendidos por Nathan, que seguía dando instrucciones a los otros huéspedes sobre los puntos de interés de la ciudad. No sabía si me reconocería o si tendría que presentarme de nuevo y recordar la situación que sucedió hace más de tres semanas en el hotel. Cuando el grupo se retiró lo supe. Nathan me miró sorprendido, se le notaba una risa nerviosa con su labio torcido, comenzó a acomodarse el cuello de la camisa y a mover sus hombros como si la temperatura de su cuerpo hubiera aumentado en segundos. Me posicioné frente a él.

—*Hi*, Nathan. ¿Te acuerdas de mí? —pregunté queriendo confirmar.

—A-a-Alonso —tartamudeó—. Por supuesto. ¿En que puedo servirle? ¿Tiene estancia con nosotros?

—De hecho, sí —contesté—. Realicé una reserva el día de ayer en la página web a mi nombre. Nos quedaremos una noche mi acompañante y yo.

—Su…, acompañante —dijo mirando a Marcus—. *Mister* Alonso, debo consultar primero con la *manager* del hotel.

—¿Por qué? —pregunté.

—La verdad es…, no esperaba que usted regresaría con nosotros. Ya sabe, por lo ocurrido la última vez. Así que debo consultarlo. No queremos que la situación se repita.

—No queremos dar ningún problema —dijo Marcus—. ¿Podemos hablar contigo sobre por qué estamos aquí? Sin meter a nadie más. Eso te lo agradeceríamos.

Nathan se quedó mirando la computadora frente a él como si estuviera leyendo los datos de nuestra reserva. Lo vi inhalar profundo. Con su dedo índice golpeaba la mesa muy rápido y sin parar.

—Lo siento. Es mi trabajo y deber hablar con la *manager*. Ella decidirá si la reserva es válida para esta noche. No puedo hacer más por ustedes.

—Te entiendo, Nathan —dije sincero—. ¿Puedes

comunicarnos con ella?

Nathan levantó el teléfono de la recepción para notificar a la gerente del hotel sobre nuestra presencia en el lobby. Marcus y yo nos pusimos a un costado de la mesa. En cuestión de minutos llegó Lina, una mujer negra de alta estatura. Nos invitó a ambos a pasar a su oficina detrás de la recepción, un reducido espacio con una mesa rectangular y tres sillas. Lina se colocó en su asiento, frente a su computadora personal; nosotros nos sentamos al otro lado de la mesa. Nos miró sonriente mientras nos daba la bienvenida al *London Ambassador Hotel*. Pidió que le diéramos el nombre al que estaba hecha la reserva, yo di mis datos personales. Lina se quedó mirando los datos en la pantalla. Sin quitar su sonrisa y amabilidad se dirigió a nosotros.

—Veo que nos has visitado antes, Alonso. E imagino que estás enterado del percance que ocurrió en la habitación reservada a tu nombre la última vez que te hospedaste aquí.

—Sí, Lina. Estoy consciente de lo que pasó y por eso estamos aquí. Te presento a Marcus —dije señalándolo—. Es un detective privado en España que se encarga de investigar casos relacionados a fraudes y estafas comerciales.

—Encantado —habló Marcus como si quisiera suavizar la rigidez en la conversación.

—Lina…, yo no estoy involucrado en el misterio de lo que ocurrió en esa habitación, de hecho, estamos aquí para tratar de resolverlo.

—Hubo un hombre inconsciente en la habitación por un golpe en la cabeza que casi acaba con su vida —dijo Lina con seriedad—. Si el hombre hubiese muerto dentro de la habitación, el hotel ahora estaría bajo una investigación por homicidio; el nombre del hotel estaría impreso en los tabloides de todos los periódicos y tendríamos a reporteros cada día en las puertas. Si los dejé pasar no fue para escucharlos, sino para pedirles de la manera más atenta que no vuelvan a pisar el *London Ambassador Hotel*. No queremos vernos involucrados.

—Lina, por favor —supliqué—. Solo queremos saber una cosa.

—Fue un placer recibirlos —contestó Lina como si lo dijera en serio.

—Lina —habló Marcus con seriedad—, Oliver Oldman, a quien dejaron inconsciente en la habitación 414, fue encontrado muerto en su propia casa hace cinco días. La persona que lo mató pudo ser la misma que intentó asesinarlo aquí hace semanas. *¿Comprende?* No es el hotel lo que nos importa a nosotros, sino encontrar a la persona que sigue prófuga por un fraude millonario cometido en España y que probablemente sea la responsable de la tragedia en su hotel.

Marcus sacó su celular para mostrar a Lina los artículos de periódicos digitales que encontró sobre el fraude de la empresa Patskin. En su celular reprodujo algunos videos en YouTube donde la cara de Joseph y su nombre aparecían en la pantalla. También mostró algunas notas de prensa que hablaban sobre la muerte de Oliver Oldman.

—Lina, tú puedes confirmar que Joseph Vanderpump, el hombre en estos videos, estuvo aquí hospedado hace semanas —dijo Marcus—. Y puedes comprobar también que el hombre inconsciente en la habitación 414 era Oliver Oldman.

Lina miró con escepticismo las notas y videos. Se dirigió a su computadora y escribió el nombre de Joseph en su buscador. Su información y fotografía aparecieron en la pantalla por la fotocopia que el hotel genera a las identificaciones de quienes realizan *check-in*. Joseph Vanderpump se había hospedado junto con Alonso Rodríguez en la habitación 414 del *London Ambassador Hotel.*

—¿Qué es lo que quieren exactamente? —preguntó Lina.

Fue ahí cuando saqué mi celular para mostrar la foto de Asís, la misma que Isa me había pasado, donde salía sin camisa y tapando su entrepierna con una toalla.

—Este hombre está detenido en España —dije—.

Queremos saber si está involucrado de alguna forma con el fraude que Joseph Vanderpump ha desatado en España.

—Lo que queremos exactamente —habló Marcus—, es ver si ese hombre estuvo hospedado en el hotel los mismos días que Alonso y Joseph estuvieron aquí.

Lina miró la fotografía. Algo en sus ojos me decía que reconocía al hombre.

—¿Cuál es su nombre? —preguntó Lina.

Se lo dije. Tecleó en su computadora el nombre: Asís Medarde. Sin resultados.

—¿Podemos ver grabaciones de las cámaras? Preguntó Marcus. Si aparece en las imágenes en los mismos días que estuvo Alonso hospedado sería un excelente inicio.

Lina tomó el teléfono sobre su escritorio y llamó a recepción.

—Nathan —dijo Lina en la voz dulce con la que nos recibió—. Pide a cocina que traigan tres tazas de té a mi oficina.

Miramos las fechas de mi primera reservación en el hotel y Lina se dispuso a reproducir las grabaciones de las cámaras de seguridad del lobby. El video era de la cámara colocada a espaldas de los encargados en recepción, de esa manera se grababa a los huéspedes de frente con una calidad nítida por las luces apuntando directo a su cara. Sentí una presión en el pecho cuando me vi en la pantalla junto a Joseph, ambos realizábamos el *check-in* en el hotel a las tres de la tarde. Reconocí a Nathan frente a nosotros por sus gafas negras cuando se puso de perfil ante la cámara.

Lina continuó reproduciendo la grabación a velocidad doble. Nuestro té se terminó mientras el video seguía avanzando, hasta que en la grabación apareció la cara de Asís frente a la mesa de recepción, pasadas las ocho de la noche.

—¡Ahí está! —gritó Marcus.

Encontramos la pista que necesitábamos.

En el video Lina lo estaba atendiendo, lo supe al ver su

cabello afro en la pantalla igual a como lo tenía frente a nosotros en su oficina. Vimos a Asís caminar hacia los elevadores luego de realizar su *check-in*. Sin pedírselo, Lina cambió de imagen y se fue a las grabaciones de los pasillos del hotel, parecía que ella quería encontrarlo más que nosotros. Los tres lo vimos saliendo del elevador en el piso número 4 y caminó por el pasillo, Lina lo siguió en otra grabación hasta que por fin se colocó frente a la puerta de su habitación. La habitación 412.

Lina cerró las grabaciones de las cámaras de seguridad y se dispuso a revisar los registros de los huéspedes. Buscó el nombre e identificación del huésped que se hospedó en la habitación 412 en la fecha y hora del video.

Como ya lo sabíamos, su nombre real no era Asís Medarde.

29

EBRIAS DECISIONES

Tres meses antes

Tenía una cruda que parecían veinte luego de una noche loca con Willem y Tim. Salimos de fiesta justo después de que Joseph arruinó la celebración de Tim en la terraza frente a la Basílica de la Sagrada Familia. Willem nos llevó de bar en bar en el barrio de L'Eixample hasta que terminamos a orilla del mar en la playa de La Barceloneta para juntos ver el amanecer. En el malecón nos encontramos el extraño contraste de personas terminando una larga noche de fiesta y aquellas que iniciaban sus actividades deportivas frente a los primeros rayos del sol. Regresé en taxi a mi apartamento y dormí toda la mañana hasta que el hambre me despertó por las cuatro de la tarde. Mi celular tenía cuatro llamadas perdidas de Joseph y un largo mensaje de WhatsApp en donde se disculpaba por haberme hecho pasar una amarga velada; eso sí, aseguraba que no se arrepentía por haber reaccionado así porque "sus razones tenía". O sea, una disculpa sin valor. En otro corto mensaje me pedía que nos viéramos esa misma tarde para cenar algo cerca de su apartamento. Quería que de alguna forma enmendar su error. Yo no tenía problema en verlo de nuevo porque estaba seguro que sería la última vez que lo haría. Darle fin al fugaz romance.

Joseph me citó a las ocho de la noche en La Tagliatella sobre la calle Travessera de Gracia, uno de mis restaurantes favoritos de gastronomía tradicional italiana. Llegué puntual como siempre, después de darme una ducha con agua caliente, poner una mascarilla de tela con efecto hidratante sobre mi rostro, aplicar cremas en mis piernas y brazos, hasta bañarme en perfume una vez que estaba vestido y peinado. Al entrar vi a Joseph sentado comiendo olivas frente a una larga mesa con mantel a cuadros rojos y blancos, sobre ella ya estaba una botella de vino tinto abierta y dos copas esperando a ser servidas. Apenas me senté frente a él y dijo:

—Hueles a alcohol.

—¡¿Y?! Salí de fiesta anoche. ¿Qué esperabas? No regresé a mi apartamento hasta las ocho de la mañana.

Joseph haría que esa reunión fuera más corta de lo que planeé. Agarré la botella de vino tinto y serví líquido en mi copa. Él continuó hablando.

—Lo siento, Alonso. Me comporté como un idiota.

—Al menos lo aceptas —dije poniendo la botella de nuevo en la mesa.

Di un trago al vino que estaba muy bueno, Joseph debió verlo en mi cara porque dijo:

—Sé que te gusta el vino tinto seco. El mesero me recomendó esta botella.

—Pues sí me gustó.

Joseph tomó la botella y se sirvió vino en su copa.

—¿Entonces me perdonas por lo de anoche? —preguntó.

Di otro un trago al vino antes de hablar.

—Dime, Joseph. ¿Por qué te quieres disculpar? Leí tu mensaje más de una vez. Cuando alguien se arrepiente de algo lo dice porque sabe que hirió a otra persona; no justifica sus acciones, porque eso mas bien sería una recapitulación de los hechos, no una disculpa.

—Es verdad… Tienes razón… —acercó su mano a mis dedos sobre la mesa—. Alonso, quiero pedirte perdón por apagar la música a mitad de la fiesta —dijo apretando mi mano—. Sé que Tim puso dinero para rentar aquella terraza con espectacular vista, además de hacer gasto en bebidas y comida. Lo que hice no tiene justificación, podría haber dicho que bajaran solo un poco el volumen… Continuar la fiesta en paz.

—¡O simplemente te hubieras ido si tanto te molestaba! Nadie te obligó a estar en esa fiesta, Joseph. De hecho —aparté mis dedos de su mano—, nadie te obliga a estar en una relación. Nadie te obliga a estar conmigo. ¡No nos debemos nada! Y la neta no creo que seamos compatibles el uno con el otro.

—No digas eso, estas cosas pasan cuando empiezas a conocer a alguien realmente. ¿O acaso esperabas que todo fuera perfecto?

—Perfecto no, Joseph. Pero no compartimos nada en común, tenemos gustos y vidas muy diferentes. El hecho de habernos conocido aquella noche por Gracia fue una simple coincidencia. Un encuentro casual entre dos personas. No fue mágico ni tampoco fue el destino uniéndonos.

—¡Ah! ¿Y es mi culpa que tengamos gustos y vidas diferentes? ¿Qué no compartamos nada? Háblame de ti, Alonso. ¿De dónde vienes? ¿Por qué motivo te mudaste de Monterrey a Barcelona? Nunca mencionas ni a tu familia ni a tus amigos de México. No me has contado esa parte de tu vida.

—¿Perdona? Tú tampoco me compartes nada.

—¡Lo ves! No somos tan diferentes. Ambos nos ocultamos cosas el uno al otro. Entonces no vengas a sentarte aquí y externar que la relación no funciona porque la culpa es solo mía.

De la nada un mesero se acercó con dos pizzas, una *Soleggiata* y la original *Tagliatella*, mis preferidas del menú. El mesero colocó ambas frente a nosotros y vertió más vino en nuestras copas casi vacías. Joseph comenzó a cortar la pizza original y a repartir un pedazo a cada uno en nuestros platos. Comimos en silencio por un par de minutos para que el calor de la conversación se fuera apagando.

—Pedí las pizzas antes de que llegaras —dijo Joseph—. Siempre pides las mismas, por eso me adelanté a ordenar. ¿Está bien?

Era más que perfecto. Moría de hambre.

—Sí. Gracias por pedirlas.

Comencé a cortar la segunda pizza, ahora yo puse un pedazo en cada uno de nuestros platos.

—Alonso. Mis padres murieron hace cinco años. Y antes de eso nunca tuve relación con ellos. No te lo digo para convertirme en víctima. Tampoco quiero que me cuentes tu historia.

Ambos dimos tragos al vino.

—Alonso. De verdad estoy muy arrepentido por lo que ocurrió el día de ayer. Discúlpame. Yo cargo con muchos fantasmas del pasado, por eso no comparto mucho sobre mi vida privada tan fácil. No tengo una relación estable con nadie. No hay mucha gente en mi vida, por eso mi doctrina y mi motivación es el trabajo. Cada día que me levanto mi mente se enfoca en los deberes del día, por eso no dejo que otras cosas lo intervengan: fiestas, reuniones, el ocio en general. Contigo siento que estoy aprendiendo a ver el mundo de otra forma. A vivirlo un poco más, así como lo haces tú.

Mi plan de terminar con Joseph en esa cena ya no era lo primordial, era cierto que ninguno de los dos habíamos compartido detalles importantes de nuestra vida. Yo también he cometido errores, los mismos que me llevaron a Barcelona y que no había compartido con nadie más que con Willem. No sabía si con Joseph estaba preparado para hacerlo.

Terminamos de cenar junto a conversaciones de tono más cordial, como los planes de la semana en nuestros trabajos, días en los que podríamos hacer ejercicio en la playa o en la montaña. La botella de vino quedó vacía.y nuestros estómagos llenos. Joseph se adelantó a pagar el total de la cuenta para después invitarme a estar un rato en su apartamento… Acepté ir.

Subimos por las escaleras hasta llegar a su piso. La entrada a su apartamento era sencilla de distinguir por ser el único con una puerta roja de madera. Al entrar nos llegó un olor a comida, como si alguien hubiera estado cocinando hace poco. Joseph me invitó a pasar a la sala y nos sentamos uno al lado del otro en el sillón.

—Huele como a pescado o calamares fritos —dije inhalando.

—Seguro fue mi amigo que acaba de cenar.

—¿Cómo? ¿Tienes un *roomie*? ¡Nunca lo he visto! ¿Tienes foto de él?

—No, yo vivo solo. Es un amigo que viene de visita muy seguido. Se queda aquí por unos días conmigo en la habitación por cosas del trabajo y luego regresa a Reino Unido. Igual que yo, no tiene redes sociales, entonces no tengo fotos con él.

Joseph encendió el televisor frente a nosotros para dejar el sonido de fondo. Se acercó a mí y comenzamos a besarnos, primero lento y acariciándonos la cara, luego más intenso con nuestras lenguas intentando envenenar las gargantas. Metí mi mano dentro del pantalón de Joseph y apreté el inicio de su erección con mis dedos, le di un masaje en la piel sobrante que todavía cubría la cabeza del pene hasta que por fin salió a relucir. Desabroché su pantalón y dejé que su palo rosado saliera a respirar. Cuando estaba a punto de agacharme y metérmelo en la boca su amigo golpeó con fuerza la puerta cerrada de la habitación. Nos había arruinado el momento.

—Qué cabrón —susurré.

—Está bien. Es una norma que tenemos estos días, no visitas largas ni sexo en el sillón.

—Podemos ir a mi apartamento si quieres. No quiero dejarte así —dije sobando su pene que seguía expuesto.

—No, déjalo. Ya me ha cortado —Joseph se abrochó el pantalón—. Mejor lo hacemos más cómodos otro día. Lo que sí quiero hacer es hablar un poco más sobre nosotros.

—¿De qué exactamente?

Joseph apagó la tele, como si la conversación requiriera de mi total atención. Nos sentamos sobre el sillón viéndonos el uno al otro y tomándonos las manos.

—Alonso, yo sé que llevamos muy poco tiempo de conocernos, pero te has convertido en una pieza importante en mi vida.

—Verga… —solté sus manos—. No me vas a pedir matrimonio, ¿verdad?

—¡Joder, no! Escucha —Joseph volvió a juntar sus manos con las mías—. Eres muy importante para mí, Alonso. Creo que si trabajamos juntos en remediar nuestros problemas como pareja y hacemos las paces con nuestros pasados podríamos compartir un futuro juntos. Quiero que conozcas más sobre mí y yo quiero conocerte. Déjame saber de ti.

Joseph soltó mis manos y se acercó a la mesita de cristal frente a nosotros. Agarró un papel blanco parecido a un folleto de servicios en el cual aparecía un anuncio.

—Mira —dijo entregándome la hoja—, en los congresos y convenciones a los que nos invitan a participar con Patskin se juntan varios profesionales dedicados al cuidado de la salud, no solamente física sino también al cuidado de la salud emocional. En un evento al que asistí en Barcelona me dieron este *flyer*, es de una psicóloga que ofrece terapias presenciales y en línea para parejas. Quisiera que asistiéramos a una sesión juntos.

—¿Ir a terapia?

—Sí, Alonso. Quiero demostrarte que voy en serio contigo. Yo sé que mi personalidad y mi forma de ver el mundo puede causarte muchas dudas acerca de mí, pero estoy dispuesto a cambiar si eso es lo que hace falta para tenerte más tiempo a mi lado.

Miré el papel, ahí venía la información de la psicóloga y sus servicios.

—Podemos conectarnos a una sesión virtual —sugirió Joseph—, luego tú decides si seguimos yendo o si lo ves como una pérdida de tiempo. Yo solo digo que valdría la pena darle una oportunidad a la terapia. Darnos una oportunidad para empezar desde cero.

Mis ojos estaban en la información, pero no estaba leyendo nada. Nunca había asistido a terapia en mi vida. Lo consideré cientos de veces años atrás, después de lo que ocurrió en mi casa en Monterrey. Después de que Ricardo entrara en mi cama, Francisco muriera en la cocina y Miguel se alejara de mí por yo ser un desastre. Me daba miedo hablarlo en alto con alguien porque significaría regresar al pasado y revivir los hechos, afrontar que lo vivido existe en mi línea de tiempo y que jamás se borrará. Por eso cuando Anna sugirió que me alejara de Monterrey lo vi como una mejor alternativa: darle la espalda al pasado y caminar hacia el futuro. Sí, el herido pasado se había quedado atrás pero nunca hice nada para sanarlo, jamás me reconcilié con mis errores para dar paso a los nuevos que siempre vendrán en el camino de la vida. Y si quería seguir adelante construyendo a mi yo adulto tendría que encontrarme primero con mi yo de años atrás.

—¿Entonces qué dices? —preguntó Joseph.

—Me parece muy maduro de tu parte que quieras dar este paso conmigo y que juntos construyamos un futuro. Mas no puedo aceptarlo…

—¡¿Qué?! ¡¿Por qué?!

—¡Shhh! Déjame terminar… No puedo aceptarlo porque si quiero que me conozcas de verdad primero debo sanar yo. Prepararme para contarte todos los detalles de mi vida sin ocultar nada. Darte todo lo que soy y lo que tengo.

—No entiendo.

—Lo que estoy diciendo es… Acepto asistir a terapia, con la condición de que vayamos por separado primero. Quiero experimentarla por mi cuenta lo que es hablar de mis problemas y situaciones personales. ¿Qué opinas?

Joseph me quitó la hoja de los dedos y la dejó de nuevo en la mesa frente a nosotros. Después se colocó frente a mi y me besó. Me besó tan fuerte que mi cuerpo se fue hacia atrás hasta que mi espalda quedó recostada en el sillón.

—Vale... Hagamos eso.

Volvimos a frotar nuestros cuerpos en medio de la sala. Nos detuvimos cuando escuchamos de nuevo el fuerte TOC-TOC de su amigo tocando la puerta. Y entre risas Joseph me acompañó hasta la salida, hacia la puerta roja de su apartamento.

Sesión #1 con Valeria

La primera sesión inició. Yo estaba en la sala de mi apartamento sentado frente a mi escritorio de trabajo con una caja de pañuelos por si acaso habría que derramar lágrimas, la computadora portátil encendida y la cara de Valeria en la pantalla. Ella se conectaba desde su consultorio: un espacio con perfecta iluminación por la ventana a su lado; detrás de ella blancas paredes decoradas con lo que parecían reconocimientos y certificaciones por su labor como psicóloga.

—Hola, Alonso. ¡Encantada de conocerte!

—El gusto es mío, Valeria. Qué… ¡Qué bonita planta tienes! —dije mirando el espacio a su espalda. Lo expresé por los nervios de la sesión. Quería romper el hielo.

—Gracias. Es una Palma Areca.

Valeria se tomó un momento para acomodar los rizos de su cabello detrás de las orejas y colocó sus manos juntas sobre su mesa. Se me quedó mirando sin decir nada. Entendí que era mi momento de hablar.

—Bueno… Mi nombre es Alonso…

Comencé a hablar sobre mi propia vida en alto.

Y conté por primera vez historias que formaron parte de mis ebrias decisiones.

30
ACERTIJO OLVIDADO

No era un *déjà vu* porque en efecto ya había vivido lo mismo. Abrí la puerta de la habitación 414 como lo hice tres semanas atrás. Ahí estaba el espacio limpio y recogido esperando a sus nuevos huéspedes de la noche. Dejé que mi maleta se arrastrara hasta topar con la cama matrimonial donde Joseph y yo nos revolcamos por última vez. Caminé directo hacia la ventana de la habitación, aparté las cortinas y recorrí el cristal hacia un lado. Salí hasta pararme en el mismo sitio donde Oliver terminó inconsciente. Me acerqué al borde izquierdo del balcón, a mi altura era sencillo ver el balcón vecino de la habitación, al otro lado del pequeño muro de concreto que separaba cada uno. Marcus llegó por detrás de mí y se asomó. El muro le quedaba a la altura del pecho.

Entré de nuevo en la habitación que Lina nos asignó luego de que se lo pidiéramos; terminó por confiar en nosotros al ver y comparar los videos del hotel con las imágenes de Joseph en los noticieros de España. Me lancé boca abajo sobre la cama para hundir mi cabeza en una de las almohadas. Quería llorar y sacar mi frustración, ira, tristeza o lo que estuviera sintiendo. No salió ni una sola lágrima. Hundí con fuerza mi cabeza en la almohada, tal vez así me podría asfixiar y terminar con mi vida de una… Claramente no lo haría, pero como buen Piscis el drama parecía ser el mejor aderezo para las emociones.

—Sí, Asís brincó el muro —escuché decir a Marcus cuando entró de nuevo en la habitación—. Eso explicaría por qué Asís no aparece en los videos entrando a esta habitación, la 414, y deduzco que fue él quien golpeó a Oliver para dejarlo inconsciente.

Quité mi cara de la almohada y me senté sobre la cama.

—Deja de llamarlo Asís, ese no es su nombre. Y, ¿de qué nos sirve esa información si de todas maneras ya lo tienen detenido?

—¿De qué nos sirve? Alonso, acabamos de comprobar que Asís y Joseph trabajan juntos. No es coincidencia que todos estuvieran bajo el techo del mismo hotel la tarde que Oliver perdió el conocimiento. Si Lina acepta darnos copias de los videos podríamos mandarlos a mis contactos en España para que Asís empiece a soltar la verdad.

—¡No se llama Asís! —repetí.

—Mira, Alonso —Marcus se sentó a mi lado—, yo sé que el motivo por el que me has acompañado todo este tiempo no es otro más que encontrar a Joseph; eso no se va a dar rápido y siendo sincero no estoy seguro de que lleguemos a encontrarlo nosotros. Para este momento debe estar un mundo de gente tratando de localizar los pasos de Joseph desde que abandonó este hotel. Solo nos queda esperar.

—¡Es que ya me cansé de esperar! ¡Necesito tenerlo de frente!

—¿Por qué?... Alonso, eres quien menos ha salido perjudicado en todo el fraude. Si quisieras podrías regresar a España ahora mismo y seguir con tu vida. La investigación y búsqueda de Joseph está en proceso. No queda nada más que hacer por nuestra parte.

—¡Ya lo sé, Marcus! ¿Tú crees que no lo pienso cada día? Pero quiero verlo, ¡tenerlo cara a cara!

—¡¿POR QUÉ?!

—¡Porque nada de lo que hemos investigado explica por qué Joseph me abandonó! Su desaparición no tiene sentido en los fraudes, las estafas, el desvío de materiales de Patskin. Joseph me dejó después de conocer mi pasado, la verdad de mi llegada a España. ¿Por qué no dejó que Oliver y yo nos comiéramos la culpa de sus fraudes? Ponernos al final de su cadena para que la responsabilidad cayera en nosotros. ¡Asís lo dijo antes del disparo! Que yo había arruinado todo. YO.

La fría habitación se quedó muda.

Marcus me abrazó. Acercó su boca a mi oído.

—Alonso…

—Qué.

—… No se llama Asís.

—¡Pinche pendejo! —grité.

El drama se esfumó entre carcajadas. La extraña conexión que se había creado entre ambos con el pasar de los días nos ayudaba a nivelar los momentos de tensión. Nos quedamos mirando al piso por unos momentos.

—Ellos vivían juntos en Barcelona —aseguré—, Asís y Joseph vivían juntos en el apartamento alquilado de forma ilegal.

—¿Cómo lo sabes?

—No te lo dije antes porque hasta ahora no lo recordaba, Joseph tenía un amigo al que jamás pude verle la cara. Joseph decía que su amigo iba de visita a Barcelona recurrentemente y se quedaba con él. Ahora sé por qué nunca le vi la cara a su "amigo" …Joseph quería esconder a Asís en todo momento, para que me fuera imposible reconocerlo si algún día me lo topaba. Y así ocurrió en el restaurante The Wild, cuando lo vi no tenía idea de quién era.

El misterio seguía resolviéndose mientras Joseph seguía desaparecido.

Minutos más tarde estábamos cada uno inmersos en nuestras libretas, Marcus escribiendo los detalles que habían revelado las cámaras de seguridad del hotel; yo decidí concentrarme en leer lo que había escrito en los días y semanas anteriores. Mis textos que jamás habían sido compartidos. Comencé por el final y me fui de reversa como si estuviera leyendo un manga japonés. Leía un texto completo y pasaba al siguiente:

El mal existe. Existe en nosotros. Nadie, repito, nadie es un ser de bondad. Si pudiéramos introducir la mano en nuestro pecho, arrancharnos el corazón y exprimirlo, veríamos como la espesa y oscura tinta de maldad chorrea y se escurre entre los dedos…

Leído y siguiente:

Joseph   Joseph   Joseph
Joseph
Joseph   Joseph

Leído y siguiente:

¿Por qué no están aquí?

Durante mucho tiempo fueron el tronco frondoso donde me recargaba a descansar. ¡Amaba vivir bajo su sombra protectora! A veces poca como en cada otoño, pero su tronco siempre firme ante las tempestades de invierno…

Leído y siguiente:

donde estudié está justo "en el borde y la colina".

Me detuve.

Volví a leer la línea tratando de recordar qué era lo que quise retratar en aquella oración: *donde estudié está justo "en el borde y la colina".* Tardé un poco en recordar. No era un texto mío, ¡era un acertijo! A mi mente se vino la conversación que tuve con Joseph cuando me invitó a venir a Londres por primera vez, bebiendo café en una terraza: "¿De qué parte de Inglaterra eres?", pregunté. "Soy de una localidad pequeña entre Liverpool y Manchester. Ahí cursé la universidad... Solo te diré que donde estudié está justo en el borde y la colina... Es un acertijo. Ven conmigo a Reino Unido y lo descubrirás", respondió Joseph. Y fue ahí que anoté en mi libreta su acertijo: *donde estudié está justo "en el borde y la colina".* El acertijo olvidado.

Una frase, eso era lo único que tenía. Corrí a mi computadora portátil. En el buscador de Google ingresé la inocente frase: *escuelas en el borde y la colina en Reino Unido.* No aparecieron mas que sitios acerca de las más sorprendentes escuelas y universidades localizadas en el interior de la isla por su arquitectura e historia. Me fui de sitio en sitio leyendo información sobre los edificios, los programas educativos de las universidades e incluso encontré decenas de edificios que habían sido lugares de filmación para series y películas. Era obvio que con tan solo aquella frase no me sería suficiente para obtener respuestas. Mi cabeza no me daba para más en ese cuarto de hotel, decidí utilizar la segunda mente en esa habitación.

Interrumpí el tiempo de escritura de Marcus para compartirle mi anécdota con Joseph y el pequeño acertijo que anoté en mi libreta. Marcus lo leyó pensativo y lo apuntó en su libreta también.

—¿Estás seguro que usó esas palabras? —me preguntó mientras escribía.

—Sí. Confío en mi escritura. Esas fueron sus palabras.

Marcus se quedó viendo la frase, como si quisiera encontrar un mensaje oculto entre esas letras.

—¿Deberíamos cambiar el orden de las letras? —pregunté—. A lo mejor así nos dicen algo más. Como un mensaje oculto.

Marcus sonrió.

—Entiendo que en muchos thrillers que lees suelen aparecer ese tipo de acertijos, pero tengo la impresión que esto es mucho más sencillo y literal de lo que imaginas.

—¿O sea?

—No creo que Joseph te haya dado un acertijo, más bien creo que de manera inocente intentó traducir al español lo que pensaba. ¿Has traducido la frase al inglés?

Saqué mi celular de inmediato y tecleé la frase completa en el traductor, de español a inglés:

Donde estudié está justo "en el borde y la colina"

Traducción:

Where I studied is right "on the edge and the hill"

Me quede observando la última parte: *on the edge and the hill*. Fui a mi portátil de nuevo al buscador de Google y tecleé: on the edge and the hill, University. Ahí apareció como primer resultado: Edge Hill University. Una universidad ubicada en la localidad de Ormskirk en el condado de Lancashire en Inglaterra, cerca de Liverpool y

Manchester. Leí casi toda la información de la institución, sus programas, maestrías y oportunidades laborales, como si en alguna pestaña fuera a aparecer la cara de Joseph en grande.

—¿Encontraste algo? —dijo Marcus colocándose detrás de mí.

—Una universidad con el nombre de Edge Hill, en una localidad llamada Ormskirk.

—Vale. ¿Qué tan lejos estamos de eso?

Revisé la distancia en Google Maps.

—Según veo, estamos a cuatro horas en carro, debemos acercarnos a Liverpool y después seguir nuestro camino hasta Ormskirk. Pero no mames Marcus, no vamos a hacer un viaje hasta allá sin conocer. Incluso Joseph debió mentir cuando me dijo esa frase, se ha demostrado que todo lo que sale de su boca es falso.

Marcus se quedó en silencio mirando la pantalla.

—Ya reconozco esa mirada —le dije—, estás considerando conducir hasta Ormskirk.

Su boca se curveó haciendo una media sonrisa.

—Te equivocas, estoy pensando en comprar un viaje de tren o de bus. No me siento preparado para conducir del lado opuesto.

31
ORMSKIRK

El autobús se detuvo al lado de una parada convencional como cualquier otra: una banca de metal debajo de una marquesina, rodeada de paredes transparentes con soportes metálicos. La miraba a través de la ventana del vehículo, pensé que hacíamos una pequeña escala antes de llegar a la estación de autobuses de Ormskirk, luego vi bajar a todos los pasajeros incluyendo al conductor. Vi el letrero pegado en las paredes transparentes de la parada: *Ormskirk Bus Station.* Después de casi seis horas de viaje desde Londres habíamos llegado a nuestro destino.

El clima era confirmación de que estábamos mucho más adentro de Inglaterra, como jamás lo había estado antes. El rocío de gotas de lluvia nos mojaba mientras acelerábamos el paso bajo el cielo gris entre las casas en la localidad. Seguí a Marcus rumbo a nuestro siguiente alojamiento, una casa de campo que encontramos disponible a unas cuantas calles de la estación de autobuses. Durante el trayecto a pie, arrastrando las llantitas de mi ruidosa maleta por el suelo empedrado, me dediqué a apreciar los negocios de localidad y el mercadillo montado bajo toldos blancos y extendiéndose a lo largo de la calle llamada Church Street. Tenía tanta hambre que me acerqué a un toldo a comprar un racimo de plátanos entero que llevé cargando en una bolsa de plástico, luego paré a comprar nueces y cacahuates; Marcus tuvo que jalarme del brazo para evitar que siguiera comprando comida. Continuamos hasta detenernos enfrente de un restaurante de comida china para pedir indicaciones finales, Marcus entró solo al restaurante. Me quedé esperando afuera, en una intersección de calles la cual parecía ser el centro de la localidad por la torre del reloj colocada en medio del cruce de caminos, rodeada del mercado y decenas de personas caminando. Comprobé que la hora en mi teléfono fuera la misma que marcaba las manecillas del reloj que funcionaba perfecto en lo alto de una torre de ladrillos y bajo un pináculo de estilo casi gótico. Por su parecido (y mi ignorancia) lo apodé El Mini Big Ben. Marcus salió del restaurante para encontrarse conmigo. Dejamos atrás las manecillas del Mini Big Ben marcando los últimos minutos de las dos de la tarde.

Luego de un corto recorrido de menos de quinientos metros desde la torre del reloj, nos detuvimos frente a una pequeña residencia que parecía sacada de un dibujo de preescolar. La fachada cuadrada de ladrillos se alzaba hasta llegar a un techo de forma triangular; los ojos de la casa eran las ventanas en la segunda planta y su boca la puerta principal. Todas las casas a lo largo y en frente de la calle eran casi iguales, como si estuviéramos en el número 4 de Privet Drive… Sí, tenía que hacer una Potter referencia en algún lado.

Marcus buscó un candado en forma de caja con combinación, lo encontró colgado bajo el buzón de correos, presionó los números que el dueño de la residencia le pasó por mensaje y la pequeña caja se abrió dejando que Marcus tomara la llave de la puerta principal. Entramos al recibidor tratando de no mojar demasiado el piso con nuestro calzado y ropas húmedas. A simple vista la casa era muy acogedora, los sillones de la sala junto con las paredes y los muebles combinaban en perfectas tonalidades de azules, grises y cafés; todo el piso de la planta baja era de acabado de madera, incluida la cocina y el comedor, en donde el tapiz de la pared cambiaba a beige claro; ese espacio se iluminaba por la luz natural de la ventana hacia el patio trasero. Caminé al comedor y miré hacia el exterior, un largo campo verde se extendía al otro lado de la valla de madera que marcaba la división entre el patio de la casa y el resto de Ormskirk.

Como decimos en México: me cayó el veinte… Estábamos muy alejados de los ajetreos de las grandes ciudades. Lejos de Barcelona, Madrid, Londres, incluso de Monterrey. Separados de nuestras vidas y rutinas. Por algún motivo sentía que estaba en un lugar en donde por fin podía poner la mente y el cuerpo en un mismo lugar, centrarme, descansar. Un descanso…, eso necesitaba. No importaba si ese viaje me acercara o no a Joseph. Me dejó de interesar. En aquella localidad yo me sentía más cerca de mí.

La llovizna cesó. El cielo permanecía gris.

Marcus revisó los compartimientos de la alacena y el refrigerador en la cocina.

—No hay nada para comer, salvo tus plátanos y cacahuates —aseguró Marcus—. ¿Por qué no vamos a algún restaurante cercano? Así podemos conocer la localidad e identificar dónde se ubica la universidad.

—No —dije hundiéndome en el esponjoso sillón de la sala—, hoy no. Hoy vamos a disfrutar de esta casa. Voy a sentarme a leer mi libro, me voy a preparar una gran taza de café; tú vas a dejar el trabajo a un lado y dejarás tu libretita guardada; por la noche vamos a ver una película juntos, prepararemos una pizza instantánea para cenar, nos tomaremos juntos una botella de vino…, o dos, y nos iremos a dormir a la hora que nos dé sueño sin importarnos a qué hora nos levantemos mañana.

Marcus bostezó al escuchar el plan perfecto.

—Vale, me uno. Lo necesitamos —caminó hacia la puerta—. En ese caso voy a buscar un supermercado. ¿Dijiste dos botellas de vino?… Compraré tres, no queremos que falte.

Y así comenzamos una larga tarde desconectados del mundo. Sin teléfonos, computadoras o internet; incluso vimos películas muy al estilo de los noventa gracias al reproductor VHS bajo el televisor de la sala y la colección de películas del dueño de la residencia. Abrí la primera botella de vino al mismo tiempo que Leonardo DiCaprio subió al Titanic. La noche se alargó entre más películas, pizza y pláticas. No vi la hora cuando Marcus subió a dormir a la recámara en segunda planta de la casa, tampoco miré el reloj cuando cerré los ojos sobre ese cómodo sillón. Por primera vez en varias semanas dormí tranquilo.

Edge Hill Universtity se encontraba a veinticinco minutos caminando desde la residencia donde nos encontrábamos. Después de un desayuno ligero me preparé y me vestí con mis ropas deportivas de invierno: chaqueta rompevientos, *shorts* cortos y tenis deportivos. Marcus se vistió con sus mismas prendas de ayer, no sé si con la misma ropa interior. Ambos salimos de la casa y seguimos las indicaciones del mapa hacia la universidad. Llegamos a una larga calle llamada St. Helens Road y continuamos recto hasta que por fin vimos los primeros edificios que pertenecían a la institución.

Ahí estábamos en medio de una pequeña ciudad universitaria, rodeados de los edificios de las facultades con fachadas de ladrillos rojos; algunos parecían ser más nuevos por los modernos diseños arquitectónicos en acabados de cristal. Había jóvenes con mochilas al hombro saliendo de otros edificios que tenían toda la pinta de ser residencias estudiantiles.

—Vale, escucha —me dijo Marcus—. Para que nos permitan entrar diremos que vienes a pedir informes para un máster.

—¿Perdona? ¿Máster? Tengo treinta ¡pero mírame! Fácil podría pasar como un joven de veinte, ¡incluso diecinueve! Vamos por un programa universitario.

Un grupito de dos chavas asiáticas, una rubia y un joven negro pasaron a nuestro lado.

—Disculpen —los llamó Marcus—. ¿De qué edad se ve mi amigo? —dijo apuntándome.

Ellos contestaron uno por uno: 27, 27, 29, 28. Marcus les agradeció su aportación antes de que se retiraran.

—Vamos a buscar tu máster, treintón.

Otro joven se atravesó por nuestro camino y nos indicó cuál era el *hall* principal de la universidad, donde podríamos pedir información. Entramos a un edificio con una enorme estancia en donde se veía la biblioteca de la escuela al fondo y un área de estudio. Unas amplias escaleras subían a un segundo piso, un letrero sobre un poste de madera marcaba el camino: *International Students.* Nos encontramos caminando entre más escaleras y pasillos hasta llegar a las oficinas de asuntos internacionales. Ahí una amable mujer nos invitó a esperar en una cómoda sala. Miré el espacio de un lado a otro, había cubículos con paredes de vidrio pegados el uno con el otro donde trabajaban los empleados administrativos; en los muros tenían fotografías colgadas de la institución, en una de ellas se veía Edge Hill University desde las alturas en una vista panorámica, aprecié en ella la suntuosa pista de atletismo. Me remonté a mis años de preparatoria, cuando estuve a nada de entrar al equipo de atletismo de mi universidad, y por culpa de mi primera ebria decisión perdí la oportunidad. Con tan solo diecisiete años.

Quería ir a esa cancha. Correr y correr en sentido opuesto hasta regresar al principio, cuando nada de mi vida era ese hermoso desastre repleto de aprendizajes basados en sufrimientos.

—*Welcome to Edge Hill!* —dijo un hombre rubio de mediana edad al abrir la puerta de su cubículo—. Pasen, por favor.

Iba a hacerlo, pero Marcus me detuvo poniendo suavemente su mano sobre mi hombro.

—Ya nos trajiste hasta aquí —me dijo—, deja que yo me encargue.

Marcus entró a la oficina con el hombre rubio y cerró la puerta. A través del vidrio mateado distinguí sus siluetas como una sombra en la pared cuando se sentaron uno frente al otro y estrecharon manos. Volví a los asientos de la sala en donde colgaba la fotografía de la pista de atletismo. Como si no tuviera control de mi cuerpo, mis piernas me sacaron de la oficina de asuntos internacionales, cruzaron por los pasillos del edificio hasta llegar a la salida más cercana y buscaron el gran campo en donde se encontraba aquella pista.

Las puntas de mis tenis deportivos por fin tocaron la base de tartán. Miré el extenso campo abrirse frente a mí. La longitud de la pista se extendía muchísimo más al verla desde el ángulo de un corredor. Los verdes campos y una sección con gradas rodeaban el rojizo óvalo. Agradecí a mi yo de esa mañana por haberse puesto ropa deportiva. Me paré al inicio del carril número 2. Cerré los ojos y me coloqué en posición de arranque como si fuera a iniciar una competencia. Mis dedos y rodillas reconocieron los nervios previos a iniciar la carrera. En alguna parte de mi mente escuché el sonoro e imaginario disparo de inicio. Abrí los ojos. No corrí. Ya no era esa persona. Nos separaba más de una década. Antes odiaba a ese adolescente por habernos arruinado la vida, pero no había manera que él supiera a qué mundo se enfrentaba. E incluso si no hubiéramos errado en aquella ocasión, vendría un nuevo error. Una nueva decisión.

En el verde jardín rodeado por la pista de atletismo había una decena de jóvenes entrenando futbol. Yo hice un calentamiento rápido en piernas y brazos. Comencé a trotar sin medir el tiempo, me enfoqué en completar al menos diez vueltas, que si la memoria no me fallaba eran cuatro kilómetros de distancia. El clima fresco y nublado me mantuvo casi libre de sudor durante el trayecto hasta completar la meta personal. Al terminar me acerque a descansar sobre las gradas en donde un grupo de cinco alumnos conversaban entre ellos. Me quedé observando la pista, un eterno círculo que, como esta historia, sigue dando vueltas.

Sentí que debía mandar un mensaje a Marcus y ver el estatus de la situación. Nuestra conexión no paraba de sorprenderme porque él ya me había escrito hace apenas minutos:
Terminé de exponer todo ante el decano, no logré obtener información. ¿Dónde estás?

Desde la aplicación WhatsApp mandé mi ubicación en tiempo real para que Marcus me encontrara en la pista de atletismo del campus.

No me sorprendió que la visita a Edge Hill fuera una gran pérdida de tiempo. No teníamos un motivo sólido por el cual estar ahí, solo una simple corazonada. Recargué mi espalda en las gradas y me quedé admirando el campo abierto y los edificios de la universidad. A lo lejos reconocí a Marcus saliendo de un edificio y acercándose a la pista de atletismo. Alcé mi mano para darme a notar, pero Marcus no me veía, su mirada estaba fija en un punto específico. Giré la cabeza hacia uno de los extremos curveados de la pista.

Mi piel se erizó.

Yo, de pie desde la tercera grada, lo vi entrar en la pista. Vestía pantalón, playera y tenis deportivos, todo en color negro. Su cara blanca, cabello rubio y manos resaltaban en los extremos de sus prendas. Lo reconocí a distancia.

Mis piernas eran dos bloques de concreto. Descendí de las gradas muy lento, colocando ambos pies en el mismo escalón antes de pasar al siguiente hasta tocar el piso de la pista de atletismo. Caminé muy despacio rezándole a Dios que no fuera él. Me fui acercando hacia el extremo curveado de la pista donde él realizaba estiramientos. Él no había notado mi presencia, no sabía que nos encontrábamos en el mismo espacio y tiempo.

Sus últimas palabras fueron claras y contundentes: "¡NO ME BUSQUES!". Pero ese día, después de semanas desaparecido, había encontrado a Joseph Vanderpump.

32
EL FIN DEL CAMINO

En un segundo todo pasa. Lo más hermoso y lo más terrible. Un beso una cortada un golpe una explosión una caricia un alago un adiós un relámpago un despertar un llanto una respiración una quemadura un pensamiento un sonido una decepción un paso una idea un roce un orgasmo un resbalón un latido una mirada una mirada una mirada una mirada una mirada una mirada una mirada.

En una mirada nos volvimos a encontrar. Y en un segundo más se esfumó.

Joseph me vio parado a pocos metros de él. Su pecho se infló y sus ojos se abrieron gigantes en el instante que me reconoció. Mis labios se separaron sin saber con exactitud qué palabra saldría primero de mi boca. En mi primer suspiro Joseph se fue corriendo hacia el campo abierto. Un segundo después escuché el sonoro e imaginario disparo que daba inicio a la última carrera. La que no fui capaz de comenzar aquella tarde en Hyde Park cuando lo vi alejarse de mí. "¡Corre!", me dije. Y me fui tras de él.

Se dirigía al estacionamiento de la universidad. Los carros aparcados en fila uno al lado de otro. Tenía que ser más rápido que él, si se subía a un auto lo perdería de nuevo. Lo vi acercarse a la puerta de un Peugeot azul. Joseph intentaba abrir la puerta mientras me acercaba a él. Estaba a punto de alcanzarlo hasta que renunció al intento de ingresar al auto, se apresuró el paso para dejarnos atrás al vehículo y a mí.

Escuché un trueno entre las nubes. El cielo gris avisó que la carrera se iba a complicar más, como si no fuera suficiente con la adrenalina que recorría mi cuerpo con cada paso acelerado hacia la salida de la Edge Hill University. Joseph fue el primero en llegar a St. Helens Road con dirección al centro de la localidad. Avancé sin detenerme queriendo igualar su paso, pero él era rápido, sabía que era más rápido que yo.

A mis espaldas creía que alguien me daba ánimos para continuar. Escuchaba la porra gritando: "¡Alonso! ¡Alonso!". Luego escuché mejor, era Marcus haciendo lo posible porque me detuviera. No volteé jamás hacia atrás, en un segundo podría perder la silueta de Joseph frente a mí, que ya se encontraba a varios metros por delante. Supe que había perdido a Marcus cuando divisé el centro de la localidad, sus gritos se convirtieron en suspiros en el viento. Éramos solo Joseph y yo.

El viento y la lluvia golpearon mi cara cuando pasé al lado de la torre del reloj. La localidad se había convertido en un pueblo abandonado sin nadie en las calles, solo Joseph yendo hacia una dirección desconocida. Tomé aire y seguí. Seguí hacia delante en velocidad constante sin perderlo de vista. Cruzamos calles y calles hasta salir del centro de Ormskirk, dejamos atrás la falsa calle Privet Drive donde nos estábamos quedando y continuamos corriendo. Joseph avanzaba con paso firme y decisivo, yo con incertidumbre y miedo.

Las calles con casas se fueron quedando atrás al llegar a una solitaria carretera atravesando otro verde campo abierto. Para entonces Joseph era un pequeño punto a lo lejos que me costaba distinguir entre la llovizna. Continúe sin detenerme, aunque mi cuerpo me pidiera hacerlo, el cansancio estaba a punto de tumbarme. No había nada a mi alrededor más que la larga carretera y los verdes prados bajo el cielo gris. Bajé la mirada por un segundo, "¡VENGA!", me grité. Respiré y regresé mi vista al frente.

Ya no había rastro de Joseph.

—No, no, no… ¡NOOO! —grité.

La lluvia cayó intensa pero mis pasos se reusaron parar. Se me dificultaba ver los metros de carretera al frente. "Un paso a la vez", me animaba a continuar. Seguí corriendo hasta que en medio del ambiente gris una sombra se fue acrecentando a mi derecha en cada paso. Una sombra que se quedó fija mientras yo me aproximaba a ella. Cuando por fin la alcancé pude distinguirla... Una casa.

Me detuve frente a ella. Cruzando un abandonado jardín se levantaba una casa de dos plantas y paredes grises; el interior de las ventanas era negro como si no hubiera vida dentro de ellas; la puerta estaba abierta como una peligrosa invitación a entrar en la oscuridad

El fin de la carrera.

Avancé. Mis piernas temblando. Subí los dos pequeños escalones antes de que mis dedos tocaran la humedad en la puerta. El interior de la casa, frío y oscuro. El silencio era una espeluznante voz. Mis pies me llevaron hasta la única habitación iluminada con un comedor y cuatro sillas. Un escalofrío recorrió mi cuerpo, una extraña sensación de haber estado ahí antes. Miré las blancas paredes que me rodeaban, decoradas con lo que parecían reconocimientos y certificaciones, a un lado estaba una Palma Areca en una maceta.

—Es increíble que una puta alcohólica nos haya jodido —dijo una voz detrás de mí.

Sin voltear supe que no era Joseph.

Por fin la vi de frente. Ahí estaba Valeria al otro lado de la habitación. Contrario a los thrillers que he leído, Valeria no sostenía un afilado cuchillo entre los dedos, tampoco tenía una pistola en las manos. Ella llevaba atacándome desde hace meses con un arma mucho más peligrosa...

... La manipulación.

Daily Entrepreneur

Internacional

Su Intención Era Tan Clara Que La Perdió En El Blanqueo Del Negocio

MARZO 19, 2024. Por Alonso Rodríguez

Comenzó con un intercambio de miradas, como suele suceder en el silencioso coqueteo entre dos personas; el terror de los reclutadores de talento dentro de un ambiente laboral. Un dispensador de agua, a mitad de un pasillo en el décimo piso del edificio corporativo Torre Castellana, fue el testigo de la primera interacción entre ambos. Joseph Vanderpump, el empleado administrativo de 36 años, miró el firme y exquisito andar con el que se le acercaba la nueva asistente de dirección de Patskin en las oficinas de Madrid. Ella tenía un rostro alargado y delicados labios rosas al brillo de un *gloss*; las marcadas cejas y largas pestañas rodeando sus ojos miel eran del mismo color de su cabello; una larga caída de negros rizos cubría su cabeza hasta llegar a sus pechos, que a Joseph le parecieron naturales a primera vista. "No parecía la nueva empleada, ella caminaba como la jefa", me dijo Joseph en mi primera visita al locutorio del Centro Penitenciario Madrid VI, donde pasa prisión preventiva en espera de la celebración de su juicio. De acuerdo con Joseph, a ella no le interesaba beber agua del dispensador, tampoco quería hablar con él de momento, ella necesitaba encontrar la fotocopiadora.

"Bienvenida a Patskin, ¿cuál es tu nombre?", le preguntó Joseph luego de indicarle el camino hacia el centro de copiado. Ella siguió su camino dándole solo las gracias, Joseph regresó a sentarse en su cubículo. Desde ahí la vio pasar de nuevo por el pasillo, esta vez ella le lanzó un beso al aire frunciendo sus labios cuando sus miradas se cruzaron.

Después del fugaz coqueteo, Joseph obligó a sus ojos a mirar la pantalla del ordenador y concentrarse en repasar la presentación que había preparando durante los últimos largos meses, luego de ser transferido a España para trabajar en la cadena de suministro de los centros clínicos de Patskin, la empresa escocesa pionera en innovación para tratamientos y cirugías estéticas en Reino Unido. Ese día mostraría por primera vez su plan de expansión ante la mesa de directivos de la empresa, entre ellos estaría el Dr. Patrick Gordon, fundador de Patskin. Era el día 9 de julio de 2022.

De acuerdo con Joseph, su visión de un proyecto similar inició dieciocho años atrás, mucho antes de Patskin y mucho antes de trabajar como periodista en el Daily Entrepreneur UK. Según dijo, sus padres eran dueños de una modesta papelería en el centro de la localidad de donde es originario, Ormskirk, en el condado de Lancashire en Inglaterra. Siendo hijo único supuso que el negocio pasaría a sus manos al ser mayor, su plan no solo consistía en trabajarlo, sino expandirlo hasta convertirlo en cadenas de papelerías y centros de copiado. Pero al cumplir diecinueve, Joseph se entera de que sus padres traspasarán el negocio a un tercero para invertir el dinero en su carrera universitaria. "Fueron estúpidos, ya tenían una base de negocio y solo necesitaban mi visión", dijo él. "Desde entonces decidí alejarme y buscarme yo solo la existencia. Sin estudios, sin dinero y sin familia".

En otra vida, con mejores decisiones, la ambición de Joseph lo hubiera convertido en CEO de su propio imperio.

Los directivos de Patskin sentados en círculo, al fondo de la sala la nueva asistente de dirección, todas y todos escuchando la cordial bienvenida que ofrecía Joseph por asistir a su presentación. El plan que Joseph proponía para la expansión de Patskin no solo consistía en abrir nuevas sucursales en el interior de España, quería expandir los servicios a nuevos mercados que no tuvieran los recursos suficientes para pagar un costoso tratamiento estético. Su plan: crear pequeñas boutiques de servicios limitados como depilación laser, inyección de bótox y masajes reductivos; además de ofrecer la gama de productos de cuidado personal que se vendían en los centros de Patskin. "Debo admitir que era un ambicioso plan, bien estructurado", me dijo el Dr. Gordon cuando visité la sede de sus oficinas en Edimburgo. "Lamentablemente, competir con pequeños centros en España nos hubiera puesto en el mapa como un intento de monopolio en el mercado que nos ha recibido con brazos abiertos desde la apertura de nuestro primer centro. Era una estrategia muy arriesgada. Queríamos expandir territorio, no arrebatarlo".

Así terminó la reunión, con los directivos acordando que la mejor opción era concentrarse en la atracción de personas a sucursales existentes y no en la expansión de la empresa. La propuesta de Joseph se había retirado de la mesa el mismo día que se colocó en ella. Después de eso la sala quedó vacía, con excepción de Joseph y la nueva asistente de dirección que se acercó de nuevo a él, esta vez con la intención de charlar.

"No te di mi nombre antes", dijo la mujer extendiéndole la mano. "Me llamo Valeria Espinoza y me encantó tu propuesta. ¿Quieres ir a tomar algo?".

"Valeria no era una persona cualquiera", me dijo Joseph. "Ella te escuchaba. Hacia lo posible por comprender lo que estabas sintiendo. Ella sabía qué decir para hacerte sentir bien". Y esas cualidades serían las que más adelante la volverían peligrosa..., incluso para mí.

Valeria tenía 43 años el día que Joseph la conoció, una edad que suele representar sabiduría y experiencia en un mundo corporativo. Ella mantenía el orden de la atareada agenda de los directivos, revisando cada detalle de la administración interna y externa de la empresa; y en mayor parte se dedicaba a ser la mano derecha de la Lic. Elodie Gordon, hermana del fundador y directora general en las oficinas de Patskin en Madrid. "Valeria tenía experiencia de sobra, hasta para regalar", me dijo Elodie. "Gestionaba hasta lo que no era parte de su área, como situaciones especiales entre proveedores de materiales en nuestras sucursales, hasta resolver conflictos de intereses con los laboratorios encargados en crear nuestros productos registrados a nombre de Patskin... Era una delicia trabajar con Valeria".

Aunque su vida no fuera la de una jefa empresaria, Valeria había figurando como un contacto casi invaluable en la industria de la medicina estética. "Asistía a todos los eventos importantes de negocios, incluso ella misma se me presentó como amiga cercana de Elodie Gordon", dijo la Dr. Paula Anido, experta en medicina estética facial en España, quien conoció a Valeria en una de las cenas de aniversario de los centros de Patskin en Madrid, donde Anido presta sus servicios médicos.

Valeria ya había trabajado anteriormente como asistente de dirección, lo hizo en la cadena de centros dentales LaMásDental en donde parecía tener una relación muy estrecha con uno de los propietarios: Ernesto Lozano. "Valeria siempre fue muy servicial", dijo Lozano. "Podía confiarle todo lo relacionado al negocio y tenía acceso total a mi agenda. Una experta en la gestión de tareas". Ernesto encontraba en Valeria todo lo que necesitaba para mantener su negocio a flote, pero Valeria no encontró lo suficiente en LaMásDental. "Doblar su sueldo era una locura", dijo Lozano. "Lo más que pude hacer por ella fue ayudarla a conseguir un mejor puesto. Yo mismo envíe la carta de recomendación a Elodie Gordon".

Muy pronto Elodie incluyó a Valeria dentro de su rutina de trabajo diaria, presentándola en cada reunión con gerentes de departamentos en Patskin, en juntas con directivos una vez por semana en la sala de juntas para revisar temas administrativos y planes de ventas. Valeria acudía a las reuniones y eventos que se organizaban fuera de la empresa, principalmente a los que asistían empresarios importantes en el negocio del cuidado facial y cirujanos plásticos de prestigio, para invitarlos a pertenecer o brindar sus servicios en Patskin. "El éxito de Patskin no está en los productos, está en el arte de las técnicas y las manos expertas que trabajan el cuerpo como un lienzo", dijo Elodie.

En ese momento era la mitad del 2022. Los centros clínicos estéticos de Madrid viven su mejor época, impulsados por el convencimiento social de que se deben prevenir los cambios naturales en la piel para envejecer de acuerdo a la mejor versión de uno mismo. En esas circunstancias, la elección del médico y el centró clínico especializado se convierten en las tareas más difíciles. Según las revistas de moda, belleza y tendencias, como YLE y COSMOS, a finales del 2022 España se sitúa como el segundo país de Europa en donde se realizan mayores tratamientos médicos estéticos, tanto para jóvenes y adultos; la medicina estética se volvió parte de la mejora del aspecto físico y la reducción de los signos del envejecimiento. "Patskin no compite en número de establecimientos", dijo el Dr. Gordon. "Nuestros centros se enfocan en brindar un servicio especializado y de calidad, convirtiéndose en la mejor opción para nuestros clientes. Allá afuera hay cientos de colegas con años de experiencia con su propio centro clínico. Nuestra pregunta era, ¿cómo hacemos para que nos perciban como LOS mejores? Ese era nuestra línea y plan de negocio".

"Eso era lo que ellos se creían: LOS mejores", aseguraba Joseph. "Tanto que nadie podía estar por arriba de ellos. Solo hay que mirar su estructura. El famoso organigrama".

Joseph tenía la intención de trabajar para la empresa Patskin por tiempo indefinido, así se lo dijo a Valeria en una de sus ya recurrentes salidas después de la oficina. Joseph estaba convencido que poco a poco se haría notar sobre el resto de sus colegas hasta ser promovido, llegar a la mesa directiva de la compañía. Fue ahí cuando Valeria le mostró el otro lado de la realidad, un lado que Joseph en su posición probablemente jamás iba a encontrar. Y es que revisando la estructura de la compañía y a los integrantes de la mesa directiva, se puede apreciar que en su mayoría el apellido Gordon viene acompañado de sus nombres. ¿Y quién los culpa? No decidieron dónde nacer. Pero como asistente de dirección, Valeria Espinoza fue conectando las relaciones entre los demás gerentes y directivos: cuñado, amigo, padrino. Un organigrama similar a un árbol familiar desde la creación de la empresa, de nuevo, ¿quién los culpa? El universo corporativo tiene sus lados injustos y debatibles. Hablando de Patskin, un crecimiento en esa corporación tenía el techo asegurado.

En noviembre del año 2022, Valeria invita a Joseph a un elegante restaurante de alta cocina dentro del Hotel Unique de Madrid en el barrio Salamanca, un lugar que no solían frecuentar en sus salidas de compañerismo laboral, "Valeria me pidió llevar mi ropa más elegante", dijo Joseph. Según él, Valeria llegó al lugar con un largo vestido negro y el rizado cabello recogido. En la mesa, ella comenzó a seleccionar casi al azar cosas del menú para ambos y pidió una botella de champan sin ver el precio. Comieron y bebieron durante toda la velada hasta que llegó el momento de pagar la cuenta. "No me dejó poner ni un euro para pagar el total de la cuenta", dijo Joseph luego de que confesara que el monto de la cena pasaba los 1.700 €, de los cuales se derramaron 900 € tan solo en la botella de champan. Valeria pagó el total de la cuenta con billetes de cincuenta euros.

"Esta es la vida que merecemos", aseguró Valeria. "Y con tu idea lo vamos a lograr. Es hora de hacer negocio juntos".

Así es como Valeria comenzó a tejer la telaraña de mentiras en la que se verían envueltas y perjudicadas cientos de personas alrededor de España. Un plan que involucraría mucho más que apropiarse de recursos de la empresa donde ella y Joseph trabajaron juntos. Una idea que Valeria le robó a Joseph, cuando él presentó su propuesta de expansión a los directivos de Patskin. Sí, así iniciaría la estafa más hablada de los últimos años en España: con una idea robada.

El comienzo sería la parte más difícil, porque antes de realizar un trabajo sucio hay que asegurarse de no mancharse las manos. Eso Valeria lo tenía claro. Valeria necesitaba unos guantes duraderos y confiables para realizar el trabajo de campo, eso fue para ella Raúl Lima, conocido por muchas mujeres como Asís Medarde, un atractivo joven de origen colombiano que se hizo pasar por meses como un exitoso empresario cofundador de una falsa agencia de bienes raíces llamada Da Agency. "Valeria supo buscar en el lugar correcto", me dijo Raúl en una calle cercana a Puerta del Sol en el centro de Madrid donde ejerce sus servicios. "Muchos de los que trabajamos en la prostitución no lo hacemos por gusto, Valeria lo sabía, por eso el anzuelo para convencerme a participar en su estafa fueron los miles de euros que prometió". Y así fue cómo comenzaron la primera fase del plan. Raúl, disfrazado de Asís Medarde, emprendió la ardua tarea de reunir los fondos económicos de la bolsa de sus víctimas, haciéndose pasar por un exitoso empresario. "Con ayuda de Valeria fue muy sencillo inventar a Asís en un mundo que depende de las redes sociales", aseguró Raúl. "Si jamás exististe en ellas antes, puedes ser quien quieras al abrir una cuenta. Y si te lo crees, todo el mundo lo hará".

Raúl, bajo el nombre de Asís, se hacía pasar por un hombre de negocios que visitaba ciudades en España buscando propiedades para ponerlas en venta en el mercado, él y su socio (del cual jamás menciona un nombre concreto al tratarse de un personaje ficticio) fundaron la agencia en conjunto, la cual conectaba a clientes con socios proveedores especializados. "No es lo mismo salir con un mesero que con un empresario", dijo Raúl. Según él, su experiencia como hombre de compañía lo ayudó a ser convincente con las mujeres que cortejaba. Era como si las clientas que acudían a él en las calles y las mujeres que conocía por plataformas quisieran lo mismo: ser escuchadas, sentirse queridas o simplemente pasar un rato agradable. Raúl, convertido en Asís, les daba eso y más. Por eso cuando les contaba que su falso socio se había llevado a sus clientes a otra agencia, dejándolo con deudas a él y a sus socios proveedores, las mujeres no dudaban en trasferir una aportación, grande o pequeña, para que Asís mantuviera su negocio a flote. Euros que llegaban a manos de una sola persona... Valeria.

"Me jodió bien, ¡y no solamente el coño!", me dijo Isa Torres, dueña de la Agencia Publicitaria Isa Creativa en Barcelona. Ella se convirtió en la última mujer en transferir una gran cantidad de euros para ayudar a solventar las falsas deudas de Raúl alias Asís Medarde. Su aportación fue de 110.000 €. "Asís, Raúl, o cualquiera que sea su nombre, no decía que tenía dinero, ¡él te lo mostraba!", dijo Isa. De acuerdo a su testimonio, el falso Asís no escatimaba gastos: cenas en los mejores restaurantes de Barcelona, viajes exprés por las costas de Catalunya en un Lamborghini muy de lo último, sus encuentros sexuales siempre fueron en una suite del Hotel El Palace Barcelona en donde a veces pasaban fines de semanas enteros. "Los chicos del *room service* nos atendían como reyes, Asís soltaba hasta 100 € de propina por cada visita a nuestra habitación", dijo Isa. Se dice que no hay ceguera peor que no querer mirar, pero los ojos de Isa estuvieron expuestos a experiencias Premium por demasiado tiempo que no pudo ver más allá de las apariencias. Describió a Raúl como un peligroso seductor que te persuade en los sentidos y te convence en el sexo. Un encanto de hombre con tatuada piel morena y de acento latino que te roba hasta los suspiros del alma.

Así fue como al menos treinta y cinco mujeres cayeron en las garras del *Maluma Estafador* a lo largo de once meses, desde noviembre del 2022 a octubre del 2023. Un fraude que fue alimentado la ambición de la retorcida mente maestra. "Valeria me prometió tanto que al final no me dio nada. Y cuando digo nada es NADA", dijo Raúl. "No obligué a nadie a transferir dinero a ninguna cuenta, mi nombre no pinta en los registros. Al día de hoy, no soy culpable de nada". Como un guante quirúrgico, Valeria desechó a Raúl Lima después de cumplir su propósito. Y si lo hizo con él, ¿quién asegura que no lo haría con cualquiera?

"Ahora sé que Valeria no me habló porque le agradara, ¡ella me necesitaba!", dijo Joseph.

A inicios de diciembre del 2022 en Patskin comienza el cierre y planeación anual dentro de los departamentos administrativos. Dentro de los planes directivos, el Dr. Gordon quería atraer más clientes manteniendo la estructura actual de negocio en las sucursales de Madrid y Portugal, por lo que se concentró en escuchar ideas de los ejecutivos administrativos. Fue ahí que Joseph lanzó al aire la idea de agregar más líneas de suministro de productos como materiales quirúrgicos y renovar las máquinas en los centros clínicos de Madrid. "Las tendencias sobre la moda y belleza están en constante cambio. Debemos abrir los ojos y encontrar qué es atractivo hoy en el mercado que consigue casi todo por Internet", compartió Joseph a los directivos. Su propuesta: primero, restructurar la cadena de suministro y proveedores de materiales para dar ventaja competitiva en el mercado; segundo, recibir mayor número de productos de cuidado de la piel a mejor precio para impulsar su venta directa en sucursales; y tercero, hacer una modernización de maquinaria en los centros, según Joseph eso impulsaría a crear una estrategia de reposicionamiento de los centros. "Haciendo números rápidos, el plan estaba dentro de nuestros márgenes de inversión", dijo el Dr. Gordon. "Un negocio debe renovarse. Nuestros centros de España lo requerían". Fue en esa junta cuando el Dr. Gordon pidió la opinión a su asistente de dirección, aquella que estaba involucrada en todo lo que sucedía en la empresa. "Me parece una idea magnífica", respondió Valeria.

Semanas después, Valeria firma su renuncia en Patskin. De acuerdo con la Lic. Elodie el motivo del inesperado abandono fue que Valeria deseaba formar una familia por su cuenta. "Valeria decía que no se estaba volviendo más joven, así que a sus 43 años decidió comenzar con un tratamiento de reproducción humana asistida, el cual requería su completa atención, alejada del estrés y carga laboral", dijo Elodie. "Le ofrecí mi completo apoyo. Tanto que quise ponerla en contacto con algunos colegas especialistas". Valeria se rehúsa a aceptar su ayuda. A inicios del año 2023 Valeria abandona las oficinas de Patskin, en ellas deja un dulce recuerdo en boca de los directivos. Y en los pasillos deja a Joseph con una importante tarea: desviar recursos de la cadena de suministro de Patskin.

A finales de enero del 2023, Valeria ya tenía montado un pequeño centro de depilación laser en la ciudad de Segovia, al noreste de Madrid, gracias a los primeros miles de euros recolectados por Raúl y puestos en dos bancos cuya fachada legal se llamó PS Care S.L., con sede social en Valladolid según me informó el detective Marcus Madrigal, especialista en investigaciones comerciales. Todo casi limpio, un lavado discreto para llamar poco la atención. Ya lo decía la Lic. Elodie antes: a Valeria le sobraba experiencia.

"Valeria te conocía sin conocerte en realidad, esa fue la clave de su éxito", me dijo Joseph. "Ella sabía que yo quería tener mi propio negocio desde muy joven. Hasta el día de hoy no sé cómo me convenció para hacerlo realidad, o al menos intentarlo".

El centro de depilación en Segovia fue equipado con las máquinas y aparatos que se remplazaron de los centros clínicos de Patskin en Madrid para dar paso a nuevas tecnologías en sus tratamientos. Supuestamente, Joseph habría conseguido vender los equipos más antiguos a pequeños centros clínicos alrededor de España, en parte fue cierto porque Valeria los fue adquiriendo de acuerdo los fue necesitando. En relación al abastecimiento del centro clínico, fue posible con tan solo una simple negociación entre Joseph y los actuales proveedores de Patskin. Tal acuerdo consistía en dan un solo pago por el monto de los materiales y productos que se llevarían a los centros de Madrid y de los cuales el 10 y 15 % se retendría para mantenerlos en inventario a una dirección en Segovia. En Patskin se creyó que lo materiales se mantenían en un almacén del proveedor, no en un nuevo centro de depilación. A esa retención Joseph la llamó *retraso de material* dentro de la empresa.

La verdad por delante. Un pequeño centro de depilación no les daría su primer millón en euros, admitirlo era el primer paso para avanzar al siguiente. Era momento de crecer de manera exponencial. Pero al igual que lo hizo con Raúl, Valeria no iba a mancharse las manos. Joseph fue el encargado de la administración de su primera clínica contratando enfermeras y personal especializado en tratamientos estéticos básicos para atender el negocio y así dejarlo a cargo de la persona que se convertiría en su primera víctima de fraude, Amalia Cepeda. "Joseph llegó con un contrato para hacerme socia del negocio", me contó Amalia en su apartamento en Segovia. "Yo no sabía nada de ser socia ni de negocios, mi empleo anterior era depilar cejas en una peluquería local". Según cuenta el detective Marcus Madrigal, en el contrato que Joseph le ofreció a Amalia no pedía inversión inicial, era un acuerdo de prestación de servicios donde Amalia se ponía como responsable de la administración del centro de depilación. Amalia recibía un pago único que luego administraba para pagos de la renta del local, sueldo a empleados (incluido el de ella) y pago a proveedores. "Joseph me pagaba bien, por eso continué operando el centro hasta su repentino cierre en octubre", dijo Amalia. Fueron nueve meses trabajando para Valeria sin saberlo.

Mientras Joseph soldaba el primer eslabón de la cadena, Raúl y Valeria ya se encontraban en Santiago, esta vez comprando un pequeño centro de aplicación de rellenos inyectables. Joseph llegó de nueva cuenta para encargarse de la administración de este segundo centro perteneciente a la empresa PS Care S.L. Ofreciendo el mismo contrato de administración al encargado Randal Guevara. "Pensé que mi centro por fin formaba parte de algo grande", me dijo Randal. "Vendí la propiedad de mi negocio para convertirme en su empleado. El peor error que he cometido, sin duda".

Luego era marzo, dos centros a nombre de PS Care funcionando. Era momento de que Valeria exprimiera el talento de Joseph en los negocios hasta sacarle todo el jugo. Ahí es cuando Joseph Vanderpump comenzó a vender falsas franquicias a nombre de Patskin alrededor de España, pidiendo inversiones desde 30.000 a 50.000 € por adquisición asegurando que él y su equipo acondicionarían el centro clínico tal y como lo habían hecho con los dos centros en Segovia y Santiago, ambos en funcionamiento. "Nuestro sueño era emprender nuestro propio negocio", me dijo Estela del Rosal, propietaria de la falsa franquicia de Patskin en Córdoba. "Desde que abrimos el centro en abril todo fue viento en popa. Los clientes no paraban de llegar y teníamos citas programadas hasta finales del 2023". Lo mismo pasó en Valencia según Leticia Ochoa, propietaria de otra falsa franquicia. La cadena de establecimientos no solo crecía en territorio sino también en clientes.

"Estábamos consiguiendo con nuestras manos lo que los directivos de Patskin rechazaron", aseguro Joseph. "Y por fin me convertía en el dueño de mi empresa".

Pero como me dijo el detective Marcus Madrigal una vez durante sus investigaciones, "...una cadena así no dura para siempre".

Para inicios de julio 2023, PS Care tenía cinco, entre pequeños y medianos, centros clínicos en Segovia, Santiago, Córdoba, Alicante y Valencia. Joseph estaba a punto de abrir el último centro, esta vez en la ciudad de Barcelona. Según Joseph, ya tenía acuerdos con proveedores externos propios para no depender de los recursos robados de Patskin. Su siguiente gran paso era renunciar a su puesto en Patskin para quedarse con su proyecto personal y seguir expandiéndolo... Se le olvidó que él no era la mente detrás del negocio. "No sé por qué no lo vi antes... Valeria tenía otros planes", dijo Joseph.

Valeria se rehusaba a quedarse en España y administrar las falsas franquicias porque ese nunca fue su intención. "Te juro que a mí nunca me contó sus verdaderas intenciones", aseguró Joseph. "Valeria quería traspasarle todo a alguien para que en el futuro recayera toda la culpa en él o ella, y nosotros irnos del país... con todo y millones incluidos". Según Joseph, él se reusó a participar en su plan argumentando que tenían todo bien montado y que en un par de años nadie, ni siquiera Hacienda, podría rastrear el origen del negocio. "¡No seas estúpido! Ya deben estar investigando los retrasos del material. O hacemos lo que te digo o te hundes. Para tu mala suerte, Joseph, todo está a tu nombre", le dijo Valeria. ¿Recuerdan lo de no ensuciarse las manos? Pues eso incluía también a Joseph, él fue un guante más de Valeria durante todo el proceso.

Según los documentos encontrados por el detective Marcus acerca de la empresa PS Care S.L., para julio de 2023 Joseph era el propietario absoluto. En ese momento Joseph tenía dos caminos por delante: Uno, quedarse con su negocio y cruzar los dedos, esperando que la base legal se acomodara a su favor en el futuro; el segundo, hacer que alguien más firmara su condena. La solución que propuso Valeria le convenció.

Dos personas. Eso era lo que Valeria pedía. Dos personas que se conviertan en socios directos de PS Care S.L., junto con Joseph. Dos personas que estuvieran dispuestas a entrar al negocio y recibir los beneficios por igual. Dos personas que serían las culpables de estafar a cientos de personas en España por la apertura de falsas franquicias de Patskin. "El acercamiento con estas nuevas personas no sería como con las otras", me dijo Joseph. De acuerdo con él, Valeria pidió que esos nuevos prospectos no solo fueran socios estratégicos, ellos debían convertirse en amigos..., tenían que ser familia..., o de ser necesario: amantes. Joseph tendría que ganarse su confianza, tanto así que no dudarían en firmar y quedarse como propietarios absolutos de PS Care S.L,. "No tenía idea de cómo lo haría. Mi fuerte no son las relaciones", me dijo Joseph durante mi última visita a prisión. Creo que ni él se dio cuenta que, en realidad, nunca tuvo que hacer nada..., más que seguir órdenes. Porque Valeria se encargaría de amarrar los hilos con su arma más peligrosa: la manipulación...

Suscríbete a Daily Entrepreneur
para leer el artículo completo

33
COPA VACÍA

Su cabello negro crespo y descontrolado por la humedad del ambiente es lo primero que vi. Una masa de grasientos rizos acercándose a la mesa del comedor que nos separaba el uno del otro. Sus delgados dedos agarraron el respaldo de una silla y la arrastraron hacia ella. Se subió las mangas largas de su bata gris hasta los codos antes de sentarse. Sobre la mesa estaba un paquete de cigarros Lucky Strike, sacó uno y lo acercó a su pálida boca sin maquillaje. El bolsillo en su bata gris colgaba entre las patas de la silla, de ahí sacó un encendedor para dar fuego. Dio una calada al cigarro apretando sus labios. El humo subió por enfrente de sus pecas expuestas en la blancura de su piel.

—Siéntate, Alonso —habló Valeria.

Incertidumbre, cansancio y miedo recorrían mi sangre. En alguna parte de la casa escuché el azote de una puerta y luego el *crac-crac* de la cerradura. Nadie podría entrar... Ni salir. Dirigí la mirada hacia la sala a mi derecha, la silueta de Joseph cruzó frente a una ventana y se dejó caer en un viejo sofá iluminado por la luz del nublado día.

Giré hacia Valeria. Ella no me quitaba los ojos de encima. Siguió dando largas caladas al cigarro hasta terminarlo. El hedor a tabaco flotaba ya en el techo y en el ambiente.

—Anda, Alonso. Siéntate —me volvió a insistir. Apagó sobre la mesa la colilla del cigarro terminado. Agarró y encendió otro—. Anda.

Seguí de pie. Inmóvil.

—Siéntate, Alonso —dijo Joseph al fondo. Volvía a escuchar su voz por primera vez desde ese día lluvioso en

Hyde Park.

Imité los movimientos de Valeria. Agarré el respaldo de la silla frente a mí, la estiré y me senté en silencio manteniendo mi cuerpo alejado de la mesa, así evitaría que mis piernas chocaran con la madera en caso de que tuviera que salir corriendo por mi vida. Valeria se me quedó viendo con el cigarro encendido entre sus dedos.

—Vaya, Alonso… —humo saliendo de su boca—. Me impresiona que nos hayas encontrado. ¡¿Verdad, Joseph?! —le gritó. Él no contestó—. No me esperaba otro encuentro cara a cara entre nosotros desde la última vez. Cuando estabas pasadísimo de copas.

—¿Disculpa?

—Que no esperaba verte de nuevo la cara. Mucho menos sobrio.

—…

—¡JA! ¡Te dije, amor! —Valeria le gritó a Joseph—. Esta alcohólica no se acuerda de nada.

Sentía mis brazos pesados desde los hombros hasta las uñas.

Valeria terminó el segundo cigarro en profundo silencio sin mirarme. De nuevo apagó la colilla sobre la mesa.

—En verdad no recuerdas nada —continuó Valeria—. Llegaste una noche alcoholizado a nuestro apartamento después de discutir con Joseph. Y adivina…, fui yo quien te abrió la puerta.

La puerta roja. ¿Sueño o realidad? Realidad. La sombra al otro lado, Valeria.

—Pensé que me reconocerías al verme, pero no. No estabas en ninguno de tus sentidos. Fue Joseph quien salió después a sacarte del edificio para meterte en un taxi... Yo te hubiera dejado tirado en la calle.

—Cu…, cu…, —tenía la boca seca de nervios—. ¿Cuál noche? —pregunté.

—¿Cuál noche? La noche que fuiste a casa de Willem y te pusiste PEDA con vino, tequila y todo lo que te puedes meter porque no eres más que un adicto. Tuve que venir a refugiarme a esta localidad de mierda pensando que nos habías descubierto. Creí serías muy inteligente y unirías los puntos, ¡te di mucho crédito! Pero el siguiente lunes en nuestra sesión me contaste de tu vago recuerdo, ahí supe que no te acordabas de nada. ¡Un puto alivio! Se hubiera ido todo a la mierda desde mucho antes.

De nuevo Valeria tomó la cajetilla con cigarros.

—¡Qué grosera soy! ¿Quieres algo de beber? —Valeria se levantó—. Permíteme. Veré qué tiene Joseph en esta casa vieja. No te preocupes, seguro que encuentro algo… ¡Joseph! Levántate y cuida que Alonso no se vaya a ninguna parte. Es nuestro invitado especial.

Joseph se levantó del sofá y caminó hacia mí para sentarse en la tercera silla disponible alrededor de la mesa. Mis manos temblaban sobre mis piernas. Junté mis dedos y los apreté para no evidenciar el miedo. Si intentaba correr, Joseph siendo más alto y atlético que yo me alcanzaría, y junto con el par de brazos de Valeria me someterían sin problema. Me arrepentí de ser tan impulsivo y perseguirlo desde Edge Hill hasta entrar en la madriguera.

Valeria regresó, en una mano sostenía una copa de vino tinto llena hasta el tope y en la otra la botella de vino abierta. Las colocó sobre la mesa y las empujó hacia mí. Gotas de vino se derramaron en la mesa y unas más se quedaron escurriendo lento sobre el cuerpo de cristal de la copa.

—¡Anda, Alonso! Bebe un poco de vino —dijo Valeria—. Te hará bien para quitarte los nervios.

Ella volvió a sentarse para fumar un tercer cigarro. Sus dedos temblaban descontrolados que hasta tuvo problemas para encender el mechero. Deduje que estaba aún más nerviosa que yo. Sí... Regresó de la cocina mucho más nerviosa.

Miré la copa. El vino tenía un extraño tono rojizo casi igual al de una manzana.

—No —dije firme—. No voy a beber.

Valeria lanzó con furia el cigarro encendido contra el muro detrás de mí. Vi la ceniza y el humo pasar por mi lado. Ella puso los codos con fuerza sobre la mesa y se agarró su negra melena con ambas manos dando círculos sobre su cráneo como si se rascara el coraje.

—Pero si a ti te gusta el alcohol, Alonso —me miró de nuevo—. ¡Siempre bebes! Incluso cuando no debes. ¿No fue esa la razón por la cual terminaste violado a los veintiséis? Tú fuiste el culpable de que un joven indefenso se muriera en tu casa hace tres años. Que por cierto, ¡no me lo mencionaste en nuestras primeras sesiones de terapia! Si lo hubieras hecho me habrías ahorrado problemas. ¡O por lo menos me hubiera encargado de ocultárselo a este imbécil! —dijo apuntando a Joseph—, él habría seguido con los planes en lugar de salir corriendo como un maricón.

El cambio de planes. Yo fui la razón por la cual Joseph cambio los planes. Era momento de tranquilizarme. Empezar a resolver.

—¿Qué… ¿Qué planes? —pregunté

Valeria encendió el cuarto cigarro, una larga y profunda calada lo fue consumiendo.

—¿No es ya obvio? —dijo Valeria—. Queríamos cargarte el fraude de nuestro negocio. ¿No has visto las noticias? Tú eras el punto final. ¡Joder! Solo necesitábamos tu firma. ¡PERO TU PUTO PASADO! —Valeria lanzó su cigarro de nuevo, esta vez contra mi pecho—. Tu pasado conmovió al más débil.

—No era justo, Valeria —por fin habló Joseph—. No era justo cargarle lo que hicimos.

Joseph puso una mano sobre la mesa y la acercó hacia mí. Yo no le extendí la mía.

—Ese día conocí tu historia después de meses a tu lado. La razón por la cual te mudaste Barcelona. Huiste buscando algo mejor. No tuve el corazón para arrebatártelo. No merecías que te jodieran de nuevo.

—Ya no importa eso —Valeria encendió otro cigarro—.

Si el maricón está aquí es porque la policía y la ley ya nos está pisando los talones. Lo que debemos pensar ahora es: ¿qué hacemos contigo, Alonso?

—¿Qué que haremos con él? —preguntó Joseph—. Nada, Valeria. Déjalo ir. Todavía podemos subir hasta Edimburgo como planeamos y emprender camino a cualquier parte del globo. Tenemos dinero de sobra.

—¿No quieres decirle a Alonso la dirección de donde nos hospedaremos? ¡Vaya que eres imbécil! Si había una posibilidad de dejarlo ir ya se la quitaste.

Valeria se levantó de su silla. Dio unos pasos balanceándose de un lado a otro hasta llegar a la cocina y de un cajón sacó un largo cuchillo. Miré la afilada hoja brillar por el destello de la bombilla blanca sobre nosotros cuando Valeria regresó a sentarse.

La sangre se me fue a los pies. Sentí la palidez en mi rostro.

—Tienes dos opciones, Alonso —dijo Valeria sobando el mango del arma en sus manos—. La primera, te entierro este cuchillo en la garganta hasta que te desangres. Aunque creo que eso te gustaría, porque a vosotros los maricones os encanta meteros pollas hasta topar con la pared. Da asco, de verdad. O dos…, ¿ves este vino? —Valeria golpeó el cristal de la copa con la hoja del cuchillo, el tintinear fue un horrible y molesto zumbido—. Este vino te lo bebes hasta la última gota y listo. Tú decides.

—Por favor, Valeria —dije—. No estás hablando en serio. No vas a matarme.

Como si fuera un puma, Valeria se me lanzó por encima de la mesa. Su garra era el cuchillo que acercó a mi mejilla mientras su otra mano me sujetaba la ropa por el pecho.

Me quedé inmóvil.

—No me tientes, Alonso —apretó la afilada punta a mi mejilla—. No sabes de lo que soy capaz y todo lo que he hecho para llegar hasta donde estamos hoy. He vivido toda una vida enjaulada siguiendo órdenes de otras personas, ahora es MI momento.

Soltó mis prendas de un empujón, mi espalda chocó con el respaldo de la silla que se balanceó con el golpe. Valeria se arrastró por mi lado de la mesa hasta bajarse y colocarse de pie a mi izquierda.

Mi mirada estaba puesta en la silla que Valeria dejó vacía.

—Recuerda, Alonso, tienes dos opciones —dijo Valeria.

Volví a sentir la fría punta del cuchillo, esta vez tocándome el cuello. El sudor salía por todos mis poros, frío como un hielo que se derrite en el polo.

—Si eres inteligente harás lo mismo que le pedí a Oliver y te beberás el vino —dijo ella.

Una confesión. Ella fue culpable de lo que pasó con Oliver.

—O… tal vez quieras terminar como el joven en tu casa de Monterrey años atrás: con el filo de un objeto clavado en la yugular. Cualquier opción que elijas terminará como todas tus pasadas ebrias decisiones: en un charco de vino y sangre.

—Valeria, déjalo y vámonos —dijo Joseph.

—¡NO! —gritó ella—. ¡Tú lo trajiste hasta aquí! Todo por tu necedad de ir a esa universidad en donde nunca estudiaste. Así que esto es lo que le toca a Alonso. Tiene que hacerlo. Tiene que hacerlo ahora. ¡Tiene que hacerlo aquí!

"Tiene que hacerlo aquí", pensé. Ahí era donde mi vida terminaría. En una casa a las afueras de una localidad de Reino Unido que hace dos días ni siquiera sabía de su existencia. Lejos de todos aquello que conozco. De todo aquello que amo. Alejado de España y de México. De mis amigos y de mi familia. Alejado del sillón y las tardes de lectura. Lejos de haber conocido lo que es querer por los amores falsos vestidos del verdadero. Así fue Joseph.

"Tiene que hacerlo aquí". ¿En dónde estábamos? En una localidad donde Joseph me dijo que creció. O sea, estábamos en su casa. La casa de su infancia.

—¿Por qué tengo que hacerlo aquí, Valeria? —pregunté.

—¡HAZLO O TE MATO! —gritó a mi oído.

—Joseph... —dije mirándolo—. Si muero aquí en tu casa, tu nombre quedará vinculado a mi muerte. Valeria mató a Oliver por robar la evidencia, también mandó a Asís para asesinarme en Madrid. A ella no le importa nadie más que ella misma. Hará lo que sea por salir limpia de esto con el dinero en la mano, incluso si tiene que deshacerse de ti. En Madrid eres el único culpable por las falsas franquicias de Patskin, ahora también serás el culpable de nuestras muertes.

—*OK!* —dijo Valeria—. Hasta aquí hemos llegado.

Lancé todo mi cuerpo hacia mi derecha hasta chocar contra el piso, todo mi peso cayó en mi muñeca derecha. Valeria se me lanzó encima. La punta del cuchillo se me enterró sobre la pantorrilla derecha. Ardor. Un ardor que jamás había sentido. Valeria desenterró el arma. Mi cuerpo se tensó al verla sobre mí con el cuchillo entre sus manos listo a ser enterrado de nuevo. Esta vez a la cara.

Un golpe la detuvo. Joseph le dio una patada en el pecho tan fuerte y certera que la hizo caer al suelo.

Joseph me extendió la mano. Me paré a su lado.

Valeria intentaba recuperar el aire mientras se levantaba sobándose los pechos gimiendo de dolor.

—Se acabó, Valeria —dijo Joseph—. Se acabó desde hace semanas.

—Ay, Joseph —habló Valeria apoyando su cuerpo en la mesa—. Por eso nadie quiere a los maricones en este mundo. No saben cómo tratar a una dama. No es natural que nieguen su realidad... Ser hombres.

Miré el puño de Valeria aparentando con más fuerza el cuchillo.

—Valeria. Suelta el cuchillo —dije.

—¿O qué? ¿Me vas a follar por el culo, como te gusta?

Golpes en la puerta cortaron la conversación. Golpes constantes con mi nombre al fondo: "¡Alonso! ¡Alonso!"... Era Marcus. Junto a los golpes y mi nombre se unió el sonido de una sirena de policía.

Valeria soltó el cuchillo dejándolo caer al suelo.

—Si no te hubieras aparecido aquí nos habríamos ido lejos. Nos has jodido, Alonso.

Se sentó en una de las sillas frente a la mesa. Sobre ella seguía la copa de rojizo vino tinto hasta el tope.

—Ustedes me querían joder a mí, Valeria. Me manipulaste con mi historia a tu antojo. Esto es solo karma.

—Un karma que no estoy dispuesta a pagar.

Valeria agarró la copa y de mil tragos se la bebió entera. Soltó el cristal de entre sus dedos. La copa cayó en el piso esparciendo vidrios sobre el mismo lugar donde comenzó a convulsionar. Su cuerpo se retorcía sobre los cristales de la copa que le cortaban la piel. Su nariz y boca sangraban. Se ahogaba en su propia sangre.

Joseph corrió hasta la puerta a quitar la cerradura. Por fin Marcus y tres oficiales de policía entraron.

Marcus me tomó del brazo y me arrastró hacia él.

Joseph fue sometido y esposado por los oficiales.

Valeria se fue quedando tiesa, casi dormida, en un charco de vino y sangre.

Salí de la casa bajo el brazo de Marcus. Dos autos de policía se encontraban estacionados en la calle, al otro lado del jardín abandonado. El ruido de una ambulancia se intensificaba en uno de los extremos de la larga carretera hasta que por fin se posicionó enfrente de la casa. Los dos paramédicos pasaron por nuestro lado hasta el interior de la propiedad. Marcus y yo cruzamos la calle hasta quedar de pie a orillas de un verde campo que se extendía a nuestras espaldas. Al frente de la casa vimos salir a Joseph esposado con las manos bajo su espalda mientras un oficial lo dirigía al asiento trasero de su auto. Minutos más tarde, los paramédicos llevaron a Valeria sobre una camilla, al parecer todavía con vida, hasta ingresarla en la ambulancia. Los vehículos arrancaron con dirección al centro de la localidad.

Un último oficial nos pidió ingresar en su vehículo para llevarnos con él hasta la comisaría.

Marcus y yo íbamos sentados en el asiento trasero. Por primera vez miré mi herida en la pantorrilla, era una pequeña cortada superficial que no llegó a desgarrar el músculo.

—Fue muy peligroso lo que hiciste, Alonso. Agradece que he llegado a tiempo.

—¿Cómo me encontraste? Te perdí el rastro kilómetros atrás.

Marcus sacó el celular de su bolsillo.

—Cuando estábamos en Edge Hill me mandaste tu ubicación en tiempo real por WhatsApp, ¿recuerdas? Antes de seguirte contacté con las autoridades. Por la ubicación, temía que te hubieran desaparecido en medio de la nada. Luego vimos la casa a mitad de la carretera.

Sin querer hacerlo, yo mismo salvé mi propio pellejo.

—¿Quién era esa mujer en la casa? —preguntó Marcus—. ¿La conocías?

Miré el campo abierto a través de la ventana.

—No —contesté—. A la mujer que vi hoy jamás la había visto así, ni siquiera en mis terapias.

34
RENACER

Tenía mis codos apoyados sobre el muro de concreto que cubre parte de la longitud del Río Támesis. Del lado opuesto El Palacio Westminster brillaba bajo la luz del amanecer de Londres, uno de los pocos días soleados que he vivido yo en el país. Habían pasado tres días desde que salimos de Ormskirk hacia la capital del país. Apreciaba el delicioso sentir de la calma contemplando los yates turísticos navegar frente a mí mientras la fría brisa de noviembre me congelaba la cara. Acomodé mi bufanda y gorro de invierno para protegerme del frío. Marcus se acercó hacia mí colocándose a mi lado. Ambos nos quedamos mirando el río.

—Todo indica que Joseph será extraditado a Madrid para ser juzgado ante los tribunales españoles —dijo Marcus—. El equipo legal de Patskin ha investigado más acerca de los centros clínicos que abrió en España. Están registrados bajo una fachada legal llamada PS Care. Los detalles de su estafa se irán aclarando con el tiempo, por lo pronto están solicitando mi apoyo para armar un caso firme en su contra con todo lo que hemos encontrado estas semanas.

—¿Tan mal está el panorama para él?

—Es difícil decirlo ahora. Todo depende de lo que se vaya mostrando en las audiencias. Hay muchas partes involucradas en el caso además de Joseph, como los clientes estafados, los falsos franquiciados, la empresa Patskin. Se deben rastrear los fondos, inversiones e ingresos que recibieron Joseph y Valeria en los últimos meses.

—¿Y Valeria? ¿Qué sabes de ella?

—Murió.

—… ¿Cuándo?

—Según me informaron, murió en el hospital hace dos días a causa de la ingesta de grandes cantidades de veneno para rata. Dicen que Valeria sufrió una complicación cardiaca por químicos anticoagulantes; eso combinado con el brote de una alergia que se le generó. La nicotina en su cuerpo también jugó papel en su estado de salud. No pudieron hacer mucho por ella una vez que ingresó al hospital.

Me quedé contemplando el paso de las pequeñas olas provocadas por un pequeño ferry que pasó por enfrente.

—Oliver se bebió el mismo veneno, Marcus. Valeria me lo confesó en la casa. Ella fue quien lo asesinó en su propia casa.

—Lo sé. Oliver me lo dijo ayer en la comisaría.

—¿Qué?

Su cabello era rubio y su piel blanca como la de Joseph (no tan blanca como las baldosas en el piso del balcón donde lo encontraron hace casi un mes), pero ese hombre no era Joseph. ¡Era Oliver! Vistiendo su mismo *hoodie* gris holgado y unos jeans negros ajustados. Nos esperaba sentado a mi y a Marcus en una banca de Hyde Park a orillas del lago Serpentine.

—¿Cómo es posible? —lo abracé—. No lo creo.

—Créelo, Alonso. Soy muy duro de matar.

—Eso ya me quedó claro.

Los tres nos sentamos en la misma banca.

—¿Pero, cómo? —volví a preguntar.

—Conocí a Valeria días después de regresar de Barcelona, pero la conocí con el nombre de Rubí. Ella me interceptó afuera de mi casa diciendo que era una nueva vecina en el barrio. Me invitó a pasear para conocer la zona y un día después salimos a comer, luego a cenar.., hasta que la invité a casa. Ahí fue cuando intentó asesinarme con el veneno.

—Ella me dijo que te bebiste el vino. ¿Cómo sobreviviste?

—Le di solo un pequeño sorbo al vino antes de que me diera una reacción. Valeria lo notó cuando comencé quedarme sin aire, pero no se quedó a mirar. Salió corriendo de casa. Yo alcancé a llamar a emergencias antes quedarme inconsciente. Desperté de nuevo en una camilla de hospital.

—Pero, ¿y las notas de prensa?, ¿los periódicos? Decían que habías muerto. Hasta vi un pequeño reportaje.

—¡Mentira no fue! Estuve muerto por al menos un minuto antes de que me trasladaran a terapia intensiva y me dieran una buena dosis de inyecciones. Cada cuerpo reacciona diferente ante los químicos. Pudieron estabilizarme antes de que toda mi sangre se secara. Y sobre las notas de prensa que viste…, las publiqué yo con ayuda de unos colegas periodistas para ganar tiempo e investigar a la extraña mujer que me envenenó. Fue un plan respaldado por las autoridades y mi abogado. Convencida de mi muerte ella no correría a esconderse, y así sería más sencillo tratar de localizarla. Tenía la corazonada de que el suceso y el caso de Joseph estaban relacionados. Y no estaba equivocado. ¡Y te debo aplaudir, Alonso! Fuiste mucho más rápido que cualquier periodista en conseguir la verdad. ¿Cómo lo hiciste?

—Bueno. He corrido toda mi vida. Perseguí a Joseph hasta topar con la verdad.

—¡Fue gracias a sus textos! —dijo Marcus—. A Alonso le gusta escribir. Nunca me los ha mostrado, pero gracias a ellos fue que encontramos a Joseph. No cabe duda que deben ser muy buenos.

—¿Sus textos? —pregunto Oliver.

—Sí, seguimos la pista de una frase que Alonso tenía escrita en su libreta. Joseph dijo que estudió en Edge Hill University, pero no es verdad. Él nunca terminó una carrera, solo cursó un corto diplomado en periodismo y letras, por eso no había registros de él en el sistema. También dejó de visitar Ormskirk desde los 19 años. La casa quedó abandonada cuando sus padres murieron en un accidente aéreo hace ya cinco años. Por eso nadie pudo rastrear a Joseph hasta la pequeña localidad cuando desapareció de la nada.

—¿Todo gracias a la escritura de Alonso?

—Así es —dijo Marcus, puso su brazo sobre mi espalda—, es todo un personaje lleno de sorpresas.

—¡Y no me has conocido ebrio! —dije sonriendo.

—Alonso, ¿y por qué no haces eso? —preguntó Oliver.

—¿Qué? ¿Embriagarme?

—¡No! ¡Escribir! —dijo Oliver levantándose de la banca—. Tú tienes todo el panorama de la historia. Si entrevistas a las personas correctas y te pones a ello puedes plasmar un excelente artículo acerca del caso de Valeria. Si es lo suficientemente bueno puedo ayudarte a que se publique en algún periódico de plataforma internacional. Digo, solo si tú quieres hacerlo. ¿Qué opinas?

Me quede admirando el inmenso Hyde Park. En donde caminé con Joseph por última vez antes de que se fuera de mi vida para siempre.

—Sí. Creo que podría intentarlo.

35
INTENCIÓN

Estoy sentado al interior de un Starbucks, como todo un típico y buen Regio Mexicano. Sobre la mesita está mi computadora portátil y una libreta que he utilizado para mi investigación. A mi lado derecho tengo una ventana enorme en donde puedo ver el castillo de Edimburgo en lo más alto de una gran roca. Afuera, en la calle nevada, las personas van abrigadas hasta los dientes por la baja temperatura que, según el celular, no subirá de 4° en todo el día. Un clima más que normal en los días de enero de Escocia. Le doy un trago al mocha blanco caliente antes de teclear y llevar a electrónico la entrevista que tuve con el Dr. Patrick Gordon esa misma mañana. Me pongo mis audífonos alámbricos conectados a en la laptop, presiono *play* en la lista de reproducción de Spotify que dice *música relajante*. Las letras vuelan en mi cabeza, bajan por mis brazos hasta llegar a las manos en donde mis dedos hacen el trabajo pesado casi por sí solos. Me dejo llevar. Escribo esperando conocer en un futuro lo que todavía desconozco del texto, como el título del artículo, por ejemplo. Miro y paso las páginas de mi libreta hacia delante y hacia atrás, de un lado al otro, de inicio a fin, buscando dónde y cómo conectar los puntos. La música del piano en mi oído la interrumpe el *ring-ring* de una videollamada entrante a la aplicación Zoom. El nombre de Alberto brota en la esquina derecha de la pantalla. Contesto.

—¡Qué onda! ¿Cómo estás herrrrrrmano? —dice Alberto.

Sonrío.

—Estoy bien. Acabo de entrevistar al CEO de la empresa

Patskin para el artículo que estoy escribiendo. La sede oficial de sus oficinas está aquí en Edimburgo.

—¿Y con qué dinero te fuiste? Hace un par de meses que renunciaste a la agencia.

—El Dr. Gordon me pagó vuelos y hospedaje, como agradecimiento por mi colaboración en el caso. Una visita más a Joseph en prisión preventiva en Madrid y creo que puedo sentarme a escribir un borrador completo para que Oliver lo lea.

—Me da un chingo de coraje que menciones a Joseph. Nunca lo conocí y espero jamás topármelo si es que sale del bote. Fue una mamada lo que intentó hacer.

—Mira…, no hay mal que por bien no venga.

—¡Te mamaste! ¿Y esa frase de señora?

—Ja ja ja, ¡cállate! —doy un trago al café—. Las frases de señora no se comprenden hasta que poco a poco te conviertes en una.

—¿Y cómo aplica esa frase ahora contigo?

Pausa reflexiva. La metamorfosis de mis memorias en aprendizaje.

—¿Recuerdas cuando hablamos hace meses en Londres? Cuando Joseph me dejó porque leyó las notas de prensa sobre lo ocurrido por mis ebrias decisiones —Alberto asiente—. Yo estaba molesto con mi pasado porque no me dejaba vivir el presente y me impedía soñar con un futuro. Ahora entiendo que todo lo que nos pasa en la vida es porque de alguna u otra manera nos prepara para algo. En mi caso en específico, mi pasado fue la razón por la cual Joseph decidió escapar. Él no estaba dispuesto a que se me cargara la culpa por su estafa porque se impactó con lo ocurrido en nuestra casa en Monterrey. Incluso Valeria no pudo manipular el pequeño gramo de bondad que, creo yo, tenemos todos los vivos. Esa pizca de bondad en Joseph fue la que me salvó de meterme en un problema legal.

—Sí. Que bonito, ¿verdad? Aún así, ¡que chingue su madre Joseph allá en Madrid y por el resto de su vida!

—Sí... Tienes razón... Que chingue su madre cada vez que respire.

—Bueno y sobre el artículo que andas escribiendo. ¿Qué es lo que más te ha impresionado? ¿Qué has descubierto?

—*Wow!* Muchísimas cosas. Pero la que más me tiene sorprendido es la historia del exnovio de Isa. No se llama Asís sino Raúl Lima, es un escort que trabaja en el centro de Madrid. Valeria lo contactó para que estafara a decenas de chavas pretendiendo que era un exitoso empresario. Al final no le presentaron cargos porque no se pudo demostrar que él había movido o poseído el dinero de las mujeres. Y sorpresivamente no se le presentaron cargos por el arma con la que intentó quitarse la vida, en su lugar le ofrecieron ayuda psicológica por dicho episodio.

—A eso se le llama buena suerte.

—¡AH! ¿Sabes qué me sorprendió? ¿Te conté que alguien se metió a mi apartamento una madrugada?

—¿Fue ese wey quien entró?

—¡Exacto! Asís, Raúl, como lo quieras llamar, escaló las paredes del edificio y entró en la madrugada buscando el celular de Joseph. Su plan era recuperar el celular que Joseph metió por accidente en las maletas cuando golpearon a Oliver en el hotel de Londres. Joseph salió tan rápido y casi en estado de *shock* que dejó todas sus pertenencias. Haciendo cuentas en horario, es posible que Asís y yo hayamos viajado en el mismo vuelo de regreso a Barcelona. ¡Y yo ni en cuenta!... También, el *Maluma Estafador*, fue quien saqueó el departamento de Joseph en Barcelona y dejó sin maquinaria a los falsos centros de Patskin; lo hizo para venderlo todo y sacar algo de dinero luego de que Valeria nunca le pagara... En fin, eso me lo confesó en nuestra última entrevista, no creo que haga falta mencionarlo en mi nota de prensa. Él ya quedó libre. Y se lo debo por preferir pegarse un tiro en lugar de dármelo a mí en Madrid.

—¡Qué puto desmadre!... Y de la difunta esa, Valeria, ¿qué investigaste?

—Vaya. Un mundo de información. Pero me voy a enfocar en contar solo su vida profesional y todo lo relacionado con la estafa de su empresa PS Care. Esto por respeto a sus padres, son un matrimonio mayor ya retirado viviendo en Jerez de la Frontera.

—¿Qué de ahí no es Lola Flores?

—¡Sí! Así es, visité el pequeño museo que hicieron en su honor y la casa donde creció.

Di un último trago a mi café.

—Bueno, herrrrmano —dice Alberto—. Te dejo porque voy para el gym. ¿Hablamos el fin de semana?

—*Of course*. ¡Me saludas a mis papás!

El aroma a café del establecimiento me hace pensar en pararme y pedir otro mocha blanco antes de continuar escribiendo. Mi mirada se posiciona en la fila frente a la caja registradora. Al final de la fila está la puerta de cristal, se abre y entra el rostro familiar que me ha acompañado en el viaje.

Marcus me saluda y se acerca hasta sentarse frente a mí.

—¿Cómo te fue en la entrevista con el Dr. Gordon? —me pregunta.

—Bien. ¿Y tú? ¿Qué tal van tus vacaciones? ¿Visitaste el castillo?

—Sí, pero cuando vuelva a Barcelona necesito hacer más ejercicio. Esto de caminar entre colinas cansa mucho.

—Pues siéntate. Vamos a tomar un café.

—¡Claro que no! ¡Vamos a seguir caminando!

—¿Pues no que estabas muy cansado?

—Alonso…, estuvimos de paso por Valencia, Madrid, Londres y Ormskirk… Cuatro destinos y ni siquiera tuvimos tiempo de respirar. ¡Así que esto no es nada! ¡Vamos! Pide dos cafés para llevar y caminemos despacio disfrutando de Edimburgo. No importa el frío, ¡qué se nos congelen los pies en la nieve!

Salimos a las calles nevadas en el centro de la ciudad sosteniendo nuestros cafés. El calor de la bebida nos calentaba las manos expuestas al frío clima. La blanca tarde nos acogía entre los jardines de la capital montañosa. Caminamos en los Princes Street Gardens hasta que me detuve frente al Monumento a Scott.

—¿Qué es esto? —pregunta Marcus—. Parece una iglesia sin terminar.

—Es un monumento en honor al autor escocés Walter Scott, se especializó en escribir novelas históricas. Se podría decir que él inventó el género. Además, fue poeta y editor. Comenzó su carrera como autor desde 1814.

—¿Eres seguidor de sus libros?

—No. No sabía nada de él antes de este viaje. Lo que te conté lo acabo de leer en Google buscando puntos de interés de Edimburgo.

—La honestidad por delante, me gusta. Eso es muy típico de ti, Alonso.

—Gracias. No he leído nada de sus obras, pero eso no impide admirar su trayectoria. Su paso por la vida.

Damos un trago al café mientras admiramos los detalles en la edificación.

—Impone mucho este monumento. ¿Cuánto mide?

—Tampoco soy Wikipedia, Marcus.

Reímos en alto.

—A mí me impone más su historia —digo—. Hace más de doscientos años Walter Scott ya escribía obras. ¿Quién hubiera dicho en ese entonces que su recuerdo se quedaría plasmando en el corazón de esta ciudad? Parado frente a este monumento me siento diminuto con mis cortos textos escritos a mano en mi libreta.

—¿Y por qué no lo ves desde otra perspectiva?

—¿Cómo?

—En lugar de sentirte diminuto, deja que la magnitud del monumento te inspire a escribir lo que quieras. Saca todo lo que tienes dentro y plasma tus ideas. Creo que tienes mucho que contar, Alonso. Eres una luz andante.

Miro hacia arriba, hacia la cima del monumento. Me convenzo a mí mismo que ahí es donde quiero llegar.

Hasta la cima.

—Ya me ha entrado frío —dice Marcus—. ¿Y si buscamos una taberna para resguardarnos y tomarnos unas cervezas?

Me termino el café.

—Excelente idea.

Caminamos hacia la calle St. David dejando el monumento atrás hasta llegar a Rose St. Entramos a Dirty Dick's Pub. Marcus se dirige a la barra y pide dos pintas de cerveza que lleva a nuestra mesa. Damos el primer trago de alcohol.

—A parte del artículo que estás escribiendo. ¿Has pensado en escribir un libro sobre lo ocurrido? —pregunta Marcus—. No sé, tal vez una novela que relate lo ocurrido desde la habitación 414.

—Pfff. Si quisiera escribir una novela comenzaría en Monterrey, en el apartamento 318.

—Vale, podrías entonces escribir una saga entera de tu vida. ¿No lo has pensado?

Tomo mi cerveza. Doy un trago que disfruto como nunca lo había hecho. Le doy vueltas a su pregunta. Me hace feliz mi respuesta:

—Hoy no tengo *intención* de *decidirlo*.

AGRADECIMIENTOS

Agradezco a este personaje ficticio que me ha dejado decenas de enseñanzas para la vida. Que sus decisiones e intenciones son tan humanas que no siempre son las mejores, pero él nunca se quita de la mente ser mejor que ayer, por eso esta novela es dedicada a todos los Alonsos Rodríguez del mundo.

Les doy gracias a ustedes, familia lectora, porque nos une un sentimiento tan puro que es: el amor por los libros. Agradezco que elijan cualquiera de mis novelas para ser su próxima lectura. Espero las hayan, y sigan, disfrutado ☺

A mi queridísima hermana Jacqueline González, por su tiempo y dedicación en la edición y corrección de la novela. ¡Gracias por tanto! Les copio un mensaje que me mandó durante el proceso: *Tus libros me antojan mil el vino.*

Como ya es costumbre, a mi hermano Karlos Preciado por la edición y diseño de la portada. Ya es la quinta, ¡y vamos por muchísimas más!

A mis padres y a mi hermano Pablo Preciado. Gracias por regalarme el balance que ocupo en mi vida para poder escribir. Sin ustedes no sería posible.

Y a Luis DH, de inicio a fin.

OTROS LIBROS DE
ANTONIO PRECIADO

Ebrias decisiones

Reinas Regias

La última en caer

Califico este viaje Eloísa

Sigue siempre tus sueños… ¡Y a mí también!

Instagram: **itsantoniopreciado**